世界华文文学研究文库第 4 辑

世界华文文学研究文库编委会 编

衔华佩实

钱虹选集

钱虹 著

Research Library of Global Chinese Literature

南方传媒 SPM

花城出版社

中国·广州

出版说明

有海水的地方就有华人，有华人的地方就有中华文化的流播，也就伴随有华文文学在世界各地绽放奇葩，并由此构成一道趋异与共生的独特风景线。当今世界，中华文化对全球的影响力不断扩大，无疑为我们寻找华文文学创作与研究的世界性坐标，提供了有利的条件和新的机遇。

改革开放三十多年来，中国大陆华文文学研究界的老中青学人，回应历经沧桑的世界华文文学创作，孜孜矻矻地进行了由浅入深、由少到多的观察与探悉，取得了相当丰硕的研究成果。为了汇集这一学科领域的创获，为了增进世界格局中中华文化和不同文化之间的交流与对话，为了加强以汉语为载体的华文文学在世界文坛的地位，也为了给予持续发展中的世界华文文学以学理与学术的有力支持，中国世界华文文学学会与花城出版社联手合作，决定编辑出版"世界华文文学研究文库"。

这套"文库"，计划用大约五年的时间出版约50种系列图书。

"文库"拟分为四个系列：自选集系列、编选集系列、优秀专著系列，博士论文系列。分辑出版，每辑推出 6 至 10 种。其中包括：自选集——当代著名学者选集，入选学者的代表作；编选集——已故学人的精选集，由编委会整理集纳其主要研究成果辑录成册；优秀专著——世界华文文学研究领域的最新学术专著，由编委会评选推出；博士论文——世界华文文学研究的博士论文，由编委会遴选胜出。

"世界华文文学研究文库"将以系统性、权威性的编选形式，成就华文文学研究领域的大典。其意义，一是展示中国世界华文文学研究的整体性学术成果；二是抢救已故学人的研究力作；三是弥补此一研究领域的空缺，以新视界做出新的开拓；四是凸显典藏性，有较高的历史价值与人文价值。

"文库"在编辑过程中，参考并选用了前贤及今人的不少研究成果，在此谨向众多方家深表谢忱。由于时间仓促，遗珠之憾和疏漏错差定然不免，尚祈广大读者多加赐教。

花城出版社

2012 年 10 月

我与世界华文文学的情缘（自序）

今年1月下旬，正值寒假准备出国旅行的前夜，花城出版社编辑小杜辗转联系上了我，通知我已入选"世界华文文学研究文库"第四辑文集作者之一，要我尽快提供书名和书稿。当时，我已整装待发，高兴之余也无法仔细思量。待到归来，已近年关，新春佳节，迎来送往，也实在无法静下心来挑选哪些论文应该收入文集。直到过完年，才将编这本文集提上议事日程。

挑选论文的过程，其实也是回顾我与世界华文文学研究结缘的历程。说来也是奇妙，我发表第一篇有关华文文学的论文，距今恰好30年。30年前，我还很年轻，师从著名的文艺理论家钱谷融先生攻读硕士研究生毕业不久，在华东师范大学中文系任讲师。一个偶然的机会，教研组长汤逸中老师要我开设一门"台港文学研究"课程，供中文系和全校学生选修。我手头毫无资料积累，一筹莫展之际，正巧复旦大学举办根据白先勇小说改编的台湾版《游园惊梦》的录像观摩和研讨活动，邀请钱谷融先生出席，可钱先生正巧有事不能去，便派我代表他前往复旦大学。那是1988年2月的一天。那天，我第一次看到了台湾版话剧《游园惊梦》的演出实况录像，也有幸结识了复旦大学陆士清教授、上海昆剧团著名演员蔡正仁和《京剧丛谈百年录》的作者、时任《新民晚报》高级记者翁思再等人，我深深地为《游园惊梦》的精彩剧情和演员的精妙演技所惊叹，至今仍清楚地记得扮演女主角钱夫人蓝田玉的是美籍华人女星卢燕、扮演窦夫人桂枝香的是著名演员归亚蕾、扮演蒋碧月天辣椒的是胡锦等台湾明星。我回来后就写了第一篇华文文学评论《戏内套戏，梦中蕴梦——论白先勇及台湾版话剧〈游园惊梦〉》，刊于刘以鬯先生主编的《香港文学》1988年7月号。就在该年12月，我应邀赴香港中文大学出席"香港文学国际学术研讨会"，有幸结识了香港作家联会创会会长曾敏之先生；台湾著名诗人余光中先生和罗青先生；美籍华人学者叶维廉教授、陈炳藻教授和小说家白先勇先生、诗人柯振中先生；新加坡诗人原甸；台湾女作家应凤凰、暨南大学饶芃子教授、潘亚暾教授等，还有《香港文学》的主编刘以鬯先生、香港三联书店副总编辑潘耀明先生；香港中文大学卢玮銮（小思）女士、黄维樑先生、梁锡华先生、潘铭燊先生、黄国彬先生、张双庆先生；香港大学的陈耀南先生、梁秉钧（也斯）先生等等。在我之后的华文文学研究生涯中，曾得到过他们的热情指教和鼎力相助：他们有的向我赠书，有的助我发表论文，有的推荐我出席学术研讨会，有的邀请我任访问学者……可以说，正是这些港台及国内外的华文文学前辈，引导着我一步步走向华文文学学术研究的路途。

后来，我当然结识了更多的世界华文文学领域的著名作家和学者，出席过多次国内或国外举行的有关华文文学的学术研讨会，也发表了两百余篇华文文学方面的研究论文，出版了数部学术著作。岁月悠悠，光阴荏苒，不知不觉竟已经30年了。

这本自选集名为《衔华佩实》，它出自《文心雕龙·征圣》："然则圣之雅丽，固衔华而佩实者也。"既形容草木开花结果，也形容文章的形式与内容之完美。之所以如此命名，并非夜郎自大，敝帚自珍，而是因为：其中收入的皆为与华文文学有关的研究论文，故曰"衔华佩实"。这本文集与笔者以往出版的著作有较为明显的不同，以往的著作基本上偏重于理论性的专题论述，如《女人·女权·女性文学》《文学与性别研究》《灯火阑珊：女性美学烛照》等，而这本文集，则为学术论文的结集，既有综合性、整体性的评述，也多微观性、具体性的个案研究，如作家评论、文本细读等，因而更多一些文学的感悟和自我的个性。与一般的科学论文所不同的是，文学评论的对象主要是由作家创造、文本构筑的感性的文学世界。面对这样的世界，光有严密的逻辑思辨和抽象力是远远不行的，还需要有一定的文学感悟和审美的能力，或者说，文学评论应当融文学感悟、审美眼光与逻辑思辨于一体。正由于这个原因，这本论集的书名也曾使我颇费斟酌，最后定为《衔华佩实》，也是想展示华文文学研究领域的风姿与神韵，表明本书作为文学论集的宗旨和特性。

收入这本书的18篇文章，是从1988—2017年期间笔者所发表的两百余篇华文文学论文中选出的一小部分，有些曾提交各种文学研讨会并在会上宣读过；有些则发表后被人大资料中心《中国现当代文学》全文刊载过。上述首篇华文文学论文《戏内套戏，梦中蕴梦——论白先勇及台湾版话剧〈游园惊梦〉》，很可惜此文从1988年刊载的《香港文学》上扫描后，电脑无法辨识，只能留待以后再慢慢校勘。还有两篇值得一提。一篇是《三毛的故事：阅读的误区》一文，原是应台湾中国青年写作协会秘书长林燿德和时报文化出版公司学术主编孟樊二位先生之邀请，为出席1991年10月在台北举行的"当代台湾通俗文学研讨会"所撰。当时大陆学者赴台之门刚刚开启了一条缝，各种审批手续相当复杂且麻烦，虽然所受邀请的大陆学者的论文在会上只能由别人代为宣读，但林、孟二位先生为我们能够赴台所做的种种不懈努力和精心安排，我至今想来都感动不已。拙文不仅入选台湾时报出版公司出版的《流行天下》一书，后来还全文选入台湾文学馆所编撰的《三毛卷》中。谁料天妒英才，像林燿德这样一位曾经活跃在诗歌、小说、散文和评论的"四度空间"，被台湾文界戏称为各种文学奖获奖"专业户"的前途无量的青年作家，竟在新婚不久的而立之年撒手人寰，实在令人痛惋唏嘘。《历史与神话——评林燿德的小说〈高砂百合〉及其他》是我在他生前所写的一篇评其作品的论文，本想收入本书以对这位才华横溢的青年亡友略表缅怀之意，无奈篇幅较长，而本书篇幅容量实在有限，只得在二者中选了论三毛的那篇而将论林燿德的论文在发稿前忍痛割爱。

另一篇值得一提的论文是《"散文与诗，是我的双目"》，曾以《仓颉的灵感不灭，美丽的中文不老》为题刊发于某语文杂志。当时曾得到余光中先生的认可。不料此文竟被人抄袭，亦不注明出处，谬误百出。笔者认识余光中先生整整29年。第一次见到他是1988年在香港中文大学"香港文学国际学术研讨会"期间。笔者以朗诵一首《乡愁》与之相识，之后有幸和他一起穿行港岛与新界，对他的文采、学识、涵养和风度以及妙语如珠十分景仰。之后多次收到他亲笔签名的赠书，2003年9月曾与他和夫人范我存女士等同游福州三街七巷和武夷山。2014年10月在厦门大学海外华文女作家协会年会期间与他再度相逢，他一开口，仍然妙语如珠。但那时他已身形羸弱，告之笔者余夫人跌伤了未能同行。数百人的大会合影安排在陡峭的阶梯上，他担心人太多太挤站立不稳会像"多米诺"骨牌仆倒下来，重蹈余夫人之覆辙。我搀扶着他与他站在一起照完了合影。谁知这竟是与他最后的一张合照。去年12月14日，从海峡对岸突然传来余光中先生逝世的噩耗，霎时泪奔如雨。于是，想起了那篇曾得到过余光中先生认可的旧作来。重读旧作，浮想联翩。经典毕竟是经典，而论文，却是可以修改的。于是，把这篇修改后的论文收入本集，以纪念写下了不朽散文名篇《听听那冷雨》，及其多篇诗文足以载入中国当代文学史册的文学大师——余光中先生。

编选这本华文文学研究自选集，本来以为文章是自己的，应该比较容易，不像当年大学时代为搜集、寻觅五四女作家庐隐的佚作，要到图书馆、藏书楼散发着霉味的故纸堆中去翻检。然而当我拟定书名和篇目，开始找寻这些论文时，才发现不过短短的30年，我自己的有些文章，电脑里根本没有存档：1997年之前的文章都是爬格子的手写稿，论文发表后，手稿复印件就扔了。如今只好重新找出当年发表论文的刊物，扫描后再植入校勘；个别文章发表时曾被删削，如今想恢复历史的本来面目，原稿却已片纸不留。由此感叹人实在应该善待自己，珍惜生命，包括像爱护子女一般爱护自己的文章，不管是散帚自珍也好，顾影自怜也罢，总之，应该让自己的文章有个好的归宿；对自己 30 年所走过的华文文学研究的学术之路，也有个说得过去的交代。

深深感谢世界华文文学研究文库第四辑编委会所有的编委，没有他们对笔者的信任、鼓励和投票通过，这本自选集无法列入出版名单；也真诚感谢花城出版社和为此辛勤工作的编辑，让我有了检视和展示 30 年来与华文文学研究结缘的学术成果的机会。

目 录

第一辑 华文文学综论

第二辑 华文文学作家论

第三辑　华文文学作品论

第一辑　华文文学综论

本土内外：从"台港文学"到"世界华文文学"
——兼论近四十年世界华文文学的学科定位及其理论表述

华文文学批评，目前通常指对于中国大陆以外的台、港、澳地区和世界范围内以中文汉字书写、创作、出版为其主要特征的文学载体及其创作主体等所进行的研究、论述和评价。这一前所未有的新的文学研究领域，是从 30 多年前即 20 世纪 70 年代末随着中国大陆的改革开放和对外文化交流日益深入和频繁而开创的，并在此后的批评实践中逐渐显示其作为一门文学批评新学科的特征来。这主要表现为：一、其研究对象主要为中国大陆以外的台、港、澳地区和世界各国以中文汉字的书写、创作与出版为语言媒介的文学载体以及华文文学创作主体（包括作家、社团及其文学活动与历史等等）；二、其学术范畴的内涵与外延，有一个随着研究的展开和深入而呈现出从含混模糊到逐渐清晰明确的发展过程；三、作为一种科学的审美研究，就其性质而言，它并非某国、某地区单一的文学批评，而是一种较为广泛的语种文学的分析、研究与评价，即汉语文学在中国大陆以外如何传播、接受、扎根与坚守以及它与中国文学的关系等方面的研究。它不仅包括世界范围内华人华裔的中文创作，还包括"洋人"使用中文汉语进行的创作，如同英语文学、法语文学、西班牙语文学等并不局限于英、法、西班牙等国文学的研究一样，因此，它须要建立一种博大的世界性文学批评观念，从世界文学的总体格局出发来为其定位。

这一文学新学科的命名及其在中国大陆从草创到逐渐走向初步繁荣和成熟，大体上经历了如下几个阶段：（一）"台港文学"；（二）"台港澳暨海外华文文学"；（三）"世界华文文学"。然而，与20世纪中国文学其他一些学科不同的是，中国大陆学者对此文学新领域进行接触进而加以研究和论述，几乎是与20世纪70年代末文学期刊开始发表生活在海外或台港澳地区的作家及其作品同时起步的，这构成了20世纪中国文学其他一些学科所从未有过的奇特景象。

"台港文学"

1979年3月出版的《上海文学》第3期，首次在中国大陆刊登了美籍华人作家聂华苓的小说《爱国奖券——台湾轶事》，并同期刊登了大陆学者张葆莘首次介绍这位用中文创作的非大陆作家的文章《聂华苓二三事》①。紧接着，同年4月出版的大型文学期刊《花城》创刊号上，发表了堪称这一文学新领域研究的开拓之作《港澳及东南亚汉语文学一瞥》，作者为当时任香港《文汇报》副总编辑的曾敏之。他在此文中以书信体形式向读者首先介绍了香港的两份纯文学刊物：《海洋文艺》《当代文艺》以及办纯文艺刊物在香港的"寂寞"。接着，他对东南亚的新加坡、马来西亚和泰国的华文创作、刊物和出版状况所做的介绍中，主要突出了几份华文文学刊物及其编辑倾向，例如新加坡的南洋大学中国语文学会出版的《北斗文艺》《新生》，新加坡大学中文学会出版的《激风》月刊。与之毗邻的马来西亚的

---

① 就目前笔者所见，一些学者有关台湾文学或海外华文文学的回顾文章中，皆将白先勇的《永远的尹雪艳》作为大陆首发之作，如刘俊：《台湾文学在大陆》，《台湾研究集刊》，1999年（4）；李安东：《无边的挑战》，《华文文学》，2002（1）；刘登翰：《走向学术语境》，《华文文学》，2002（5）等。但笔者查阅当时的期刊发现：若以刊载时间的先后而排序，《上海文学》1979年第3期刊发聂华苓的小说《爱国奖券——台湾轶事》，应为台湾文学作品在大陆的首发之作。

华文刊物《赤道诗刊》《大学文艺》等"反映了当代马来西亚文艺的动态"。而泰国的《泰华月刊》,"它发表小说、散文、诗歌创作,也发表旧的诗词作品"。其文艺思想,作者援引这份刊物的原话:"在观念上接受祖国的文学思潮所影响,但也把创作植根于客观生活现实",号召侨居泰国的文艺作者要反映"泰国现实社会"。至于这些国家的华文创作,作者涉及并不多,仅提到新加坡作家谷雨的长篇小说和周颖南的杂文集自费出版的情况。而马来西亚的华文文学的发展历程则"见于方修写的《马华新文学简史》"。曾文虽然只是粗略地介绍了香港及新、马、泰地区的华文文学的一些情形,却无疑向被封闭了数十年之久的内地读者敞开了一扇瞭望香港和南洋文学世界的窗口,让人们知道了在大陆以外的另外一片虽然生存不易却丰富多彩的华文文学天地。

继《花城》同期首度刊载香港作家阮朗的小说《爱情的俯冲》,在目录页上特别注明"短篇·香港来稿"之后,从第3期始,开辟"香港文学作品选载"专栏。无独有偶,在同年7月问世的人民文学出版社主办的大型文学期刊《当代》创刊号上,专门开辟了"台湾省文学作品选载"栏目,首先发表的是白先勇的小说《永远的尹雪艳》。编者"按语"写道:"以后,本刊拟陆续刊登一些台湾省文学作品。"很快,《当代》第2期刊载了杨青矗的小说《低等人》,从第3期起又发表了聂华苓的《珊珊,你在哪儿》、阮朗的《玛丽亚最后的一次旅行》等作品,并将此栏目改名为"台港文学作品选"。"台港文学"这一新概念从此理直气壮地进入了大陆的文学界。1980年第2期的《当代》"港台文学作品"一栏还发表了美籍华人作家於梨华的《雪地上的星星》等作品。从当时对于白先勇、聂华苓、於梨华等人的介绍中不难发现,他们都被称作"台湾作家",但实际上他们的身份却是"海外华人作家";而在台湾,白先勇又成为当然的"中国作家"①。正是由于这些被大陆

---

① 叶维廉主编:《中国现代作家论》,台北:台湾联经出版公司1979年版。

文学界首先注意到的生活在另外一个文学空间的作家身份的复杂性和多重性，因而台港文学与海外华文文学从一开始的命名就常常发生缠绕和难解难分的黏着状态，但当时都被笼统地冠以"台港文学"名之。

"台港文学研究"

此后，随着台港作家和海外华人作家及其作品源源不断地在中国大陆介绍、发表和出版，从 1979—1983 五年中，"据不完全统计，有近 70 家刊物和十几个出版社分别发表了 80 来位台湾和海外华人作家的 220 余篇作品，内地对台湾文学的评述和介绍文章也达 200 多篇，出版的台湾文学专著近 40 种"。[①] 大陆的一些研究者，尤其是在高等学校中文专业执教的教师终于惊奇地发现，这是一片被隔绝、被禁锢了整整 30 年后人们既十分陌生、又无比新鲜的文学处女地。这些同样是用仓颉创造的方块汉字书写的作品，却呈现出与当时人们已经司空见惯的大陆文学完全不同的风情、面貌、语汇和格调。于是，谁最先敢于开垦这片"台港文学"处女地，与台港及海外的华人作家取得联系，得到十分稀缺的第一手或第二手甚至第三、第四手的资料，进而撰写这方面的研究文章，开设这方面的选修课程，谁就能迅速挖掘到其中的"第一桶金"，成为大陆这一研究领域的开拓者。得风气之先、地利之便的福建、广东及北京、上海等省市的一些研究者，他们很快就交出了有关台湾文学和香港文学研究方面的第一批答卷，使这一研究领域不再呈现空白。虽然，从今天看来，这第一批答卷还是以一般介绍或夹叙夹议的粗浅入门之作为多，无论从资料准备还是研究方法以及论述语言等方面看，都显得比较仓促与陈旧，甚至不无陈词套语，也难免后来被批评者讥为"抓到篮里就是菜"之嫌，但毕竟从无到有，在这片数十年来从未有人敢于涉足的荒滩上迈出了虽然

---

① 《第二届台湾香港文学论文选》，海峡文艺出版社 1985 年版，第 318 页。

幼稚浅显却坚定执着的一串脚印。

台港文学研究初创阶段的另一个特点是，和这一领域的研究与作品的发表、出版几乎同时起步相仿佛，其作为一门新学科建立所必需的基础的教学及其教材的编撰也几乎与研究同时起步。1980 年开始，复旦大学、暨南大学、中山大学的中文系首开台湾小说和台湾文学方面的选修课程。此后，到 80 年代末，陆续开设与台湾香港文学相关课程的有中央民族学院、北京广播学院、北京大学、中国人民警官大学、复旦大学、华东师范大学、厦门大学、兰州大学、中山大学、暨南大学、华南师范学院、汕头大学、四川大学、西南师范大学、新疆大学、辽宁大学、吉林大学等数十所高等院校。其中复旦大学、中山大学、中央民族学院、北京大学等院校还招收了攻读台港文学研究方向的硕士研究生。与此同时，一些相关的专门研究机构和研究会也于80 年代先后建立，如北京大学的台港及海外华文文学研究中心、中国社科院文学研究所的台港文学研究室、中国当代文学学会的台港文学研究会、复旦大学的台港文化研究所、暨南大学中文系的台港文学研究室、广东省社科院的台港文学研究室、厦门大学台湾研究所的台湾文学研究室、华东师范大学的台港文史研究中心以及福建省台湾香港暨海外华文文学研究会、江苏省台港澳暨海外华文文学研究会等等。

为了改变台港文学研究之初研究者各自埋头垦荒而缺少交流探讨的状况，1982 年 6 月，由中国当代文学学会下属的台湾香港文学研究会和暨南大学、华南师范学院、中山大学的中文系、厦门大学台湾研究所、福建省社科院文学研究所、福建人民出版社等联合发起的"首届台湾香港文学学术讨论会"，在广州暨南大学举行。这可以看作是对于台港文学研究这一新领域的最初成果和研究队伍的首次检阅与亮相。出席者有 50 余人，除了来自北京、上海、福建、广东、广西、四川、山东、湖北、吉林、甘肃等省市的学者、编辑、作家和从事台港文学研究、教学的人员外，香港作家高旅、海辛、陶然、彦火、梅子及回国旅游省亲的旅美台湾诗人秦松也应邀与会，开创了从

1982 年首届到 2012 年举行的第 17 届"世界华文文学学术研讨会"，每届必定邀请台港澳和海外华文文学学者与作家参加的先例，从而使这 17 届先后在全国各地召开的学术研讨会越来越带有广泛的"国际性学术会议"的色彩，并且这些大都事后经过选择而正式出版的数届研讨会论文集①，也就成为研究界整体研究状况不断深入和扩展的一次次展示和检阅。

出席"首届台港文学学术研讨会"的代表深深感到，"台港文学是中国文学的一个组成部分，台港文学和她的母体文化之间有着不可割断的脐带血肉相连"，并认为"在过去很长一段时期内，台湾文学和香港文学一直没有得到我们应有的关注，至今出版的所有中国现代和当代文学史，几乎没有一部论及台湾作家和香港作家的作品，这当然是不正常的。可喜的是这种现象已经结束"。"可以说，对台湾文学的关注，是新时期现代和当代文学研究工作中一项有突破意义的进展。"②"爱不爱国"，这一尺度成为台港文学研究初创期对于台港文学作品及其作家的判断标准和共识。这次会议主要讨论了台湾香港文学的代表作家和作品、当前的状况以及未来的趋向，另外还探究了在大学文科开设台港文学专门化课程的教材、教学问题。在这次研讨会上，也首次出现了学术争鸣，例如：如何看待台湾关于乡土文学的论争，如何正确评价某些作家不同时期的不同表现以及现实主义是否应该汲取别的创作方法的优点来丰富自己，香港有没有真正的文学批评等，与会者都发表了不同的意见。同时，台湾的"乡土文学"成为当时研究者们不约而同关注和研究的重心所在。仅以提交首届"台港文学学术研讨会"的 30 余篇论文为例，有关论及台湾"乡土文学"和乡土作家的论文 18 篇，约占提交论文总数的一半；而"研究

---

① 关于提交 17 届有关台港澳文学和海外华文文学学术研讨会的论文，除了第 3、8 届研讨会事后因种种原因未能出版论文集外，其余 15 届皆有正式出版的研讨会论文集。

② 《首届台湾香港文学论文选》，福建人民出版社 1983 年版，第 2 页。

香港文学的论文仅占十分之一，探索的对象集中在刘以鬯和舒巷城二位著名作家身上"。对于研究初期"点"多"面"少，且偏重台湾乡土作家和离台赴美的海外华人作家的状况，台湾香港文学研究会会长曾敏之在题为《把台港文学研究推进一步》的研讨会总结发言中指出："由于海峡的禁隔，大量的台湾文学资料还难以充分地进来，资料的不足，成了台湾文学研究工作者首当其冲的障碍。因此，我们目前的研究工作还比较难从整个台湾社会的政治、经济、历史出发，对数十年来的台湾文学现象进行系统的综合性的研究。这种情况，就使得散布在全国各地的台湾文学研究者互相之间加强协作和交流，显得更加必要。"①

作为"台港文学研究的新起点"，全国"首届台港文学学术讨论会"的召开，对于这一新领域的研究无疑起了助推和加速的作用。1984 年 4 月，"全国第二次台湾香港文学学术讨论会"在厦门大学举行。与会的中外学者扩大至近百人，提交的论文达 51 篇，其中论及台湾文学的有 43 篇。"从规模、声势到提交论文、研讨范围都胜过首届。……从内容上讲，这次更多的是专题研究和作家全貌的研究，注意总结带规律性的经验。"② 在这次讨论会上，厦门大学台湾研究所台湾文学研究室提交的《台湾文学研究综述》一文较为全面地概括了初创时期研究正在逐渐深入的一些特点：首先，刊载、出版台湾文学作品趋于系统化。1981 年之前因条件所限而出现的重复刊发和所发非台湾文学重要作品的现象有了明显改观。其次，研究工作逐步走向深入。其具体表现为：一是加强了对专题或作家的研究。过去较多侧重于作家和作品的一般性介绍，近来呈现突破趋势，从面的简评转向点的研究，以总结台湾文学一些带规律性的特点。二是扩大了台湾文学研究的范围。从研究之初由于接触的方便而较多研究旅居海外华

---

① 《首届台湾香港文学论文选》，福建人民出版社 1983 年版，第 3 页。
② 王剑丛、汪景寿等编：《台湾香港文学研究述论》，天津教育出版社 1991 年版，第 68 页。

人作家，发展到 1981 年之后，一方面继续扩展海外华人作家研究范围，比较深入地探讨他们的创作思想和创作风格，另一方面加强了对台湾乡土文学这一流派的研究。既研究这一流派的性质、特点和发展趋势，也探讨属于这一流派的作家的创作道路和艺术风格。三是加强了对台湾青年作家的研究。四是开始关注台湾戏剧和电影。它原是研究工作的薄弱环节，近来已有研究者开始搜集这方面的资料。再次，研究者的队伍不断扩大并且建立了相应的研究机构。当然，当时的研究工作中"还存在着一些薄弱环节，比如对台湾文学的现状研究较少，对作家及其作品还不能从文学史的角度深入加以探讨，对散文诗歌的研究也不够普遍，尤其对散文的研究……另外，对台湾戏剧、电影的研究虽已开始，但涉及面还比较窄"① 等等。

综上所述，"台港文学研究"从 70 年代末起，台港作家作品的介绍、出版以及课程开设、教材编写、学术研讨等并驾齐驱，似乎在不经意间就使 20 世纪中国文学研究的版图获得了真正意义上的完整（试想，如果缺少台港文学，尤其是台湾文学的中国现当代文学，只能称作大陆文学），其意义在当时已有研究者意识到了，然而，更多的研究者还只是将其作为两个具有特殊性的区域文学进行不无孤立的研究，真正从 20 世纪中国文学大格局出发将台港文学研究纳入其中做纵横参照，无疑只能是 80 年代末 90 年代以后的事。

"台港澳及海外华文文学"

随着学术研究的深入、对外交流的增多和研究对象的扩展，中国大陆学者逐渐意识到，"台港文学"似乎已经无法涵盖许多已加入了别国国籍的"海外作家"的中文创作以及在异国他乡坚持用华语写作的"华裔文学"，因为他们的创作实际上本来应该属于所在国的"族裔文学"，但又确确实实是用汉语写作的华文文学，因此，对于

① 《第二届台湾香港文学论文选》，海峡文艺出版社 1985 年版，第 319 页。

"海外华文文学"的命名与关注，也就势在必行。1986年底，"第三届全国台港及海外华文文学研讨会"在深圳大学召开。较之前两届，此时研究者已将研究的范围和目光扩展至"海外华文文学"。1989年4月，"第四届台港澳暨海外华文文学学术研讨会"在上海复旦大学举行；1991年7月，"第五届台港澳暨海外华文文学国际学术研讨会"在广东中山举行。这两届研讨会的召开及其命名，已明确昭示着这一学科领域所涵盖的除了中国大陆以外的华文文学版图的地域和疆界，自此在空间上比较完整地凸显出来。

进入90年代以后，越来越多的他国的华文作家及其作品在中国大陆获得了出版的机会，甚至有的还成为颇为抢手的畅销书。身处"侨乡"的厦门鹭江出版社于90年代中期开始推出蔚为壮观的"东南亚华文文学大系"，按作家的国别分为"新加坡卷""马来西亚卷""泰国卷""菲律宾卷""印度尼西亚卷"等等，集中展示五国数十位海外华文作家的代表作50种①。与此同时，90年代中期以后，有多部大陆或海外学者主编的海外华文文学系列丛书分别由京、冀、沪等多家出版社出版。越来越多的大陆学者发现，"台港澳文学"与"海外华文文学"，虽然都是大陆以外以中文汉字的书写、出版为其特征的文学，但其实它们之间的属性并非一致。"台港澳"是由于历史原因造成的中国大陆以外的几个特殊的行政区域，它们虽然都有过成为日、英、葡等列强割占的殖民地的历史，但除了极个别特殊时期，如日据时代台湾的"皇民化运动"期间汉语出版物被禁止外，中文汉字，一直是这些地区的中国人主要使用和书写的母语，毫无疑问，"台港澳文学"理应属于"中国文学"的范畴。所以，"台港澳文学"与中国本土以外的"海外华文文学"不能也不应该构成并列关系。况且，80年代以后，"海外华文文学"在他国日益

① "东南亚华文文学大系"，厦门鹭江出版社以丛书的形式集中出版东南亚五国的华文文学作品，从1994年开始陆续出版了"新加坡卷""马来西亚卷""菲律宾卷""泰国卷""印度尼西亚卷"。

受到重视，获得蓬勃发展的机遇（如新加坡），从 80 年代中期到 80 年代末已分别在德国和新加坡召开了两届"华文文学大同世界国际会议"。已故美籍华人学者周策纵教授在"第二届华文文学大同世界国际会议"上所做的总评中，指出"中国本土以外的华文文学的发展，必然产生'双重传统'（Double Tradition）的特性"，因此"我们必须建立起'多元文学中心'（Multiple Literary Centers）的观念，这样才能认识中国本土以外的华文文学的重要性"①。1991 年新加坡学者王润华教授在《从中国文学传统到海外本土文学传统》论文中也提出："华文文学，本来只有一个中心，那就是中国。可是自从华人移居海外，而且建立起自己的文化与文学，自然会形成另一个华文文学中心；目前我们已承认有新加坡华文文学中心、马来西亚华文文学中心的存在。这已是一个既成的事实。因此，我们今天需要从多元文学中心的观念来看世界华文文学，需承认世界上有不少的华文文学中心。我们不能再把新加坡华文文学看作'边缘文学'或中国文学的'支流文学'。"② 这一论点，在第五届台港澳暨海外华文文学研讨会上曾引起较大争议，并且此时已有台港和海外的学者认为，东南亚和北美地区将来会发展成为华文文学的另外两个新的"中心"之说。

随着海外华文文学"家族"人口日益庞大和蓬勃发展，国内有不少学者逐渐接受了海外华文文学的"多元文学中心"的观念。有人赞同"多元格局说"，认为在世界范围内已形成除中国以外的"东南亚华文文学"（包括新、马、泰、菲、印尼、越南等）和"西方各国华文文学"（包括北美、欧洲、日本及其他各国等）两大"华文文

---

① 王润华等编：《东南亚华文文学》，新加坡、Coethe-Institut Singapore & Singapore Association Writers，1989 年版。

② 《台湾香港澳门暨海外华文文学论文选》，海峡文艺出版社 1993 年版，第 16 页。

学板块"①；还有学者对此做了"一、二、三"的概括与划分："世界华文文学的发展，已经形成一个规模恢宏的新格局：一个中心、两个基地、三个发展中地区"。"一个中心"，指中国，包括大陆和台湾，以及当时即将回归祖国的香港、澳门，"中国是世界华文文学的发源地"；针对台港和海外学者的"另外两个中心说"，坚持认为"真正的'中心'还是中国"；"两个基地"，指东南亚（包括东北亚的日本、朝鲜）和北美；"三个发展中地区"，是澳洲、欧洲、非洲。"70年代中期以来……印支半岛的数十万华侨华人被迫投奔怒海，漂泊到澳洲、欧洲等地定居，他们中的文化人在新的土地上，继续传播中华民族文化，创建了华文文学事业。在非洲，华侨华人虽少，也有十万之众。……他们中有的人也在艰辛地从事华文文学工作。这些地区的华文文学，尚有一个发展过程。"②

从 20 世纪 80 年代中期出现的"台港澳暨海外华文文学"，到 90 年代初期海外华文"多元文学中心"，表面上看这是学术术语的变化，其实这更是学术观念的改变、研究视野的扩展。如果没有当时有关海外华文文学归属的学术争辩，或许今天我们对于那些身处世界各地的华人使用母语孜孜不倦地创作文学作品的中华文化在海外的传承意义，认识也就不会那么清楚，那么明晰。

"世界华文文学"

其实，无论是"中心说""板块说"也好，"基地说""发展中地区说"也罢，这无疑意味着伴随中国在国际上地位的不断提升，华文文学理应像英语文学、法语文学、西班牙语文学一样，成为一种世界性的语种文学，并且已经显示出这种良好的发展趋势。于是，

---

① 《台湾香港澳门暨海外华文文学论文选》，海峡文艺出版社 1993 年版，第 6 页。

② 同上书，第 31—32 页。

1993 年 8 月在江西庐山召开的"第六届世界华文文学国际研讨会"上，这一新兴学科的范畴、内涵等等得到了基本确立：即以研究中国大陆本土以外世界各国、各地区以中文汉字书写、创作、出版作为主要载体和特征的华文文学为主体。在这届研讨会上，开始酝酿成立"中国世界华文文学学会筹委会"。1994 年 11 月在云南玉溪召开的"第七届世界华文文学国际研讨会"上，"中国世界华文文学筹委会"正式宣告成立。

自此，从 80 年代初期的"台港文学"，发展到 80 年代中期的"台港澳暨海外华文文学"，再到 90 年代中期的"世界华文文学"，这一新兴学科的命名虽几经变迁但终于随着研究领域的不断深入和扩展，其内涵和外延得到了越来越清晰的确定，即"世界华文文学是一种研究文学关系的学科……世界华文文学研究当然也包括中国文学研究，但主要研究的不是中国文学本身。中国文学研究本身主要由中国文学（包括中国古代文学、中国近代文学、中国现当代文学）学科来承担。世界华文文学研究的主要是世界华文文学与中国文学的'关系'，研究中国文学如何在世界传播和演变，研究各地华文文学与中国文学的共同性与差异性，研究中国文学对世界各地华文文学的影响及两者之间的相互影响"①。当然，90 年代后期不断有大陆学者提出，作为世界华文文学的发源地和汉语文学重镇的中国大陆文学，理应成为"世界华文文学"学科必不可缺的研究对象，如何确立、整合中国大陆文学在这一学科中的地位、关系、影响及研究成果等，这正是摆在这一新兴学科面前亟待厘清的理论问题之一。但这一涉及现行中国语言文学一级学科中众多二、三级学科研究范畴的理论争鸣，目前学术界仍在探讨之中。令人可喜的是，经过长达 8 年的争取、报批和等待，由国家民政部批准成立的"中国世界华文文学学会"于 2002 年 5 月在广州暨南大学正式挂牌成立。"中国世界华文文

---

① 许翼心、陈实：《作为一门新学科的世界华文文学》，《世界华文文学概要》，人民文学出版社 2000 年版，第 4 页。

学学会"作为国家一级学会的成立，意味着这一学科领域的学术研究终于获得了更高层面的认可。

不管怎么说，世界华文文学"作为一门新学科的出现，其主要的功绩就是'发现'了在海外还存在着一个人数颇多的汉语写作群，还有这样一个汉语文学的被遗忘的角落"①。30 多年来，这一学科领域的老、中、青几代研究者，以他们的学术成果和研究实绩，不仅使中国大陆以外的台港澳文学与海外华文文学更加广泛、更为深刻地为中国的读者、文学界和学术界所认知，而且他们的共同努力也形成了世界华文文学研究的独特的学术风貌，并使之成为一门相对独立的学科得到了确立。

归根结底，"世界华文文学研究"应属世界范围内的"汉语文学研究"，它与比较文学与世界文学这当今学术界最为活跃和富有朝气的学科之一有着某种天然的联系。就某种意义而言，两者不无相似之处，例如，它们都是一门迎新开放的学科，不因循守旧，更不墨守成规，从它们诞生的第一天起，就富有海纳百川的气度和胸襟，善于吸收其他学科的新思想、新理论和新方法，始终坚持创新和扬弃。尤其是近年来，它们以跨越为前提，以开放为特性，与以往的纯粹文学研究已显著不同，而形成了跨国界、跨语言、跨文化、跨学科的文学研究新特征。其次，它们都是一门包容性强的学科，它们既可以在不同国度、不同语言的文学作品之间进行比较研究，也可以是同一语种的文学在世界各地传承的比较研究，甚至可以是同一作家使用包括汉语在内的多种语言创作的比较研究等等。具体而言，"世界华文文学研究"主要研究除中国大陆及台港澳地区以外世界范围内以中文汉字的创作、出版为语言媒介的文学载体；华人作家、社团、族群以及华文（汉语）文学在世界各国传承的历史与现状；从世界文学的整体观研究世界各地华文（汉语）文学与中国文学、中华文化的关系；

---

① 陈贤茂：《〈海外华文文学史·后记〉》，《海外华文文学史》，鹭江出版社 1999 年版。

不同国家的华文（汉语）文学与所在国主流文学的关系；以及华人作家的母语书写与其使用外语，如英语、法语等创作的比较等等。由此，21世纪的"世界华文文学研究"不仅任重道远，而且更是"天高任鸟飞，海阔凭鱼跃"了。

从 "自我放逐" 到 "融入美国"

——美国华人文学的一个主题探究

    自 20 世纪 50 年代以来，"台湾留学生"以其较为特殊的双重身份和文化背景，在北美"新大陆"开辟了一个华文文学的书写空间。此后，关于中国人"放逐""流浪"的酸楚与文化疏离的痛苦，在东西方文化的夹缝和冲突中"自我"的丧失与寻找，便成了 60 年代以后美国华文作品的文学母题之一。从白先勇、於梨华、丛甦、水晶到张系国、李黎、吉铮、保真等，无不以其充满流亡、放逐意识，孤独、陌生的异域感和回忆故土的汉语书写，努力建构自己的精神家园和华文天地，反复演绎着美国华文文学 20 世纪 60—70 年代的共同主题。

"无根" 与 "放逐"

    有意思的是，这些作为 20 世纪 50 年代以后大批台湾赴美留学的时代风潮的亲历者，并且后来又大都加入美国籍，成为名副其实的第一、二代"台湾留学生"代言人的美籍华人作家，其笔下的"美国"形象往往带有强烈的主观印象，非但丝毫不值得留恋，甚至不无狰狞、可怕和恐怖：

        芝加哥，芝加哥是个埃及的古墓，把几百万活人与死人都关闭在内，一同消蚀，一同腐烂。①

　　人叫这大城"大苹果"。人说这大城吃人。好人、歹人、大人、小人、男人、女人。有的被囫囵吞枣，吞个干净。连一根骨头，半根毛发也不剩。有的被啃噬得少条腿，少条胳膊，血淋淋的，像刚从狮子嘴里被吐出来。②

　　这两段充满愤激之言论，分别摘自白先勇的小说《芝加哥之死》和丛甦的小说《吃苹果的人》，后者中的"大城"，很容易使人联想到"纽约"，因为美国第一大城纽约的别号就叫"大苹果"。"吃人"当然也并非耸人听闻：《芝加哥之死》中在芝加哥的地下室奋斗了6年、好不容易带上了梦寐以求的博士帽的吴汉魂，不是最后被密歇根湖吞噬了？《谪仙记》里留学美国而后"赚的薪水比谁都多"却不愿按常理出牌的李彤，结局不也是投河自杀身亡了？《想飞》里为了能在美国生存而来纽约找活儿干的沈聪，却在一周里唯一的休假日，被一个陌生男人骗至格林维治村，在受到肉体上的蹂躏后，遭此奇耻大辱的他攀上洛克菲勒中心区的摩天大楼，"像举翅待飞的乳鸽"一样飞跃而下。《吃苹果的人》中在"大苹果"城公园里被当作"疯子"的纳粹集中营的幸存者布克曼，无人理会，第二年夏天就"走了"，"对于曾在地狱里与魔鬼撕扭过的人，死亡已失却了它的本名。"在被誉为"台湾留学生文学的鼻祖"的於梨华笔下，"美国"虽然没有如此狰狞、可怕和恐怖，但也绝非是个能使人感到充实和适宜的处所；相反，在她的笔下，留学的美梦只不过是"雪地上的星星"，看着美轮美奂，却永远抓不到手中！在衣锦荣归而受到众多台湾人仰慕眼红的牟天磊看来，"美国生活"不过是"那种像油条一般的，外面

---

　　①　白先勇：《芝加哥之死》，《白先勇文集1》，花城出版社2000年版，第211页。
　　②　丛甦：《吃苹果的人》，《兽与魔》集，三联书店香港分店1986年版，第168页。

黄澄澄，饱满挺直而里面实在是空的"①。因此，在这本出版后不久就被当作台湾学生留美前"必读之书"的《又见棕榈，又见棕榈》中，难怪出现得最多的字眼，除了"空洞"就是"寂寞"。正如牟天磊的自白：留美期间"无穷无尽，比雾还迷蒙、比海还浩瀚、比冰还要寒心的寂寞！这份空洞他是没有办法向人解释的，没有人能懂的，除非，是和他一样在海外努力了十载的留学生，而留学生与留学生之间，当然也无须解释这份空洞了"②！

作为那一代美国华文文学，尤其是"留学生文学"的代表人物，在他们留而不走，甚至入籍之后，却竭力在其充满流亡、放逐意识，孤独、陌生的异域感和回忆故土的汉语书写中，渲染留学美国的种种弊端与不幸，这就无疑产生了一种错位：即社会存在与文学书写之间的矛盾，一方面是当时整个台湾社会对于赴美留学趋之若鹜，以致形成一种台湾人漂流海外的群体意识与社会思潮；另一方面却又是"漂泊"的"浪子"及其家人心甘情愿地"放逐"甚至不惜违背人伦天理的"流浪"心态，在"去"与"回"之间，留学者本人显得是那样无奈：留学十载才好不容易回到台湾"相亲"的牟天磊，本已"向学校请了一年领半薪的假"，满心打算在台"休假一个时期"却遭到父母的强烈反对，而父母其实在心里巴不得儿子留下来，和自己多聚聚，可是他们竟然"不敢也不愿"答应儿子留下：他们怕一心准备跟出国而同意出嫁的准儿媳意珊变卦；怕本来赞不绝口的亲友们取笑儿子在美"混得不好"；怕儿子留在台湾"没有前途"。因此，尽管儿子向他们实话实说："我在那边并不痛快。心里常不痛快，不会有心思做什么事的，最苦的，我所教的并不是我愿教的，一天天在那里混着。"而父亲的回答竟然是：找到意珊把她带出国，"在外面漂流，有一个家，就完全不同了。……你们两人一起在外国，有什么

---

① 於梨华：《又见棕榈，又见棕榈》，福建人民出版社1980年版，第194页。

② 同上书，第49页。

事，两个人承当，有什么困难，互相安慰，生活就会很好的"。所以，牟天磊在美国哪怕"自己实在是太闷，太寂寞"也不敢向家人、亲友吐露半点心思，"愈是寂寞的人，愈要守着它，藏着它，免得引起人家的同情，因为给人家一同情，愈觉得自己的寂寞难以忍受了"①。事实上，在当时风靡台湾的出国潮中，中国人历来推崇的"父母在，不远游"，儿孙绕膝、其乐融融的人伦之情早已分崩离析，出国留洋成了一个孝敬父母、放逐自我的怪圈。六七十年代美国华文文学中的"留学生文学"，其放逐、漂泊主题一再演示的社会学、伦理学的意义，恰恰在于其纯粹的文学书写之上，无情地揭示出了这样一个有悖于中国人伦纲常的"无根"悖论的存在。难怪白先勇笔下的黄凤仪，昔日上海滩上"高高贵贵的官夫人"的千金小姐，到了纽约才短短两年工夫，就放弃了学业，成了第六街酒吧里的"三陪女"，喝着血浆一般浓稠的"血腥玛丽"与各式各样的男人调情卖笑；而远隔重洋的她母亲的手中，却捏着女儿寄来的一沓沓美钞："我要你花得痛痛快快的，不要疼惜我赚的钱"，因为"你从前在上海是过惯了好日子的"②。母亲越是被蒙在鼓里，女儿的信写得越是孝心十足，这种双方心甘情愿的放逐与飘零，哪怕是一种飞蛾扑火的堕落，其悲剧意味也就显得越是浓郁，浓得难以化解。

"失根"与"生存"

然而，到 70 年代后期，这一"自我放逐"式的"流浪者的悲歌"，开始在美国华文文学，尤其是"留学生文学"中出现了"变调"。丛甦 70 年代后期的小说《自由人》《野宴》《中国人》，虽然仍

---

① 於梨华：《又见棕榈，又见棕榈》，福建人民出版社 1980 年版，第 44 页。

② 白先勇：《谪仙怨》，见《白先勇文集 1》，花城出版社 2000 年版，第 278—279 页。

以"流浪的中国人"为主人公，但在描写他们的"踯躅和彷徨、期望和等待"中增强了其作为"中国人"的归属感。正如《自由人》中的那位"女孩子"所说："做中国人是一种感受，一种灵犀，一种认同和肯定！……如果你不能爱中国、中国人，爱你自己同文、同种的同胞，你有什么资格去爱人类、爱宇宙、爱星球？如果你不能先做中国人，你有什么资格去做世界人、宇宙人？"①此话说得虽然有些不着边际，但也确是此前的"盲猎"者（《盲猎》）和陈牲（《在乐园外》）、沈聪（《想飞》）他们绝对不会说出口的。

被称为"第三代留美作家的中坚"的张系国，在其小说集《地》中的几篇作品，反映的虽也是留学生及海外游子生存的不易与磨难、思乡的痛楚与屈辱，但其中对于在异国他乡"飘零"的人，那种"失落无根"的苦痛与悲哀的描写尤为令人唏嘘，如同《地》中的留学生小禹所说："我们的根是在土地上。离开了土地，我们绝不可能生出根来。现代人的许多痛苦、失落的感觉，我觉得都是离土地太远所致。"② 显然，作者留学美国期间所写的《地》，是从"土地"的角度来思考、寻找留学生及海外游子的"失根"痛苦缘由的，因而将其小说命名为"地"，"土地"其实就是"家园"的意思。他在谈到自己那一时期所写的作品时说："我看到的世界，就是这么灰色，没法强颜欢笑。也许这就是所谓'留学生文学'的特色？不过，不论如何，我拒绝再充当'留学生文学'这荒谬文学里的荒谬角色。'留学生文学'是一条死胡同……未来的小说，究竟是好是坏，当然没法预料，但我相信会是真正从中国泥土里长出的果实。"③ 这话的意思其实并非是他真的不再染指"留学生文学"，而是表明他在寻找

---

① 丛甦：《自由人》，转引自《台湾文学史》下卷，海峡文艺出版社1993年版，第268页。

② 张系国：《地》，《台湾作家小说选集3》，中国社会科学出版社1982年版，第639页。

③ 张系国：《〈地〉·增订本后记》，《台湾作家小说选集3》，中国社会科学出版社1982年版，第17页。

一种新的视角、新的主题来重新审视"无根的一代"的悲哀所在。此后他写了暴露台湾社会唯利是图、拜金主义甚嚣尘上的现实讽喻小说《棋王》等，引起台湾文坛的震撼，但《游子魂组曲》以及长篇小说《昨日之怒》等作品，依然描写的是留学生与海外游子在西方社会的困惑与漂泊，失落与遭遇，但这些作品大多更加关注"人"作为主体的命运以及为改变自身命运、遭际和前途的拼搏行为与心灵创伤。例如短篇小说《香蕉船》，这是《游子魂组曲》中最著名的一篇。小说通过一位已取得美国"绿卡"的留学生，在回国探亲的航班上与一位被美国移民局"递解出境"的偷渡客之"奇遇"，写出了海外"游子"的人格尊严的沦丧与道德意识的消解。这位李姓同胞因不懂英语，登机后美国警察把他的机票交给"我"保管，并托"我"在到东京机场转机前"照顾"他。他一落座，"我"就把他的机票给了他，交谈中得知他原是台湾海员，只因"薪水太低"而"跳船"（偷渡），本想能在纽约中国餐馆打工一两年，"省吃俭用的人可以存下几千块美金，比干船员强多了"。那年月，"跳船"（偷渡）其实很稀松平常，"大家一有机会，到纽约就跳船。一条船，三分之二的船员跳了船，都是有的"，据说，"纽约跳船的中国船员有两万多人"，可他偏偏"晦气"，整天"躲躲闪闪"还是被移民局逮着并递解出境，可是如果回去，他又面临着台湾当局的巨额罚款。到了东京机场，根本没有移民局官员前来交接，他准备趁乱再次"偷渡"回美国，"赚一笔钱再回家"，并将此前赚到的钱托付"我"带给台湾的家人。小说结尾，回到纽约后的"我"接到了巴拿马轮船公司关于李姓同胞在"非法登轮"装运香蕉时不幸失足而亡的死讯①。这里，原本属于犯罪性质的"偷渡"，成了"流浪的中国人"为改变作为"人"的最起码的生存权利的一种博弈！对此，"我"从一开始就丝毫没有道德、法理层面的谴责，而只有"同是天涯沦落

---

① 张系国：《香蕉船》，《台湾作家小说选集3》，中国社会科学出版社1982年版，第659页。

人"的同情与怜悯。作为已取得"绿卡"（永久居留权）的台湾留学生，"我"显然已不再像牟天磊那样虽生活在美国而只关注个体的孤独与寂寞。因此，《游子魂组曲》诸篇小说的人物结局虽然几乎都是死亡，但与白先勇笔下的吴汉魂、李彤因与西方文化格格不入而自杀显然不同，这些人物的死亡都非死者的本意，而是客观因素造成的惨剧。作者在《香蕉船·后记》中交代，这些小说决非"一片愁云惨雾"。1978 年出版的长篇小说《昨日之怒》（1985 年再版时改名为《他们在美国》），以 1971 年因"钓鱼岛"事件引发留美青年学生的"保钓运动"为题材，再现了这一运动在留美知识分子中引起的强烈震撼和爱国热情，其中传递出浓烈的民族意识觉醒的信息。"那次保钓运动，真正触动了海外中国人的灵魂……分散的个人像无数个方向各异的小磁石，只有通过民族感情的大磁场，这些小磁石才会整齐指向一个方向，凝聚成一股力量。这就是大我。这就是民族精神的泉源。"① 正如其中精心塑造的主人公葛日新所言："我们终于觉醒了，我们要走出温室，勇敢地面对广大的世界。"葛日新，这是作者所塑造的"觉醒的一代"新型留学生的代表人物，他从一个原本醉心哲学研究的留学生，成长为一位关怀民族和国家命运的爱国知识分子，成为一名"保钓运动"的出色领导者！他的"觉醒"，无疑表明了 70 年代末美华文学，尤其是"留学生文学"主题的一种转向。

"融入"与"征服"

然而此后，"留学生文学"主题的转向，并未使我们看到更多的葛日新，也未显示出更多"中国心"的激情与觉醒。对于美国主流文坛而言，这些"流浪的中国人"的悲欢歌哭，他们几乎视而不见，充耳不闻！原因很简单：这些都是用汉语写的作品，他们无法阅读，

---

① 张系国：《昨日之怒》，转引自《台湾文学史》下卷，海峡文艺出版社 1993 年版，第 272 页。

无法理解，也就更谈不上接受。20 世纪 80 年代后期，这样一种由于书写语言造成的隔绝开始发生较为明显的变化。尤其是 90 年代初，《埃里克·钟的传奇》（中文译为《融入美国——一个留学生的奇遇》）一书的出版，立即引起了美国文界的注意，继谭恩美的《喜福会》、汤婷婷的《女勇士》等作品之后，此书很快登上了美国的畅销书排行榜，多家美国报纸都发表了相关消息以及刊登作者的照片和介绍、评论等。其中很重要的一个原因就是，这是一本用英文写的书，又与其作者罗其华先生以自身"传奇"经历为创作素材不无关系。但值得注意的是，这本书与《喜福会》《女勇士》等热衷于描摹东方主义的"中国想象"，以及此前华裔文学中有关中国男人留发不留头、中国女人缠裹小脚之类以迎合西方人的猎奇心理的作品显然不同，《融入美国——一个留学生的奇遇》描述的是台湾赴美留学生在"新大陆"求学、求职、入籍、生活，成为留而不走的"真正的美国人"的现代传奇。所以，其英文原名叫作《埃里克·钟的传奇》也就并不奇怪了。有意思的是，中译本取名为《融入美国——一个留学生的奇遇》，我以为，"融入"二字，恰恰极其准确、传神地传达出了 90 年代美华文学中"留学生文学"的一个新信息：即昔日"流浪的中国人"成了今日"入籍的美国人"，由此，"留学生文学"也就在文学主题、文化意识、美学风格乃至语言书写等方面发生了明显的变化。这无疑是美国华文文学，尤其是"留学生文学"的又一次转向。

首先，表现在文学主题上，由被迫"流浪"到自觉"外放"。50—70 年代於梨华、白先勇、丛甦那一代留学生，经历了两度"放逐"，即从大陆到台湾，再从台湾到美国，这种"放逐"的另一个含义即为"漂泊"，失去原来的生活之根、生命之根，因此，这种"放逐"是迫不得已的。所以，在白先勇他们看来，无非都是一群"流浪的中国人"罢了。"流浪的中国人"，恰如其分地概括了那一代留学生"身在美国心在流浪"，不知何所求，归宿在何方的心理特征与精神面貌。因而，吴汉魂废寝忘食、历尽艰辛好不容易戴上了博士帽却选择投湖自尽（《芝加哥之死》）；李彤留在美国赚的美金谁都多却非要作天作地，最后选择其出生地威尼斯投水而亡（《谪仙记》）……很显然，他们的人生痛苦并不在物质层面，而在于精神世界的迷失、疏离和在中西文化冲突中对西方文化的无法（也不愿）认同。但80年代后情况则发生了根本变化，《融入美国——一个留学生的奇遇》中的维克多、埃里克、乔治、弗兰克、汤姆（唐毅）等一群"新留学生"，用他们的话来说："我们到美国来的目的是什么？不就是要像美国人那样生活吗？"无疑，"像美国人那样生活"已成为他们来美留学与生存的唯一动力。尤其当维克多在休斯敦一家石油化工公司谋到了起薪13000美元的职位，使埃里克他们"第一次看到了报酬：一份真正的美国职业，一个真正的美国式前途。辛勤耕耘所得到的成功的收获，是我们大家的出路的'蓝图'。这是我们过去所真正追求的：成为这个丰富的社会中有用的一员，并分享那丰富的一份。我们永远不想再回老家去了，回去意味着失败，意味着逃避"①。这里没有"空洞"的说教，只有现实的存在；这里没有"无根"的苦恼，只有人生的抉择。因为埃里克来美国以前就坦承，"没有谁强迫我来"，他来美国的原因除了机遇外就是出于自己的"渴望"。因此，埃里克、维克多等"新留学生"比起吴汉魂、李彤（也包括丛甦的《想飞》中的沈聪）等前辈来，很少有"无根""失根"的彻骨痛苦与疏离的尴尬，甚至可以说，他们是一群自觉自愿的"断根者"，哪怕是在移民局官员面前坦然地写下"我爱美国"，以求通过入籍审查。此时的他们，是把自己当成了"地球村"的公民，所以不再有东方人在洋人面前的自卑、自闭与萎缩。就像第一个教埃里克"认识"美国的维克多那样，"能够看到自己正处于这一切的中心——这就是他在那个令人激动的新世界的自我写照"。因此，他们不再有《安乐乡的一日》中的依萍对于生在美国、长在美国的8岁女儿宝

---

① 罗其华著、蒋见元译：《融入美国——一个留学生的奇遇》，南海出版公司1993年版，第97页。

莉，不承认自己"是中国人"的气急败坏①，他们留学的目的直截了当，即"移民"，把根基从故土移到美国：埃里克·钟不仅自己成了"真正的美国人"，而且还使自己的老父亲"移民"美国：他"出生时是日本帝国的臣民，34岁才成为中国国民，1989年，他以78岁的高龄，又当了美国公民"②。在这里，不仅显示了美国华文文学中一个被不断书写的文学主题的衍变，其中人物的心态及其心理特征上的差异，更是画出了这一文学主题衍变的清晰轨迹。

其次，表现在文化意识上，由文化疏离到一心趋同。於梨华、白先勇、丛甦那一代留学生，大都有"中国大陆—台湾—美国"的生活履历，中国文化意识犹如流淌在其血管中的红细胞，无论其是否自觉意识，乃至潜意识中都无法抹去，虽然他们本人及其笔下的主人公都已加入了美国籍，但在骨子里，他们无一例外地仍是地道的"纽约客"；尽管他们读的是外文系，到美国后又大都念的是英国文学、比较文学等学科，最后又都宣誓入籍，成为美国公民，但在文化意识上，他们对于美国文化仍然怀着东方人惯有的疏离感，即不入流、不认同的排斥态度。最典型的就是《谪仙记》中的"四国俱乐部"，四位号称"中美英苏"的中国"谪仙"，赴美后，念书时形影不离；做事后每逢周末又聚在一起"筑长城"（打麻将），尤其是除李彤外的三位"谪仙"，无一例外都嫁给了华人，自然日后在美国生下的也仍是黄皮肤、黑头发的"ABC"（第二、三代华裔的代称）。可以说，他们是一群把家安在美国土地上的中国人，虽然他们未必住在唐人街，但他们以一种自我隔绝的意识和行为，对美国文化筑起了一道万里长城。然而，埃里克他们这一代则完全不同：甫抵美国，早来两年多的维克多就教他们改变中国留学生传统的"五点一线路"（即图书

---

① 白先勇：《安乐乡的一日》，《白先勇文集1》，花城出版社2000年版，第242页。

② 见罗其华著、蒋见元译：《融入美国——一个留学生的奇遇》扉页题记。

馆、教室、宿舍、邮局和银行）式"唐人街的生活方式"，要"投身于这个美国社会大熔炉"。他带着新来的同胞学弟去兜风，纠正他们的英语发音，要求他们像美国人那样发"达拉斯"的美国腔，因为"如果你带着外国腔调讲话，人家会疏远你的"；带领他们去"开眼界"，办观看"×××成人电影"会员卡，因为"在发达国家，大家都是这样做的"；教他们学习开车，因为美国"高速公路四通八达，因此才显出有车的重要性"。正如维克多在接到休斯敦石油化工公司聘书后推心置腹地向学弟们传授的"求业秘诀"："最主要的是要美国化"，"你要想美国人所想，吃美国人所吃，像美国人一样生活。必须记住，只有美国人才能获得成功，因为说到底，这儿毕竟是一个美国社会"①；因为"我们现在是在美利坚合众国，要尽快地熟悉美国文化，融入美国，最后征服美国"。对美国文化的接受与趋同，正是以往的吴汉魂他们所不屑的。当然，这种"融入美国"，在表现形式上，也可以是"毫不客气地回敬"美国人，而且要"以牙还牙，以眼还眼"。无论是乔治，还是其他留学生，当听到美国同学批评"东方文化"时，他们也会结结巴巴与之辩论，维克多甚至当面对着与乔治争辩的"越南大兵"同学宣布："我讨厌你们的文化"，"你们的文化才没落呢"！以帮助乔治扭转在辩论中的劣势。但其实这只是口头上说说而已，在气势上压倒对方，为乔治出一口恶气，在心里，他们其实是认同美国文化的。正如罗杰后来在对"美国最有影响的人之一"的科威尔先生介绍埃里克时所说："他是美国训练出来、有美国文化、懂美国语言、会美国经商方式的中国人，谁能否认，10年或20年后，他不会占据一个举足轻重的轴心地位呢？"②

再次是美学风格，由悲凉沉郁到幽默调侃，甚至不无"黑色幽默"的荒诞感。60—70年代的美华文学，是在一个十分特殊的华文

---

① 见罗其华著、蒋见元译：《融入美国——一个留学生的奇遇》扉页题记。第89页。

② 同上书，第63页。

文学空间内，叙述着"流浪的中国人"在异国他乡流亡、放逐的遭遇和痛苦，因而在文学风格上，趋向悲凉沉郁，充满着历史的沧桑感、人生的幻灭感和生存的无奈感，表现在作品中意象选择上，如李彤由"红"到"黑"的生命旅程的象征，隐喻着这位身处美国却处处与西方社会、文化格格不入的中国"谪仙"在西方世界走向死亡的必然结局。还有丛甦小说中有关"黑""盲猎""吃人""兽与魔"等等，都具有深刻的隐喻性；而《融入美国——一个留学生的奇遇》却绝看不到这种带有隐喻性的意象、暗示等等汉语特有的张力，它以充满美国式的随意轻松和幽默调侃，处处显示出现实的荒诞感，这或许与它是写给美国人看的不无关系。无论是埃里克当年在得克萨斯工业大学图书馆当书库助理管理员，亲眼见到那位管理干事迅速将图书"上架"的杰作，"把手推车上的书扔到书架之间的桌子上、椅子上甚至地板上"！于是"我们也顿开茅塞"，跟着如法炮制，"甚至一小时卸空6辆手推车——创造了全国各大图书馆中闻所未闻的上架记录"①；还是首先创造出"中国人信任罗杰"的神话而叩开同中国做生意之门的罗杰，以及"科威尔电子公司"首任总经理山姆等一批美国雇员因"代理中国电子产品"毫无实质性进展而被先后解聘，埃里克却因"懂中文，以后有什么事情要和中国人打交道，你能行"而被委以新任总经理之职，紧接着他就在3小时内一下子解聘了18名原来的公司雇员！尽管他与女秘书玛丽此后也无事可做，闲得发慌，但每个月的工资支票还是照领不误，因为这是中美贸易"共同的事业"②。这很难说是埃里克"征服"了美国富豪科威尔，但其中的黑色幽默的反讽意味和荒诞感却使人别有一番滋味在心头，并且透露出改革开放后的中国已在经贸往来中开启了"融入美国"的一道豁口，虽然这条豁口当时还只是一道忽隐忽现的缝隙。它向人们表

---

① 罗其华著、蒋见元译：《融入美国——一个留学生的奇遇》，南海出版公司1993年版，第8页。

② 同上书，第198页。

明，"融入美国"的决不仅仅是一批"新移民"，还有曾经闭关自守的老大中国的产品乃至文化。

总之，"新移民"已经"融入美国"，坦然地按照美国人的生活方式选择自己的职业和生存状态。原先一心想在名牌大学当教授的汤姆（唐毅），开了一家"蛋卷快餐"的中国饮食店，由他亲自经营，哪怕每天得亲力亲为地干 18 小时也无怨无悔，他说"总得换换环境"，"人家说这个最好，我就干这个，只要是最好的"，全然没有了孔乙己穷困潦倒还不愿脱下破烂长衫的迂腐和穷酸，也没有了吴汉魂、牟天磊端着中国"读书人"架子的清高和空虚，他们的眼睛不再盯着美国高等学校区区几个"专业对口"的教职，他们开始"融入"美国的商界、饮食业、房地产业、一流大公司，只要能够施展个人的才能，哪怕只是为了"入籍"。当然，美国毕竟不是天堂，而是个弱肉强食的竞技场。具有讽刺意味的是，当年那个使新来的留学生人人羡慕不已的维克多，多年后却因供职的公司亏损而成为被裁减的两千名员工之一，致使其走上绝路。尽管埃里克认为，维克多的死是石油化工公司总裁杰夫·兰伯特欠他的"一笔债，应该向维克多结结实实地道歉"，但即便是埃里克本人，也觉得这个"要求"是不会有什么结果的，他自己不是一开始就已经是个"无事可干"的光杆经理，随时"将被解雇"吗？所以，要真正"融入美国"谈何容易，"征服美国"更是一厢情愿，正如埃里克在小说结尾所说："事实上，我自己对美国还没有一个正确的认识。……至少是认识得太肤浅。我还需要再多住几年，年岁久了，才能对美国产生自己的见解。……我，需要更多的时间。"①

是的，"融入美国"需要更多的时间。因此，美国华文文学中"融入美国"的文学主题还会继续演变，它不会停滞不前。

---

① 罗其华著、蒋见元译：《融入美国——一个留学生的奇遇》，南海出版公司 1993 年版，第 205 页。

五四的女性与 "香港的女儿"

——中国现代和香港部分女性小说之比较

早在 60 多年前，香港出版的第一份文学刊物——有着"香港文学第一燕"之美誉的《伴侣》创刊号（1928 年 8 月 25 日问世）上，载有署名"冰蚕"的《中国新文坛几位女作家》。这篇落款写于香港"太平山麓"的文章，第一次向远离"五四"新文学策源地北京的香港读者，介绍了冰心、庐隐、（冯）沅君、绿漪等十位蜚声五四文坛的女作家及其主要著作①。除了石评梅与后起的丁玲以外，20 年代著名的女作家，几乎无一缺漏。这份弥足珍贵的香港文学史料表明，早在 60 多年前，已经有人注意到"中国新女性在新文坛上所占位置"非同一般。60 多年后，当香港文坛上"才女"成群崛起，并以其辛勤笔耕的创作实绩而令人刮目相看之时，将这两个不同时代、不同地域的女作家群做一番群体意义上的纵向比较，并由此寻找中国女性作家在创作主题、女性意识及艺术风格上的继承、嬗递与流变的脉络，也许，并非是毫无意义的。

妇女命运：题材的绵延

在源远流长几千年的中国文学史上，很少有整整一代作家，像

---

① 《中国新文坛几位女作家》原文中一共举有 11 位五四女作家，其中误将"雪林"和"绿漪"算作两人。

20 世纪五四时期的女作家那样，表现出对于中国妇女命运休戚相关的爱情、婚姻、家庭以及社会等问题如此自觉的关注和描写的热情。早在五四初期，就有一批反映封建桎梏下青年女子不幸命运的"问题小说"问世，如宋怀玉女士的《白受了一番痛苦》、冰心的《秋风秋雨愁煞人》、庐隐的《一个著作家》、苏梅（雪林）的《童养媳》①等，都直接或间接地提出了改良家庭和社会、改善女子境遇等问题。稍后些时出现的陈衡哲的《巫峡里的一个女子》、石评梅的《董二嫂》、冯沅君的《潜悼》、凌叔华的《绣枕》《吃茶》，以及丁玲的《阿毛姑娘》等等，更是从不同的侧面，反映了中国下层妇女在婚姻和家庭中的不幸遭遇。作为那一代身受其害的过来人，诉说婚姻不自由的痛苦，争取恋爱自由、婚姻自主的女人的权利，不仅成为五四时期女性小说的重要题材，而且也成为五四反封建文学的鲜明特征之一。概括起来，这一题材的女性小说主要包括以下三方面的描写内容：

一是反映"被侮辱与被损害"的少女的遭遇，如冰心的《最后的安息》、庐隐的《一封信》《西窗风雨》、石评梅的《董二嫂》等，从人道主义的立场控诉了封建制度摧残童养媳的罪恶。正如石评梅在《董二嫂》中借人物之口痛呼的那样："大概他们觉得女人本来不值钱，女人而给人做媳妇的，更是命该倒霉受苦的！……什么时候才认识了女人是人呢？"②类似的作品还有苏梅（雪林）的小说处女作《童养媳》等。

二是反映爱情与婚姻相分离的痛楚。如庐隐的《一个著作家》写一位年轻姑娘，因父母之命而被迫与恋人分手，嫁一富翁后三载便

① 宋怀玉：《白受了一番痛苦》，载 1919 年 8 月 24 日北京《晨报》。冰心：《秋风秋雨愁煞人》，载 1919 年 10 月 30 日—11 月 3 日北京《晨报》。庐隐：《一个著作家》，载 1921 年《小说月报》第 12 卷第 2 号。苏梅（雪林）：《童养媳》，载 1920 年《北京女子高等师范学校文艺会刊》。

② 石评梅：《董二嫂》，载 1925 年 11 月 25 日《京报副刊·妇女周刊》第 50 号。

魂归西天，临终前留下一纸遗书："我不幸！生命和爱情，被金钱强买去！……"①《父亲》中知书达理的小妾，嫁了十年，却"总不曾了解过什么是爱情"，最后带着无爱的缺憾离开人世②。还有沅君的《潜悼》，男主人公爱上了族兄的妻，但这为伦理道德所不容，他只能在其死后，像贾宝玉作《芙蓉女儿诔》祭悼晴雯那样，悄悄献上一篇哀婉痛切的"潜悼"③。这些作品，无一不反映了无爱的婚姻给有情人带来的悲剧。

三是反映恋爱自由与婚姻自主的呼声。这是 20 年代女性文学中最具五四精神的部分，充分显示了新女性们在争取这一神圣权利方面的觉醒与无畏。最典型的是冯沅君的《隔绝》、凌叔华的《春天》以及丁玲的《梦珂》《莎菲女士的日记》等等，都从不同的侧面反映了包办婚姻、无爱的婚姻或性爱与情欲的分裂给女人（尤其是知识女性）造成的从形体到心理的伤害，从而使一代觉醒的五四新女性发出了"不得自由我宁死。人们要不知道争恋爱自由，则所有的一切都不必提了"④ 的时代呐喊。

上述三大描写的主题，不仅构筑了五四时期女性小说的大致框架，而且成为 30、40 年代中国现代女性小说的基本"母题"之一：如萧红的《呼兰河传》中的小团圆媳妇的惨死，不正是"被侮辱与被损害"的少女不幸遭遇的重演？张爱玲的《金锁记》等小说描写的半新半旧的家庭内女子缺少爱情的变态心理，不正是爱情与婚姻相分离的又一批涩果？传统，似乎有着一脉相承的延续性。令人惊异的是，我们甚至在已进入资本主义商业化社会的当今香港女作家的小说中，也多多少少发现了类似的文学"母题"：尽管作家也许并不十分清楚这"母题"来自她们的文学前辈。

---

① 庐隐：《一个著作家》，载 1921 年《小说月报》第 12 卷第 2 号。

② 庐隐：《父亲》，载 1925 年《小说月报》第 16 卷第 1 号。

③ 冯沅君：《潜悼》，《劫灰》集，上海北新书局 1928 年版。

④ 冯沅君：《隔绝》，载 1924 年《创造》季刊第 2 卷第 2 期。

中国现代女作家当年反复吟唱的婚姻不自由的"咏叹调"，在80年代香港女作家笔下发出了"绝响"。钟玲的《墓碑》，使人很自然地想起《一个著作家》式的爱情悲剧：一对彼此相爱的青年男女，只因一个是刻墓碑的小工匠，另一个是殡仪馆老板的书院女，便被"父母之命"活活拆散①。夏易的《少女日记》，令人联想到《隔绝》中的反抗者的悲剧，正如女主人公黄秀珍所说："我的家里也有牢狱，用以囚禁敢于反抗的人的牢狱。"② 钟晓阳的《二段琴》，男主人公莫非在心灵寂寞中与一女子草草同居，又匆匆分手③，似乎是张爱玲的《倾城之恋》中范柳原与白流苏结合的又一翻版；施叔青笔下富有学识的愫细女士，竟委身于一个粗俗不堪的印刷厂老板④，也令人想起丁玲笔下的莎菲女士当年在百无聊赖中曾对俗不可耐的凌吉士的红唇表示过青睐……由此，我们有理由认为，当今香港的女性小说，并非全是那些"靓仔对靓女，最终成眷属"的言情之作，至少有一部分女性小说，继承了中国现代女性小说透过婚姻问题反映妇女命运的文学传统，她们在各自的作品中，都深深浅浅地流露出与其前辈一脉相承的明显胎记。

女性悲剧：主题的"变奏"

然而，时代毕竟不同了，中国现代女作家与当今香港女作家所处的社会及生活环境，毕竟有了很大的差异。即使反映同一题材的小说，描写的对象、人物也出现了明显的区别。同样是反映"被侮辱与被损害"的少女的遭遇，也不再仅仅是封建家庭对童养媳草菅人命式的迫害，而是透过"少女卖淫"这一社会的毒瘤和癌肿，显示商

---

① 钟玲：《墓碑》，载 1987 年《香港文学》第 29 期。
② 章如易（夏易）：《少女日记》，江西人民出版社 1985 年 9 月版。
③ 钟晓阳：《二段琴》，《流年》集，中国友谊出版公司 1985 年 9 月版。
④ 施叔青：《愫细怨》，《香港人的故事》，作家出版社 1986 年 8 月版。

业社会那种金钱万能所散发出来的铜臭。陈娟的《三个女人》，描写了黑社会势力如何逼迫、诱拐良家少女沦为娼妓的惨况；《灵肉缘》则涉及了被生父抛弃的私生女，在底层社会堕落的无情事实——"抽大麻，上的士高，赌博，做捞女，去抢劫……"① 令人触目惊心。林燕妮的爱情小说虽被称为"是用香水写的，是用香水印的，读者应当在书中闻到香气"②，但她笔下有时也流淌着吧女、雏妓的眼泪和苦水。《父亲的新娘》中的丝丝，15 岁就为家计而当了吧女，"陪酒兼陪客出钟"，"不晓得陪过多少男人度夜"③。《庄小姐》中那位戴着名贵心形钻戒的"富家千金"，原来从前竟是个"几百、几千个臭男人三十元钱便干过的雏妓"！④ 当她终于将大卫领到她"从前赚钱的地方"时，我们明白，庐隐笔下反映妓女含泪拉客的"作甚么"⑤ 的疑问并没有结束，只是不再仅仅作为社会风化和伦理道德问题，而是反映出"少女卖淫"背后的经济杠杆的驱动作用。金钱，这个当年曾被五四女作家痛斥过的将"生命和爱情"强买去的"恶魔"，却在不少香港女作家笔下成了人人垂涎、仰慕的财神："老得像风前烛"的黄老头，手中握有亿万家财，能够公然娶到 19 岁的四姨太⑥；行将就木的亿万富翁高老头，也轻而易举地征服了 18 岁玉女的芳心！但她的如意算盘被高老头的一纸遗书所粉碎："十五年，

① 陈娟：《三个女人》《灵与肉》，均见《香港女人》集，群众出版社1986 年 10 月版。

② 金庸：《用香水写的小说——序林燕妮的爱情小说》，见林燕妮著《盟》，台北：远景出版公司 1982 年 12 月初版。

③ 林燕妮：《父亲的新娘》，《台湾文学选刊》1985 年第 4 期。

④ 林燕妮：《庄小姐》，见《盟》集，台北：远景出版公司 1982 年 12月初版。

⑤ 庐隐：《"作甚么？"》，载 1921 年 8 月 10 日上海《时事新报·文学旬刊》第 10 期。

⑥ 章如易（夏易）：《少女日记》，江西人民出版社 1985 年 9 月版。

两百万！"她最后以发疯告终①！如果说，庐隐时代的《父亲》，是用卑鄙的手段将如花似玉的少女骗到手的话②，那位年仅19岁的"父亲的新娘"，却是自觉自愿嫁给已有25岁的女儿的言老头的，她公然对母亲说："贫穷便是罪过，我讨厌再穷下去。"③ 贫穷便是罪过！这就是许多香港女性小说所描写的"老少姻缘"的经济实质！因此丝丝可以面无愧色地当着众人宣布："我卖的是我自己！"15岁的蜜莉和19岁的丝丝的区别仅仅在于，前者是人尽可夫地分期分批"零卖"；后者则是向一个老男人一揽子"整取"。这些小说，无一不折射出香港社会"老少姻缘"畸形婚恋的利益实质。

从"生命与爱情，被金钱强买去"，到"我卖的是我自己"，两代女作家在这里显示了她们思想意识的分野。贫穷便是罪过，于是，金钱的考虑不仅成为两性关系天平上举足轻重的经济砝码，而且可以将爱情、婚姻、名誉、良心、肉体、灵魂……都当作商品自由买卖。一切都体现了高度发展的商业化的原则：你买我卖，银货两讫，等价交换，公平交易，当事者双方有绝对的买卖自由。亦舒的小说在描写这种"买卖"时表现出一种令人吃惊的直率和坦白，例如《喜宝》。一个曾靠自己努力考入英国剑桥大学读BAR的女留学生，一个偶然的机会，使她成了拥有巨富的勖老头的情妇：

> 我真正的呆住。我晓得他有钱，但是我不知道他富有到这种地步。在这一秒钟内我决定了一件事，我必须抓紧机会，我的名字一定要在他的遗嘱内出现，哪怕届时我已是六十岁的老太婆，钱还是钱。④

---

① 陈娟：《绿萍的青春》，见《香港女人》集，群众出版社1986年10月版。

② 庐隐：《父亲》，载1925年《小说月报》第16卷第1号。

③ 林燕妮：《父亲的新娘》，转引自1985年《台湾文学选刊》第4期。

④ 亦舒：《喜宝》，山东文艺出版社1987年8月版。

钱还是钱！喜宝与勋老头之间，除了这种赤裸裸的金钱交易还有什么爱情可言?! 正如她自己所说，"爱情是另外一件事"。她之所以如此自觉地充当那个浑身皮肤都已皱皱巴巴的勋老头的情妇，正是因为勋老头的万贯钱财，给了生活于现代商业社会中的喜宝一种物质享受的保证，所以她一旦得到了她梦寐以求的大把大把的金钱之后，便大言不惭地宣称："我现在什么都有，我的钱足够买任何东西，包括爱人与丈夫在内！"

呜呼！"不得自由我宁死"的抗争已成了历史的陈迹；"生命与爱情，被金钱强买去"的痛呼，已经过去了！

婚恋方式：小说的新质

其实，《喜宝》《父亲的新娘》之类，都算不上是爱情与婚姻相分离的真正悲剧，因为爱情，这一最神圣、最纯洁的无价之宝，在它被标上价格、明码拍卖之前已窒息而死。笔者以为，香港女性小说中爱情与婚姻相分离的真正悲剧，并不发生在你买我卖、银货两讫的"买卖婚姻"中，而是发生在那些具有独立人格、不须要抓着男人的钱口袋过日子并在事业上有所成就的职业女性的心灵深处。中国现代女性小说中那种对于纯真爱情的呼唤与寻求，在另一些香港女作家笔下，大都以"婚外情""隔代恋"的方式，别别扭扭地表达出来，如亦舒的《两个女人》《胭脂》，林燕妮的《放弃》《母、女、他》，夏易的《我》，西茜凰的《第八夜》等。而在借"婚外情"来表现职业女性爱情与婚姻相分离的悲剧这方面，施叔青的《香港人的故事》系列小说堪称代表，在这些描写"香港女人"的故事中，我们不难听到当年凌叔华的《花之寺》《春天》等小说中女主人公心灵寂寞的呻吟和饥渴。

最典型的是《愫细怨》与《窑变》。愫细和方月，一个担任着某公司的主任之职，一个则是来港前小有名气的女作家。她们都有自己的（至少是名义上的）丈夫，但又都"背叛"了自己的丈夫。原因都很简单：愫细与有了外遇的丈夫分居后，"她需要抚慰，需要一双有力的手臂把她圈在当中，保护她"。方月则在独拥罗衾的漫漫长夜中，需要男人（哪怕是一个衰老的男人）关心她，"宠"她——"女人生来就是给男人宠的"①。正是在这里，作者写出了现代职业女性作为女人的致命弱点和爱情悲剧。导致愫细和方月以"婚外情"的方式寻求安慰和刺激的心理动机是：害怕寂寞，害怕孤独。这种伴随着现代发达的商业社会而来的现代人的孤独感和寂寞感，使愫细和方月这样的职业女性缺少一种心理上的安全感，因此，"爱"的权利，成了逃避寂寞的薄薄的一层纱幕。

如果说，反映婚恋方式的爱情主题，在中国现代女性小说中，主要体现为人的权利的觉醒（"婚姻自由本是正理"——庐隐《海滨故人》）和人格尊严的民主要求（"不得自由我宁死"——沅君《隔绝》）的话，那么，在一部分香港女性小说中却体现了人生寂寞的悲哀心理（"你总不至于赶我走吧？"——方月）和人性荏弱的无奈情绪（"留这么一个人在身边解闷，不也很好？"——愫细）。而在这一片此起彼伏的"香港女人"的苦恼奏鸣曲中，西西的《像我这样的一个女子》所表现的婚恋方式最为奇特，也更发人深思。这篇小说选取了一个非常独特的视角，通过一个殡仪馆的女化妆师的内心独白，道出了"我"和怡芬姑母两代从事与死者打交道的职业女性与婚姻无缘的爱情悲剧。把美丽缠绵的爱情置于令人恐怖的死者面前来考验和捶打，从而将爱情与死亡这中外文学中的两大永恒主题紧紧结合在一起，这不能不说是香港女性小说中的一个独创。而这个美丽忧伤的爱情故事，似乎本身就隐喻着、或者说是象征着——死亡。小说一开头即暗示："像我这样的一个女子，其实是不适宜与任何人恋爱的"；结尾处，当男友夏捧着一束美丽的鲜花前来约会，"他是不知

---

① 施叔青：《窑变》，载《香港人的故事》集，作家出版社1986年8月版。

道的，在我们这个行业中，花朵，就是晋别的意思"①。因此，"我"与夏之间的爱情结局究竟如何，是根本不重要的，重要的是，爱情与死亡，在西西的笔下自始至终、难解难分地纠缠在一起。

爱情与死亡联姻的奇特的婚姻方式，在其他一些香港女作家笔下也或多或少有所表现：林燕妮的《盟》，男主人公与另一女子的婚礼即将举行之际，竟一个坠楼而死，一个撞车而亡，"在一片天旋地转中"，他似乎看见当年在车祸中丧生的恋人"柔情无限地把他紧紧抱在怀中"，双双升入天国②。钟晓阳的《哀歌》中的男女主人公，谈情说爱的话题就围绕着死亡："你说你愿意死在大树下"，"我愿意做那棵树"③。吴煦斌的《蝙蝠》，则以较为隐晦、含蓄的意象——蝙蝠交配时发出芬芳的麝香味，以及"长长的尖锐却又沙哑的蝙蝠似的哀号"，象征着一对青年男女交媾而后又斩断情丝的婚恋悲剧④。钟玲的小说描写男女婚恋的方式，更是绝少与死亡无关：《轮回》中陈弘明的猝死，唤起了"我"的初恋觉醒和对于生命的体认；《大轮回》中那三个周而复始、因果相连的爱情传奇，无一不以血淋淋的死亡而告终⑤；还有前面提到过的《墓碑》，男女主人公的婚恋方式从一开始就与死亡结下了不解之缘："他12岁起就在父亲的店里刻墓碑，而她，是世界殡仪馆老板的女儿。"更令人称奇的《黑原》，则运用超现实主义的表现手法，写一位女子出"生"入"死"，到黑原上寻找"鬼侣"的荒诞故事。故事本身是荒诞的，但其中的"悟性"却是深刻的：

① 西西：《像我这样的一个女子》，载1986年《台湾文学选刊》第4期。
② 林燕妮：《盟》，载《盟》集，台北：远景出版公司1982年12月初版。
③ 钟晓阳：《哀歌》，引自1987年《海峡》第5期。
④ 吴煦斌：《蝙蝠》，载《吴煦斌小说集》，台北：东大图书公司1987年5月初版。
⑤ 钟玲：《大轮回》，载《轮回》集，台北：时报文化出版公司1987年7月7版。

一刹那电光石火，我终于悟了！这么简单的事实，我居然多年一直没有悟出来。我早就死了！我们都是所谓的"鬼魂"。鬼魂又有什么关系呢？我依然是我，他依然是他。我已经做了很多年的孤鬼游魂，现在不一样了，我有了一位鬼侣。谢天谢地，我终于找到他了！原来在阳世找不到的，在阴间会找到。即使在阴间找不到，在某一辈子的轮回之中，终究会遇上的。①

　　爱情与死亡为伍，情侣与鬼魂相伴。香港女性小说中接二连三、不约而同重复出现这一"死亡意识"，笔者以为，实际上深刻地反映了现代女性对于纯真爱情的一种无可奈何的悲观心态：爱情女神死了！无论是在芸芸众生的人世间，还是在安放死者的停尸间，都找不到爱情的栖身之所，于是，便只有寄希望于阴间，"即使在阴间找不到，在某一辈子的轮回之中，终究会遇上的"。透过这层爱情与死亡为伍的悲哀，我们不仅理解了"今生今世"的现代女性的真正悲剧，并且，这一部分香港女性小说，实际上已超越了爱情小说的范畴，而把人们引向对当今人类自身命运及其存在价值的哲学思考。这一点，恰恰正是香港女性小说中最具有当代意识和哲学意味的精粹所在，正是它们，显示了中国现代女性小说所没有的新的意识、方式和主题。

纵向比较：特色与格局

　　综上所述，香港女作家不仅继承了中国现代女作家从爱情、婚姻等出发反映女性命运及其人生追求的文学传统，而且在题材选择、人物塑造、结构安排和语言艺术诸方面都显示了自己的特色。
　　一是表现不幸女子的悲剧由外部遭遇专为内心隐伤。中国现代女作家笔下的不幸女子，大都是旧家庭、旧礼教的"怨女"，她们常常

────────────

①　钟玲：《黑原》，载 1981 年 11 月 1 日台湾《中国时报》。

是婆婆、丈夫或封建家长直接迫害的对象，首先丧失的是作为"人"的生存权利。正是从人道主义的立场出发，中国现代小说中提出的反封建的民主要求才显得那么合乎情理，而这一要求，又是同当时中国妇女在经济上不能独立、政治上毫无地位的社会性质相联系的。而当代香港与那时中国的情形毕竟有着相当大的差别，因而，香港女作家笔下很少出现可怜巴巴的弱女子形象，取而代之的是，无论在家庭中还是在社会上与男子平起平坐的女强人，更"由于香港特殊的商业环境，培养出一些能干到极点的女人，她们分散在洋行、律师楼、银行担任高级要职"①。这些职业女性，受过良好的教育，不乏国外名牌大学的高才生，然而事业上的强者，却在婚姻、爱情上又往往是不幸的失败者；她们将自己献给所从事的事业，反过来却又不得不在为之拼命的献身中逃避爱情、婚姻上的失意，如此循环往复，直到青春难驻，韶华逝去。如林燕妮的《嫁不掉的美女》，三个"出名能干又漂亮的女人"，却是"有人看有人羡慕，而没有人追的，——也许，是没有合适的追求者"②。寻找另一半的苦恼，表明了女性在获得了经济上的自主、人格上的独立、事业上的成功和社会上的地位之后，仍然有着内心深处的不流血的伤痛。

二是表现知识（职业）女性的悲哀从苦闷彷徨转为寂寞孤独。在中国现代女性小说中，最能显示五四时代特征的，正是那些描写知识女性内心苦闷彷徨之作，如冰心的《烦闷》《遗书》，庐隐的《或人的悲哀》《海滨故人》，沅君的《隔绝》《旅行》，石评梅的《病》《祷告》等。这些小说，最充分地反映了"那时觉醒起来的智识青年的心情，是大抵热烈的，然而悲凉的，即使寻到一点光明，'径一周

---

① 施叔青：《悭细怨》，载《香港人的故事》，作家出版社 1986 年 8 月版。

② 林燕妮：《嫁不掉的美女》，转引自 1986 年《台湾文学选刊》第 1 期。

三'，确是分明看见了周围的无际涯的黑暗"①。显然，这种苦闷彷徨来自中国知识分子文化心理深层结构中感时忧国的传统，在黑暗现实面前碰壁后产生的热烈与悲凉交织的情绪体验："社会不良，劫运将与终古，茫茫大地，谁悯众生?"② 可见，中国现代女作家关注的多是社会的黑暗和民族的忧患，而并非仅仅是个人的孤独与寂寞。而香港女作家的笔下，很少见到忧国忧民、愤世嫉俗的政治意识，她们所涉及的知识（职业）女性的内心悲哀，主要来自个体孤独和人生寂寞：愫细和方月之所以需要"婚外情"，并不在于经济依靠，而在于寻求寄托；"嫁不掉的美女"和"像我这样的一个女子"的悲哀，也不在于受人欺凌，而在于自我封闭。因此，香港女作家扣住了当今发达的商业化社会人与人之间关系淡漠、人的精神异化的社会特征：普遍的寂寞孤独，普遍的忧郁绝望。在年轻的小说家钟晓阳的笔下，无论是远离家门、求学于异国的游子之恋（如《流年》《柔情》等）；还是港岛土生土长的普通百姓的平民之恋（如《二段琴》《唤真真》等)③，无一不淋漓尽致地表现了港岛当代青年的内心寂寞和精神孤独。值得一提的还有钟玲的《终站·香港》，写了一位濒临死亡的老作家弥留之际的心理活动与幻觉："他敢孤独地活，却有点害怕在孤独中死去。病房另外七张床都躺着人，但在青苍的日光灯下一个个都像死尸。"④ 于是，我们在这里找到了香港女性小说中的"死亡意识"产生的根源，发达的商业社会内人们极度孤独寂寞的心理：除了交易、买卖，没有人来真正关心和过问，"既没有对手，也没有观众"，所以才觉得，"我早就死了"！

---

① 鲁迅：《〈中国新文学大系·小说二集〉导言》，良友图书公司，1935 年 5 月版。

② 冰心：《遗书》，见《超人》集，商务印书馆，1923 年版。

③ 钟晓阳：《流年》《二段琴》，见《流年》集，北京中国友谊出版公司，1985 年 6 月版。《柔情》，载 1985 年台湾《联合文学》第 1 卷第 5 期。《唤真真》，载 1986 年香港《明报月刊》246－247 期。

④ 钟玲：《终站·香港》，载 1981 年 5 月 8 日台湾《联合报》。

五四的女性与「香港的女儿」

在艺术风格上，香港女性小说也和中国现代女性小说有了极大的差异。一是抒情风格明显淡化。中国现代女作家的许多小说，每每出现抒情主人公"我"的声音：人生痛苦的感慨，浮想联翩的嗟叹，或是悲愤难抑的呼喊，恋爱自由的礼赞等等。在不少书信体、日记体或是夹杂大量书信、日记的第一人称小说中，"我"更是成为名副其实的抒情主人公，从而使小说充满热烈的感情和浓郁的诗意。重要的不是扣人心弦的情节，而是跌宕起伏的情绪。而在香港女性小说中，这种抒情风格已明显淡化。虽然也常常出现第一人称为故事叙述者（比如亦舒就惯用这一手法来展开故事情节），但其笔下的"我"已不单纯只是抒情主人公，而常常是这故事的女主角，因而，香港女作家的小说，更注重故事的生动、情节的曲折、节奏的快速和文字的简练，以及视角的更迭变幻，很少出现大段大段的抒情插叙。即使被冠以"言情小说"，也很少抒情写意，形成了适合香港生活快节奏的通俗、简洁、明了、连贯，符合市民阅读趣味的写作风格。

二是自传色彩显著减弱。中国现代女性小说，常常只有一个视角，那就是再现和复制作者本人的生活经历和情感波澜，比如，《遗书》中烦闷苦恼的宛因即冰心自己大学时代的肖像描写；庐隐的《海滨故人》中有作者从童年到青年时代的生活剪影；《一日》《波儿》记载着陈衡哲留学美国期间的经验和见闻（作者再三声明，前者"只能算是一种白描，不能算为小说"；后者的"情节，有一半是我亲眼看见的"）。《棘心》，更是绿漪留法求学期间种种生活体验的一部完整的纪实体小说……取材于本人生活经历的鲜明特色，甚至也反映在三四十年代女作家笔下，如谢冰莹的《从军日记》《女兵自传》，萧红的《呼兰河传》，张爱玲的《沉香屑·第一炉香》、苏青的《结婚十年》等等。而在当代香港女性小说中，这种自传色彩已明显减弱，尤其是小说的内视角显得多元和灵活。如西西的《春望》，写内地的明姨在"文革"结束后准备申请赴港探望姐姐陈老太太。小说选择了两个内视角：一是透过陈老太太与儿女的对话，反映老少两辈人对明姨来港探亲的不同态度；另一个则是通过陈老太太及其儿女日常生活细节的白描,展示香港普通市民的生活内容及其节奏。多种内视角的互相映衬、多方转换,拓宽了小说的时空界限与表现内容。类似的例子还有《这是毕罗索》。小说一方面再现了墨西哥第13届世界杯足球赛上,阿根廷对联邦德国决赛的精彩场面,又分别展示了"我"与巴西著名球星薛高(济科)观看电视实况转播时的不同联想。小说在三度空间(墨西哥、香港、里约热内卢)内灵活变换视角,犹如转动的万花筒,让人看到了一个旋转的足球世界①!除了西西外,吴煦斌也在其小说中不时变换内视角,以求多角度、多侧面地反映一个立体的世界。如《晕倒在水池旁边的一个印第安人》,分别通过食物、海洋、言语、土地等的"眼睛",表现了一个象征着原始生命的印第安人,不受现代文明的感化,终于回归原野和丛林之中,隐约地表达了现代人对于大自然的向往和呼唤②。总之,香港女性小说,糅进了不少西方、拉美现代主义文学(如象征主义、存在主义、意识流、荒诞派、魔幻现实主义等)的技巧和手法,使小说的创作方法显得摇曳多姿,远远突破了中国现代女性小说的表现格局。

另作比较:大家与小我

毋庸置疑,当今香港女性小说以其多产、新奇的创作实绩,显示了故事性和哲学性两大方面的小说才华,并由此产生了不容轻视的文学影响。然而,笔者以为,与中国现代女性小说相比,当今香港女性小说既有与其不同的格局,也有自身的局限,突出表现在以下两个方面:

首先是家国观念的淡化和唯"我"独尊的强调。当今香港女作家很少像中国现代女作家那样,有着"天下兴亡,匹夫有责"的感

---

① 西西:《这是毕罗索》,载1986年9月7—8日台湾《联合报》。

② 吴煦斌:《晕倒在水池旁边的一个印第安人》,载1985年《香港文学》创刊号。

时忧国的忧患意识，除老作家夏易的《香港两姐妹》外，中、青年女作家都极少在小说中表现外族侵略给中华民族或是20世纪40年代沦陷时期的香港市民带来的生存威胁和亡国痛苦，在这一题材上，她们显得似乎过于漫不经心。对于这一点，施叔青解释，由于自己"生在平靖年代，没有赶上战争"①；比她更年轻些的西茜凰则认为，"战争是可怕的，中外诗篇，写得已经太多了"②。但问题似乎并不在于写不写自己未曾经历过的战争（笔者始终认为，作家应该写自己熟悉的生活题材），而在于她们缺少其前辈那样一种关注社会的眼光和忧国忧民的精神，比如，那些生活在她们周围的香港市民，对于中英两国签署了1997年归还香港的联合声明后的种种心态，在她们的小说中就很难看到（只是在施叔青的近作《相见》和西茜凰的近作《大官小传》中才有点滴流露）。关于这一点，余光中先生1984年在为西茜凰的第一本小说《大学女生日记》写的序言中就指出过："她是香港的女儿""她似乎只属于香港，而不属于更大的民族。日记里几乎从未提到中国的山河与人民，只有在文化的层次提到中国的诗词和现代文学。这现象在她的大学时代虽不很普遍，却也有相当的代表性。……1997日近，不论喜欢与否，中国大陆的大现实恐怕不容她不注目了。"③笔者以为，这段话对其他"香港的女儿"而言，也是完全适用的。她们关心的是自我的价值，一切以自我为轴心，这一点，甚至反映到小说的题目（如夏易的长篇小说《我》、西西的《像我这样的一个女子》等）和结构（如亦舒的小说几乎都以"我"为中心铺设情节；连大都以第三人称叙事观点行文的钟晓阳，在近作《哀歌》中也以"我"的独白贯穿始终）。笔者并非认为这些写"我"的小说有什么不好，相反其中不乏艺术佳作，不过，题材过于

---

① 转引自齐邦媛《闺怨之外——以实力论台湾女作家》一文，载1985年台湾《联合文学》第5期。

② 西茜凰：《大学女生日记》，香港：博益出版社1984年4月初版。

③ 余光中：《校园的牧歌》，见《大学女生日记》一书。

密集于"我"的一身，不免显得香港女性小说的天地狭窄了些。

其次是苦难意识的淡漠和享乐主义的浓厚。自1945年日寇投降后，尤其是70年代以来，香港的经济得到了高速的发展，市场繁荣，物质丰富，市民的生活有了极大的改善和提高。长期生活于物质条件优越的"太平盛世"的不少香港女作家，自然对于40年代沦陷时期香港居民遭受的苦难，对于中国大陆百多年来不断遭受异族侵略的罹难、军阀混战带给人民的灾难，以及"文革"十年动乱期间人民所蒙受的磨难等等难以体验（除夏易、陈娟等少数在内地受教育的女作家外），因而，也就难以在她们笔下见到描写苦难内容的深沉之作。1985年10月被香港青年"文学周"书介活动推荐的李碧华的《霸王别姬》，虽然反映了内地一对京剧老艺人半个世纪以来所经历的种种不幸①，但笔者认为，这部描写"同性恋"的小说写得十分粗疏，原因就在于对中国人民的苦难缺少实际感受，因而总显得十分隔膜。还有相当一部分香港女作家的小说，常常有意无意地炫耀星级酒店的豪华陈设，珠光宝气的新潮服饰，还有独幢别墅、私人游艇、名牌轿车……津津乐道于舞厅、赌场、夜总会、按摩院等消遣游乐场所的琐碎细节，正是这些过多的吃喝玩乐嫖赌的展示，不仅限制了小说的思想深度，而且也降低了作品的艺术格调。尤其是那些数量多、流行广的言情小说，过于沉溺于情天恨海，在轻盈柔靡的氛围中做着"香雪海""黑蜘蛛"之类的绮梦，靠一股脂粉香气加上神秘离奇的情节内容吸引读者，而读者也只能以消遣、娱乐的态度去欣赏它。这一点，艺术规律是公平的，正如英国著名小说家亨利·詹姆斯所说："小说必须严肃地对待自己，才能让公众严肃地对待它。"②

笔者认为，这并不是苛求。

---

① 李碧华：《霸王别姬》，香港天地图书公司1985年8月初版。

② ［美］亨利·詹姆斯：《小说的艺术》，转引自1981年《外国文艺》第1期。

台湾女性文学的发轫及其主题

1945 年 8 月 15 日，日本天皇宣布无条件投降，台湾和澎湖列岛在经历了长达 50 年零 183 天的殖民历史之后终于回到祖国的怀抱。光复之初，即有一批 30 年代享誉文坛的资深作家，如许寿裳、台静农、李何林、黎烈文、李霁野等肩负重建和振兴台湾的文化、文学的使命而相继去台。40 年代末期，更有不少或战前生活在祖国大陆、战后返台的省籍作家，如张我军、钟理和、林海音等；或随国民政府去台的大陆作家，如梁实秋、谢冰莹、胡秋原、陈纪滢、杜衡等。这三类先后抵台的作家，"从不同的角度，把祖国大陆自'五四'以来不同发展阶段的文化传统与文学精神带入台湾，使得在日本割据下发展的台湾新文学，进一步地与大陆'五四'以来的新文学汇合起来"①。

然而，光复后的台湾，绝非作家们的乐土：由于侵略战争期间日本对台湾社会和人力、物力、财力的极大破坏与疯狂掠夺，造成了台湾历史上空前的经济危机。而国民政府接管台湾后，又因加紧内战而无心治理战争创伤而失信于台湾民众，更有吴浊流的小说《波茨坦科长》中揭露的接收大员"范汉智"们搜刮台湾民脂民膏的种种丑行，使台湾民众极度失望，终于爆发了 1947 年"二二八"起义暴动。之后，台湾省籍著名作家杨逵夫妇于"二二八"事变中被捕入狱，

---

① 转引自《台湾文学史》下卷，刘登翰等主编，海峡文艺出版社 1993 年 1 月版，第 11 页。

出狱后又因发表"和平宣言"而被判 12 年徒刑；鲁迅的挚友、台湾大学国文系主任许寿裳惨遭杀害；李何林、李霁野被迫离台返回大陆；台静农、黎烈文等人不得不躲进大学校园执掌教鞭，回避抛头露面……这一切，使人不难想象光复后至 50 年代台湾社会环境之恶劣与严峻。因此，重创之后的台湾新文学的复元，在光复之初显得缓慢而又沉重。

历史机遇：台湾女性文学的首度繁荣

然而，就是在这样恶劣与严峻的社会背景之下，50 年代的台湾文坛正当官方大力扶植的"战斗文艺""反共文学"甚嚣尘上之际，却涌现出一群极少介入政治宣传的女性作家，如林海音、孟瑶、张秀亚、琦君、钟梅音、徐钟珮、郭良蕙、潘人木①、徐意蓝、华严等等，加上 20 世纪二三十年代即已蜚声文坛的苏雪林、谢冰莹、沉樱等人，她们很快以实力不凡的作品，显示了 50 年代台湾女作家的创作实绩，并成为当代台湾女性文学首度繁荣的标志。与其说这是当代台湾史上的一大奇观和缪斯的格外垂怜，不如说是独特的台湾社会环境为这些女作家成群结队登上文坛提供了某种历史机遇。

而她们，恰恰抓住了这一千载难逢的历史机遇。

首先，台湾女性文学的首度繁荣，表明了文学本身对"政治化"庸俗倾向的拒斥和反拨。1949 年国民政府退守台湾后，在政治上推行"反共抗俄""反攻复国"的方针，继颁布"戡乱动员时期临时戒严令"，对全岛实行长达 37 年之久的军事管制之后，又公布"戒严时

①　20 世纪 50 年代成名的台湾女作家中，潘人木的情况比较特殊，她既写过《如梦记》《马兰自传》《莲漪表妹》等反共小说，成为当时"风头最健"的女作家，但也写过非政治化的纯文学作品。如反映知识分子家庭悲欢的《哀乐小天地》《闹蛇之夜》等，"写悲剧是一路巧笑倩兮的含泪而来而去，缠绵委曲，哀而不伤，这是正宗的中国悲剧"（见《台湾作家小说选集》第 2 卷，中国社会科学出版社 1982 年版，第 364 页）。

期新闻报纸杂志图书管制办法",对台湾的出版和言论进行全面控制;禁止印行和阅读"五四"以来中国新文学中的大量进步文学作品(像鲁迅、郭沫若、茅盾、巴金、沈从文等人的作品都在被禁之列)。因此,自20世纪20年代以来在大陆五四新文化运动影响下形成的以反帝爱国、反抗黑暗统治为主题的台湾新文学传统被拦腰截断。与此同时,台湾当局通过各种途径加紧"反共"宣传,在官方扶持下掀起"战斗文艺"运动。"战斗文艺"从本质上来说,是一种歪曲现实生活、颠倒历史是非的"主题先行"的政治产物,思想内容的概念化、艺术表现的公式化,是这种"反共文学"的基本特征。正如50年代后期有人在报上所批评的那样,"只在字面上充满'战斗热',在实质上缺乏'文艺美',只因只战斗不文艺,官方用'推销主义'推行,战斗文艺令人失望"①。这种被戏称为"反共八股"的战斗文艺作品,随着"反共复国"的政治神话的破灭,逐渐遭到人们的冷遇当是意料中的事。这样,就为在台湾文坛上首先抒发或浓或淡的绵绵乡愁、幽幽离情,基本上不触及现实政治的女作家们,腾挪出一块生存空间和"用文"之地。

其次,台湾女性文学的首度繁荣,表明了赴台女作家在语言文字方面的优势和特长。在长达半个世纪的异族统治下,日本殖民者在台湾建立了一整套政治、经济、军事、法律、文化等制度,尤其是推行"皇民化运动"之后,中国一切传统的文化习俗、语言文字都受到明令禁止。许多在日据时期以日文创作的台湾省籍作家,包括在台湾文坛已颇有声望的杨逵、张文环、吴浊流等人,光复后都面临着重新学习、掌握国语汉字的问题。这是一个在短时间内无法一蹴而就的语言障碍。战争期间受到严重摧残的台湾新文学作家,不仅失去了安定平静的创作环境,而且面临着从日文改换汉语的创作重新适应过程。虽然战后台湾文坛办起了多种报刊,但长达半个世纪的殖民统治与"同化主义",尤其是"皇民化运动"期间废止汉文,造成许多作家

---

　　① 《岁首说真话》,载1958年1月5日台湾《联合报》。

只能使用日语写作；而国民政府接管台湾不久，即于 1947 年 10 月 25 日下令在台废止日文报刊，台湾作家面临着创作语言的转换困难，杨逵的散文《我的小先生》，记载的即是光复之初他如何拜小孙女为师，重新一字一句学习汉语的情景。因此，台湾文坛上出现了"跨越语言的一代"的独特现象，有不少台湾作家只得搁笔辍文。除此之外，困扰省籍作家的另一个问题是，对前所未有的生活环境和新的文学主题一下子难以适应。面临着不断遭到退稿、写书无处出版（如钟理和的《笠山农场》等作品）的遭遇和窘境，有不少人也就知难而退了。而 50 年代活跃于文坛的台湾女作家，基本上都是 40 年代末由大陆赴台的，她们在大陆用母语上学念书，自幼即受到中国古典文学和"五四"新文学的熏染，有的还具有大学毕业的文凭，如孟瑶、张秀亚、琦君、潘人木等；她们中有些人早在大学时代就已开始写作投稿，发表作品。赴台后，便立即显示出她们在语言艺术、文学修养方面的明显优势与特长。

再者，台湾女性文学的首度繁荣，表明了赴台女作家把握了文坛青黄不接的契机与脉搏。光复以后，孤悬海上的台湾欣喜若狂地回到了母亲的怀抱。然而，现实却是令人失望的：吴浊流小说中所描写的"范汉智"们以"接收大员"之名抵达台湾后，横征暴敛，巧取豪夺，使战后的台湾爆发出许多日益严重的社会问题：通货膨胀，物价飞涨，失业严重，土地荒芜，司法混乱，天花、霍乱、鼠疫等烈性传染病流行等等，造成了台湾历史上空前的政治与经济危机。加上到 40 年代末，随着国民政府退居台湾，上至军政机构的达官贵人，下至沦落风尘的烟花女子，大约 200 万人从大陆流落到台湾，对于本来就处于各种危机之中的台湾而言，更不啻一场严重的大灾难。由于整个社会政治、经济环境的恶化，为了生存，大多数原来在创作上卓有成就的男作家，不得不手执教鞭，或是从事经商、当公务员等谋一份养家糊口的差事，创作数量骤减；而一些为人妻、母，生活条件相对而言稍稍安定一点的女作家，便在这台湾文坛青黄不接之时开始了辛勤的播种和耕耘。

这是历史提供的机遇。这样一种机遇并不是每个历史时期、每个想成为作家的人都能遇到。对于台湾女性文学的整体而言，这种机遇，除了 50 年代和 80—90 年代，在整个 20 世纪似乎都是可遇而不可求的。

笔者认为，台湾女性文学发轫期的成绩及其对当代台湾文学史的贡献，主要表现在以下两个方面：

一是以"乡愁散文"为特色的"怀乡文学"的开拓与建树，张秀亚、琦君等人的作品堪称代表。

二是以描写女性的婚姻、爱情和家庭悲剧为主体的婚恋小说的滥觞与影响，林海音、孟瑶、郭良蕙等人的作品可做典型。

这两个方面整合起来，恰好涵盖台湾女性文学发轫期及其以后的两大基本主题。

绵绵乡愁：怀乡文学的滥觞与忧伤

毫无疑问，20 世纪 50 年代成名的那一群女作家，如林海音、孟瑶、张秀亚、琦君、钟梅音、徐钟佩、郭良蕙、潘人木、繁露、徐薏蓝、华严等等，加上 20—30 年代已蜚声文坛的苏雪林、谢冰莹、沉樱等人，几乎清一色皆是 40 年代末赴台的"外省人"，她们的"根"本不在台湾，而在大陆的故乡（唯一的例外是林海音，她的原籍是台湾苗栗，但她出生于日本，并在北京长大、读书、就业、结婚、生子，整整住了 25 年才返台，因而她也早已在心目中将北京视为她的实际故乡了）。与 70 年代以后成名的台湾女作家相比，她们这一代人，承担了过于沉重的时代和战争的苦难。她们几乎都生于中国近代史上战乱最为频繁的岁月，经历过逃难、别离和迁徙的痛苦，甚至有过流离失所、漂泊无着的生活磨难。然而，时代的苦难、生活的磨难，并未使她们对美好事物、童年印象的心灵触须变得迟钝，相反变得格外敏感，因此，当她们在台湾海峡的那一端拿起笔来，以女性特有的细腻而又丰富的心灵感受，以往日大陆的生活经历作为主要素材，痴痴地抒发对大陆故乡、亲朋故旧的怀恋之情，从而成为台湾文坛上最早描写乡愁离情的作家群体，便是十分自然的事了。

谁知这一来，竟然开了日后40年绵延不绝的"乡愁文学"之先河，恐怕是50年代的台湾女作家所始料未及的。当初她们抛离大陆故土，漂过台湾海峡，流落到捉襟见肘的台湾岛上，她们首先体味到的便是"家乡"的亲切可贵，因为50年代嘈杂拥挤甚至不无丑陋的台湾，并不是她们心目中的真正"家园"。于是，她们翻开记忆的珍藏，细细寻觅那昔日大陆的美丽故乡和金色童年的种种印象，并将其一一描绘出来，记录下来。故土的山景物貌、民风旧俗；家乡的星月风光、花鸟虫鱼；亲人师友的悲欢离合、音容笑貌；童年时代的梦想憧憬、娇嗔憨傻……总之，正是这"剪不断理还乱"的万般情怀，使台湾女作家的"乡愁散文"从一开始就呈现了与当时充斥文坛的"反共八股"所截然不同的艺术境界。在她们的笔下，月是故乡明，思如长流水；往昔犹如梦，故乡宛似歌。虽然，这梦往往并不圆满，歌中亦充满忧伤，但台湾女作家执着地以细致而深情的女性笔致，娓娓地抒发着对昔日家园难以割舍的眷恋之情，委婉地表达着对亲善、友爱的美好人性的向往与追求。在这方面，较早表现这一思旧怀乡主题的张秀亚、琦君等人的"乡愁散文"，堪称代表之作。

平心而论，20世纪50年代涉猎"怀乡文学"的台湾女作家大有人在，但像50年代初即以散文集《三色堇》出名、而后又出版了十多部散文集的张秀亚这样以大部分篇幅抒写对大陆昔日生活之回忆的人却并不多见。在她的笔下，家乡的花叫"地丁花"（《油灯碗与花》）；家乡的草叫"寻梦草"（《星的故事》）；家乡的月是"杏黄月"（《杏黄月》）；家乡的雨是"六月雨"（《你去问雨吧》），真可谓一花一草，撩人情思；点点滴滴，情意绵绵。作为"乡愁散文"的始创者之一，张秀亚的散文濡纸蘸墨抒写乡恋乡情，而落笔之处却弥漫着一股挥之不去的寂寞无凭的愁绪。如《星的故事》中写一对情侣在长安街洒泪离别的情景，可谓台湾女作家"乡愁散文"的寂寞无凭的典型氛围。尤其是将"滴雨的梧桐"比作"正在点点滴滴地流着涩苦的清泪",更令人联想起女词人李清照"梧桐更兼细雨,到黄昏、点点滴滴"的写愁名句,这不能不说是属于女性独具的细腻感受与情绪的外现。"男儿有泪不轻弹",男人似乎极少会把下雨与流泪连缀在一起,更难以将不见星星的雨夜想象为"星星跌落下来,化成离别前夕的眼泪"。这也正是台湾女作家的"乡愁散文'"至今读来仍能撩人情思、让人动情之原因。

另一位较早以"乡愁散文"出名的女作家琦君,其散文亦多取材于亲人师友、故乡童年,因而思旧回忆之作是她写得最多也最出色的,这些题材许多人写过,但琦君写来却与众不同。琦君为文从不呼天抢地或极尽铺陈夸饰之能事,而"永远带着一种轻轻的悲天悯人的态度,一派温情脉脉的笔墨去描述那渐行渐远的场景"①。于是,琦君的散文常常呈现出一个与纷纷攘攘的现实世界有所隔绝的澄净天地,例如,对于人们抱怨、憎厌的久雨天气,她也会别出心裁地发现它的妙处,她竟说:"下雨天,真好!"她告诉读者:

> 我从来没有抱怨过雨天,雨下了十天、半月,甚至一个月,屋子里挂满万国旗似的湿衣服,墙壁地板都冒着湿气,我也不抱怨。……为什么,我说不明白,好像雨总是把我带到另一个处所,离这纷纷扰扰的世界很远很远。在那儿,我又可以重享欢乐的童年,会到了亲人和朋友,游遍了魂牵梦萦的好地方。悠游,自在。那些有趣的好时光啊,我要用雨珠的链子把它串起来,绕在手腕上。②

无疑,这些最早在台湾文坛上抒写"怀乡文学"的台湾女作家,在当时既声嘶力竭又空洞无物的"战斗文艺"的隙缝里,在既混乱

---

① 徐学:《以爱心洞照忧患人生——浅谈琦君散文》,载《台湾文学选刊》1988年第4期。

② 琦君:《下雨天,真好》,载《台港文学选刊》1988年第4期。

紧张又荒凉困窘的现实中，以山水之美、亲友之爱、乡恋之情、童真之笔，为台湾数以百万计的思乡病（home sick）者，悬挂了一道隔离现实、重温旧梦的帷幕，把他们"带到另一个处所，离这纷纷扰扰的世界很远很远"，从而既回避了赤裸裸的政治介入，又保持了文学本身的优美动人之特性，这也正是"乡愁散文"能在台湾文坛上绵延不绝、至今读来仍艺术魅力不减的原因所在。

其实，怀乡也好，思旧也罢，除了"乡愁情结"外，也或多或少表现了台湾女作家对现实中真、善、美的人性匮乏的某种不满与反感，甚至是微弱而隐秘的抗议。但由于作者常常是以回忆往事而非客观写实的方式来叙事抒情，因而与现实之间便有了某种距离感。这种距离感，一方面可以营造出某种含蓄蕴藉的古典式的朦胧美感；另一方面，也常使作者有意无意地"过滤"掉现实中某些假、恶、丑的东西，而又保留了某种借题发挥的自由度。例如张秀亚的散文名篇《遗珠》，写的是作者当年在北京某女子高等学府内亲手捉贼的一件逸事。本来，窃贼当然是人人痛恨的对象，尤其当作者亲眼目睹这位女贼从"那黑皮包里拿出我这月仅余的五十元"，便本能地"一下便捏住那只手，那只手正捏着的是我那五十元的一张票子"！然而，这样一个惊心动魄、人赃俱获的极富戏剧性的情景，却以作者轻描淡写之下"化干戈为泪珠"而收场。最后，"我"不仅"握住一双贼的'友谊'的手"，还恐怕"别人难为"她而把女贼一路送出校园，并且在这件事过去许多年之后作者还这样借题发挥：

> 尽管我们的身世不同，但在造物的眼中，我们的灵魂，同是晶莹的两颗珍珠，只是我被幸运凑巧安置于玉盘之内，益形光泽，而她被厄运的大手，投掷于幽潭，沾染泥垢。玉盘中的珠颗，又有什么理由来蔑视、来轻贱幽潭深处那颗珠呢？①

---

① 张秀亚：《遗珠》，载《台港文学选刊》1988 年第 2 期。

在这里，贼与人之间的沟壑已完全填平与消弭，剩下的只是人与人之间的宽恕与谅解。笔者无意于对此做出道德评价和是非判断，而只想强调的是：这个发生在作者母校的往事，若干年后作者在台湾把它写出来并加上了一段冗长的议论，多少表现了作者对现实生活中剑拔弩张、与人为敌的人际关系的厌恶与嫌弃，以及对真诚、善良、宽容、慈悲的人性的呼唤与企盼。而这种呼唤与企盼是以充分女性化的方式表达出来的，并形成了台湾女性文学的传统之一。我们后来在张晓风、三毛、席慕蓉等散文名家的作品中，都明显地看到了这种对真、善、美的人性的呼唤。

女性悲剧：婚姻恋爱的视角与命题

如果说，以抒发思旧怀乡的情愫和意绪为主的"怀乡文学"，作为 20 世纪 50 年代台湾特定的社会、政治背景的产物，虽是台湾女作家最早涉及的题材与主题，然而，终究并非女性作家的专利产品，梁实秋、司马中原、朱西宁、段彩华等 50 年代台湾知名男性作家，也先后创作了不少"怀乡文学"的佳作，以其深厚而沉重的笔致，"凝固成为具象化的乡愁"①。而后，思旧怀乡，作为当代台湾文学的一个重要文学母题而绵延不绝。不过，当 50 年代初期孟瑶的《心园》（1952）、郭良蕙的《银梦》（1953）以及紧随其后的徐薏蓝的《绿园梦痕》（1958）、《辰星》（1959）、华严的《智慧的灯》（1961）等爱情小说的发表，加上林海音的长篇小说《晓云》（1959）和短篇系列小说《城南旧事》（1960）、《婚姻的故事》（1963）等作品的出版，无疑为当代台湾文学提供了一种以描写婚姻爱情出发来反映、观照女性外在与自身双重悲剧的新的视角和主题。这些以着重描写男女恋情、婚姻成败的经历、两性关系的际遇为主要内容的爱情小说，更是

---

① 齐邦媛：《司马中原笔下震撼山野的哀痛》，转引自《现代台湾文学史》，辽宁大学出版社，1987 年版，第 269 页。

为后来以琼瑶为代表的言情小说在台湾的发展提供了最初的样式与范例。

描写男女爱情与婚姻关系，早已是古今中外文学中司空见惯的重要主题之一：罗密欧与朱丽叶的爱情悲剧，焦仲卿与刘兰芝的婚姻悲剧，日本的《生死恋》，美国的《爱情的故事》，至今读来、观后仍令人感动。然而，20世纪50年代至60年代初，台湾整个社会都处于政治、经济、军事、文化诸方面的重重困扰之中。一方面，是壁垒森严、如临大敌般的军事统辖与管制，迫使人们远离现实与政治；而另一方面，备受战争离乱而归期遥不可及的民众心理，却格外需要感情的慰藉与补偿。无论是蓬头垢面的灰姑娘，还是冰清玉洁的白雪公主，她们共同的愿望与理想，都在于遇上一位英俊潇洒、可寄托终身的白马王子。这样一种"爱情童话"的模式虽不无肤浅，尤其是60年代后在以琼瑶为代表的台湾言情小说中不断改头换面地重复出现，并受到众多读者的青睐，不能不是这种既不触及现实政治，又能使不完美的人生有所感情寄托的社会心理的反映，这也正是以描写男女爱情为主的言情小说，在台湾经久不衰的重要原因之一。除此之外，50年代以后传统的婚姻爱情观念不断受到欧风美雨的冲击，因而也给婚姻爱情这一古老的文学主题，注入了新的内容和多重色彩。在这方面，应该说，台湾的女作家，从50年代的林海音、孟瑶、郭良蕙、徐蕙蓝、华严等，到60年代的琼瑶，再到70—80年代的廖辉英、杨小云、玄小佛、苏伟贞、李昂、萧飒等人，这些多产、畅销的小说作者，无不发挥了自身的优势。然而，从反映女性在男欢女爱的两性关系中的地位和结局来看，50年代的台湾女作家显然比较注重女性在两性关系中的被动性与悲剧性的描述和揭示。以孟瑶的《心园》和郭良蕙的《春尽》等小说为例。

孟瑶的《心园》，表面看来，似乎是一个较复杂的多角爱情故事，其主要情节和人物关系的设置，都令人想起20年代女作家白薇的一出名剧《打出幽灵塔》，但《心园》却没有《打出幽灵塔》一剧中打倒土豪劣绅的强烈的政治意识与时代背景。台湾女作家的爱情小说从一开始就极少让其男女主人公与纷纷攘攘的红尘发生瓜葛，而大都将其置于与喧嚣和动荡的现实相隔绝的山野田园之中。《心园》即是个典型例子，作者不仅将其男主人公命名为"田耕野"，并将其寓所置于"南山"下（这多少使人联想起陶渊明"悠然见南山"的名句），而且让她笔下的女主人公在优美宁静、依山傍湖的大自然的怀抱中，恢复或是宣泄爱的本能。

与一般多角恋爱的庸俗故事不同的是，《心园》中虽也写了一男三女的感情纠葛，但其着眼点却始终在于男女在爱情天平上的不平等。如女主人公之一的胡日涓。这是一位面貌丑而心灵美的女性，童年时因出天花而损毁了容貌，并且左眼失明。但她在父母的关爱、鼓励下终于成为一个很有成就的特别护士。父母去世后，她来到南山的中学校长田耕野家，专门护理久病的田太太。田太太去世后，她对田耕野产生了难以遏制的爱慕之情。她觉得，自己也是一个不折不扣的女人。可是男主人公始终只是把她当作一名有经验的特别护士，他压根儿也不会像《简·爱》中的罗切斯特爱上家庭教师简·爱那样去爱这位面丑心善的女人。因而她只能强抑心中的爱情之花。她的最后结局，只不过成为抚养田家骨肉的保姆而已。女主人公之二的丁亚玫，原是田家的养女，在田耕野夫妇的宠爱与湖光山色的陶冶下长大。她深深地爱着自己的养父，为了强迫自己斩断情丝，也为了终身不离开田家，她违心地嫁给了养父的胞弟，但很快婚姻面临危机。虽然孩子的降生给她带来片刻的欢愉，但她始终无法排遣"恋父"情结，并对养父续娶的一位英文女教师耿耿于怀，妯娌间常起冲突，终于导致田耕野夫妇离婚。而她又因此感到愧疚，竟在深夜吞食大量安眠药而自杀。

从这部小说可以看出：50年代初的台湾爱情小说并无后来以琼瑶为代表的言情小说"有情人终成眷属"的大团圆俗套，而多为伤感、凄美的男女爱情悲剧。这种爱情悲剧表明：在男女婚恋及其两性关系中，主动权与决定权都不在女性手里，而掌握在男子手中。尽管在小说中，男主人公被赋予"田耕野"这样一个富有诗意的名字，但这位被描述为"像春天的阳光，使接触到的人感到无言的舒适与温暖"的男性，与无法恋爱的胡日涓和所嫁非人的丁亚玫的痛苦恰好形成了一种反讽的意味，这两位女性的爱情悲剧从一开始就被注定了：她们根本不该去爱那个她们不该爱的男人！因为在这个世界上，男人与女人从来就不是平等的。从根本上来说，这其实是女人的爱的天性和本能受到压抑与束缚的悲剧，而不是一般意义上的男欢女爱。正因为这样，50年代台湾爱情小说中，大都以女主人公的自杀而结束，如孟瑶《屋顶下》中的莹莹，如郭良蕙《春尽》中的沈白英等等，都可看作是女主人公对追求真正爱情的一种悲壮的献祭和牺牲，以及对女性自身的本体价值和理想主义的困惑和盲目。

对婚姻恋爱中的女性悲剧的关注，以及对理想的爱情与人性的呼唤，在稍后些出现的林海音的长篇小说《云》（1959）和短篇小说集《城南旧事》（1960）、《婚姻的故事》（1963）中，得到了更为系统、有力的描述。这几部作品，前者写的是50年代大陆去台的"新潮"女性的一桩"畸恋"悲剧；后者则讲述了一个个发生在清末民初至当今的形形色色的女子的婚姻悲剧。林海音的小说，几乎全都以历史的或现实的婚姻爱情悲剧作为题材，她的作品整合起来，恰恰构成了20世纪中国女子半个多世纪以来的一部婚恋悲剧史。尤其是她所描述的那一个个令人战栗的"生为女人的悲剧"，更是在台湾女性文学的原野上，树起了第一块里程碑。

林海音的短篇系列《城南旧事》，常常被归入"怀乡文学"的典型之作，或是被当作"自传性"的儿童文学作品，其实这都是误解。表面看来，《城南旧事》是根据作者的自身经历与感受，以童年在北京的生活为素材而创作的"怀乡"之作。然而，即便是在这样一部笼罩着浓浓乡愁与乡恋的作品中，令人触目惊心的仍然是对20世纪二三十年代生活于大小胡同内的中下层女子不幸遭遇与命运悲剧的揭示，今天读来仍使人心颤。如《惠安馆传奇》中的秀贞，这个追求自由恋爱和人生幸福的活泼泼的姑娘，不仅与青年学生思康的美好姻缘被活活拆散，呱呱坠地的亲生骨肉被活活丢弃，还被世人视为疯子，在旁人的白眼与鄙视中度日。对人性的摧残与扼杀，还有比这更残酷的吗？正如小英子所说："我只觉得秀贞那么可爱，那么可怜，她只是要找她的思康跟姐儿——不，跟小桂子。"这种出于女性和母性本能的天伦之爱，都不能见容于周围的人们，包括她的父母。毫无怜悯地将刚落地的亲外孙女丢弃在城墙根底下的不是别人，恰恰是秀贞的母亲！然而，这位为维护女儿的"贞洁"而狠心丢弃亲外孙女的母亲，不仅造成女儿因骨肉分离而精神失常，而且最终导致失去理智的女儿连夜带着刚刚相认的孩子去寻找丈夫，却被火车双双轧死的惨祸，落得老来骨肉皆亡的悲剧下场！这篇可称为"女性命运"小说的深刻之处，正在于它突破了当时台湾一般爱情小说的滥情模式，而透过秀贞一家三代女人的遭遇将人们引向对女性悲剧的根源的思考，揭示了女人不仅是不幸命运的承担者，而且也是血缘悲剧的制造者这样一个深刻命题。这在此之前甚至以后较长一段时间内的台湾女性文学作品中都是罕见的。直到 80 年代廖辉英的《盲点》的出现，才又隐含了"对红尘中一切受苦的男男女女、老老少少"的"悲悯"① 的命题。

正是这种基于人道主义的"悲悯"精神，使得《城南旧事》中出现的女性人物，几乎无一是亲情的幸运者。如《驴打滚儿》中的女佣宋妈的悲剧，不仅在于她终于知道了失去亲生儿女的真相，更在于面对那个嗜赌如命、连亲骨肉都卖掉的丈夫"黄板儿牙"既恨之入骨又别无选择。这位勤劳能干、善良可亲的老妈子，最后还是坐在毛驴上，跟着"黄板儿牙"回家去了。正是在这里，作者通过宋妈从"出来"到"回去"，无法改变自己命运的遭遇，揭示了传统妇女只能扮演妻、母角色的永恒悲剧命运。

与秀贞、宋妈的悲剧性结局相比，那位曾操贱业、备受损害的兰姨娘，其结局却颇具喜剧色彩：经聪慧机灵的小英子牵线搭桥，她竟

---

① 廖辉英：《我为什么写〈盲点〉》，见《盲点》，北方文艺出版社，1987 年 7 月版。

与从事革命活动的北大学生德成叔一见钟情，双双携手同去。兰姨娘的喜剧性结局，在《城南旧事》系列小说中，犹如在一出悲剧交响曲中，突然跳出的一串略带顽皮的浪漫音符。然而，细细思量却不难发现：兰姨娘的"喜"恰恰正是为了衬托英子母亲的"悲"。从表面看来，英子有一个温饱不愁、和睦温馨的幸福家庭：父亲是知书达理的知识分子，他正直豪爽、乐善好施，同情革命者，痛恨侵略军，在学生和儿女面前，他不失为一个好教授、好父亲。然而，对于英子的母亲而言，他却绝不是一个忠实的好丈夫，在他面前，英子的母亲只不过是一架供他传宗接代的机器而已。她除了不断挺着大肚子为他生儿育女之外，还不得不忍受丈夫与娇滴滴的兰姨娘眉来眼去调情，小说虽未明写她的婚姻悲剧，但对于这位贤妻良母的同情却是显而易见的。对于这位除了生儿育女之外别无一技之长的家庭主妇而言，婚姻只是给了她一张繁殖儿女的许可证，并没有成为丈夫对她忠实的保证书。假如丈夫拈花惹草，她是无能为力的。因为，她缺乏谋生的本领和经济的来源。她和宋妈同样别无选择。

可见，即便是在以旧北京特有的风土人情与淳厚"京味"著称的《城南旧事》中，林海音所着力反映的也是旧时代妇女的不幸命运、痛苦遭遇与屈辱地位。与50年代其他一些台湾女作家所描写的中国女性（尤其是知识女性）的不幸际遇不同（如潘人木的《莲漪表妹》《马兰自传》等），她常常并非将其人物置于社会大动乱的时代背景下，以人物命运来反衬时代灾难或社会祸因，而是执着地将笔触伸入一个个家庭闺阁，从反映少奶奶、姨太太们的不幸婚姻和畸形的两性关系入手，以此来展现上一代中国妇女的性格弱点和命运悲剧，以及长期处于这种妻妾成群的环境中被扭曲的个性和异化的人性。这在她60年代初出版的短篇小说集《婚姻的故事》中显得格外集中而引人注目。在这部小说集中，对于封建的制度、礼教、习俗和家庭，以及对于封建时代天经地义的"一夫多妻"制的腐朽与罪恶，作者都有所揭露。《殉》写的是一个发生在"讲认命的时代"的一位终身守活寡的女子的婚姻悲剧。少女朱淑芸（方大奶奶）被父亲许配给方家长子家麒，由于未婚夫患有严重的肺病而受命"冲喜"完婚。过门仅一月，新郎就死了。从此，这个正值豆蔻年华的少女，便开始了漫漫长夜无尽期的寡居生活。作者以极其细腻、精致的笔触，刻画出了这位方大奶奶度日如年、生不如死的痛苦心态：

> 日子渐渐要靠打发来捱度了。白天，她还可以磨磨蹭蹭守在婆婆身边一整天。……她最怕晚饭后的掌灯时光，点上煤油灯，火光扑扑扑地跳动着亮起来，立刻把她的影子投在帐子上，一回头总吓她一跳，她不喜欢自己的大黑影子跟着她满屋子转，把灯端到大榆柜旁边的矮茶几上去，那影子才消灭了。①

试想，一位寡妇，唯一能相伴的只有孤灯、孤影，可是方大奶奶却连这些也害怕，"她虽然没有以死相殉，但是这样生活着，也和死殉差不多吧"。

是的，在封建时代，女人始终只不过是男人的附属物，乃至殉葬品，她们根本没有择偶的自由和权利，也毫无独立的人格与地位，明媒正娶的方大奶奶的遭遇如此，那些使女收房的姨太太的命运，也就更可悲可叹了。《金鲤鱼的百褶裙》写的是一位由使女而收房的小妾，她为许家生下唯一的儿子却至死得不到应有的名分和尊重。她生前唯一的奢望，只不过是想在亲生儿子的婚礼上，穿一穿"与老奶奶、少奶奶、姑奶奶所穿的一样"的大红百褶裙（象征着女人的身份）而已，却至死都未能如愿。而阻挡她这一愿望实现的，恰恰正是那个当初亲手将她送给老爷做妾的许大太太！然而，许大太太也并非凶神恶煞的母夜叉，她其实也是个受害者，只因生了五个女儿而未得儿子，就面临着"老太太要给丈夫娶姨太太"的威胁，虽略施小技将贴身使女金鲤鱼做了老爷的小妾而解除了外来的侵犯，却从此让老

---

① 林海音：《殉》，载《林海音作品新编》，漓江出版社2004年版，第282页。

爷"归了金鲤鱼"，自己只剩下一个许大太太的空名而已。在这里，我们又看到了女人不仅是不幸命运的承担者，而且还是命运悲剧的制造者的深刻命题。

封建家庭内天经地义的"一夫多妻"制，不仅使生了五个女儿的许大太太忙不迭地亲自为丈夫挑选小妾奉送，而且还造成了打入"冷宫"的大奶奶既戕害自己又折磨别人的变态心理。被台湾著名评论家叶石涛先生称为"题材可怕"而"技巧完美"的《烛》，写的是一位大户人家的大奶奶，虽生了4个儿子，但才30岁丈夫就纳了妾。她表面上装得雍容大度，内心却日夜忍受着被遗弃的痛苦和对小妾的怨恨的煎熬。于是，她就躺在床上装病，并不时发出哀号，想以此来惩罚丈夫和小妾。谁知她长期卧床造成大小腿肌肉萎缩，由装瘫变成了真瘫。在描述这类封建家庭内妻妾成群的内幕时，林海音基本上不去展示她们之间的钩心斗角、争宠吃醋，而是全力刻画她们那种无可奈何而又自作自受的悲剧命运。《烛》通过这位可笑、可悲复可怜的大奶奶的悲剧一生，揭示了妻妾成群制度对于妇女肉体与心理的双重戕害。

除了描写上一代中国妇女的不幸命运及其婚姻悲剧外，林海音也从女性生理与心理两方面触及了同时代妇女的非正常的婚外恋情。如《婚姻的故事》中的少妇芳，因姐姐去世而成为姐夫的续弦。表面上看，她的婚姻、家庭都很美满：婆婆疼爱，丈夫厚待，儿女齐全。然而，她却因文弱的丈夫缺乏生活情趣而与同事沈先生"偷情"，招致议论纷纷。丈夫病殁后，她料理完丧事，并未如释重负，公开投向沈先生的怀抱，反而与之斩断了情丝。作者对此做了这样的分析："她是个年轻的女子，也需要异性的爱抚。她的丈夫给她的，只是宽恕和谅解，这样反而更引起了她的反感、嫌恶和叛逆的心情。"丈夫死了，反抗对象消失了，她的"偷情"也结束了。因此，芳与沈先生之间的婚外恋情，从某种程度上来说，正是她对自己丈夫的一种挑战，也是对这种缺乏爱情基础的婚姻关系的反抗。

对于孱弱无力的丈夫的鄙视，在《蓝色画像》中成了对性无能的丈夫的莫大嘲弄。丰腴而成熟的丽清，嫁了个"小腿上细细落落的汗毛，那软弱无力的小腿肚子"都使她憎厌的丈夫。结婚数年，膝下犹虚，"当然，根据自有人类文明以来的传统习惯是该派女人承担下这不育的责任"，但丽清的检查结果一切正常，丈夫得知医生叫他去做检查后却"坚决，强横，而不屑地"一口否决："我没病！"连丽清也看出来，要丈夫去检查"是如何伤害了男人的优越感"。直到他怀抱着妻子与另一个男人所生的女儿，还耿耿于怀地认为当初医生要他去检查"那简直是侮辱"①。明明是丈夫性无能而讳疾忌医，却要处处显示"男人的优越感"；而丽清呢，明明怀着另一个男人的骨肉，却又不得不跟令她厌恶的丈夫厮守相处，这里便预埋着多年以后《杀夫》（李昂著）的两性战争的导火索，也提出了《贞节牌坊》（吕秀莲著）究竟为谁而树的大问号。从 20 世纪 50 年代的林海音到 80 年代的李昂、吕秀莲，台湾女性文学的主题既有很大区别，又是一脉相承的。

作为台湾女性文学发轫期的重要作家，林海音以及孟瑶、郭良蕙等人所塑造的不幸的女性群像，已成为台湾女性文学画廊中不可或缺的珍稀标本。

---

① 林海音：《蓝色画像》，载《台湾作家小说选集·二》，中国社会科学出版社 1982 年 5 月版。

香港人婚恋心态面面观[①]

"现代香港，女人在事业上抬头机会很多。"在文学事业上，也是如此。

70年代以来，女性作家活跃于香港文坛，颇为引人注目。她们才华横溢，勤奋笔耕，在原先不免显得有些寂寞、荒凉的"文化沙漠"上搭起郁郁葱葱的"绿荫"，培植芬芳娇艳的"玫瑰"，还结出了甜糯可口的"荔枝"，引来了色彩斑斓的"粉蝶"[②]，其文学实绩和潜力，令人刮目相看。在这些香港女作家的作品中，尤其是在小说中，以香港人婚姻和恋爱生活为题材或涉及这方面内容的，占了相当大的比重。更有意思的是，这类作品虽然数量众多，但其基本的情节、人物和场景却又常常表现为某几种大致的类型，不外乎畸恋、奇婚、艳情、外遇、离异、独身、同居等等。就香港女作家个人的创作背景、文化素养以及艺术风格而言，这一现象似乎很难简单地用彼此模仿或是任意编造等来解释。在如此众多且风格迥异的女作家笔下，出现这些大同小异的香港人的婚姻和爱情的故事，这本身似乎就不是偶然的文学现象。在本文中，笔者试图用主题学的研究方法，把一些

---

① 本文原为笔者编著《香港女作家婚恋小说选》一书所写的代序，发表后曾为中国人大资料中心《中国现当代文学》全文刊载。该书于1989年由中国友谊出版公司出版，目前已绝版。

② 此处借用了以下作品的标题：《练荫小品》（夏易）、《玫瑰的故事》（亦舒）、《荔枝熟》（钟晓阳）、《粉蝶儿》（林燕妮）。

有代表性的婚恋小说作为折射香港现实社会和人生的一面镜子，从中分析当今香港人在婚恋的观念、行为、实质和趋势诸方面所表现出来的种种心态。当然，这样做，不免会忽略各篇作品独特的艺术风格和美学价值，因此，有关这些婚恋小说的审美观照和艺术鉴赏，只能留待日后弥补或请读者自己去品味了。

婚恋观念：开放与守旧

　　香港女作家笔下所反映的香港人的婚恋观念，既非十分东方式的含蓄蕴藉，也非完全西方化的满不在乎，而是呈现出一种香港特有的东西方文化观念相互融汇、影响、妥协（自然也免不了有所冲突）的移"风"易"俗"的奇特组合。

　　香港作为一个英国人管辖的面向世界的商业大埠，实行的是与内地截然不同的社会制度和生活方式。西方的文化观念，也随着令人眼花缭乱的各国商品一起汇集到这个国际化大都市，不断潜移默化地改变着香港人原来的东方文化心理结构。表现在婚恋观念方面，香港人就显得比大多数内地人要宽容、通达和开放得多，例如对少女早恋的看法和态度。《红色的跑车》中17岁的女中学生小君，一见钟情地恋着开"爱快罗密欧"跑车的庄教授①。这本来是处在青春期的少女的带有盲目性的单相思，幼稚而可笑。然而，她周围的人中羡慕者有之，如女同学莉莉和咪咪；宽容谅解者有之，如那位女画家（教授的未婚妻）。小君的母亲虽从未直接询问女儿暗恋、失恋的事，其实她把一切都看在眼里，只是轻声地劝慰女儿："你还年轻，将来难保找不到像庄先生这样的人才，我知道你对男人的欣赏力这么高，我也很高兴，至少你不会跟不三不四的小阿飞来往。"这里表现出香港的主妇对少女（即使是未成年的儿女）早恋的善解人意的宽容和尊重。与此形成鲜明的反差和对比的是，20世纪80年代上海拍摄了一部名

---

　　　① 　亦舒：《红色的跑车》，载《台港文学选刊》1986年第5期。

为《失踪的女中学生》的影片，其中的母亲，一位从事科研工作的知识妇女，一旦察觉读中学的女儿正迷恋一位歌唱得很棒的异性大学生，不仅臭骂痛斥，还严加看管防范，终于致使女儿愤而离家出走。比起这位"管教型"的母亲来，《红色的跑车》中的母亲显得通达、大度多了，她不仅对女儿幼稚可笑的早恋报以宽容和谅解，而且还鼓励失恋的女儿振作精神，重获新恋。小说的结尾，她意味深长地说："红色的跑车去了，有黄色的跑车来。"对于少男少女之间的"拍拖"（只要不是结婚），香港的主妇大都持贾母式的无所谓甚至鼓励、纵容的态度。这不仅显示了在教育子女方法上的不同，更表明了香港人在婚恋观念方面与大多数内地人之间的差异。

然而，与对男女之间的"拍拖"持贾母式的姑息迁就的态度不同的是，在对年青一代（主要是儿女）的婚姻大事的决策上，香港人却并不个个开放、宽容和豁达。令人惊讶的是，传统守旧的封建意识、门当户对的联姻观念，对寡妇或离婚女子的歧视等等，这样一种"国粹"，也根深蒂固地留存于一部分香港人的意识和潜意识之中。辛其氏的《婚礼》，委婉含蓄地刻画了年轻寡妇"我"（独自带着5岁儿子）在泰表哥的同情与好感面前的逃避心理①。再婚的障碍不仅来自外部——泰表哥的母亲及一家不悦的神色，更来自"我"本人的内心——寡妇的身份所带来的自卑感和负罪感，从而揭示出传统的封建意识残余对一部分香港人的浸染，并造成了他们的不幸命运。钟玲的《墓碑》，更是触目惊心地反映了"门当户对"的封建幽灵阴魂不散的婚姻悲剧：一对青梅竹马、彼此相爱的青年男女，只因一个是刻墓碑的小工匠，另一个则是书院女，"她父亲开的殡仪馆规模全香港数第一"，于是，这对未婚夫妻便被活活拆散：男的远走异邦，女的囿于殡仪馆内与死者为伍，数月后精神失常，转入精神病院，受尽折磨后悲惨死去。入葬时，返回香港继承父业的昔日恋人，为其墓刻

---

① 辛其氏：《婚礼》，见《青色的月牙》小说集，台北：洪范书店1986年7月版。

下一块碑石①，令人想起当年宝玉哭灵的惨状。作者将这出婚姻不自由的悲剧的场景置于现代香港，更有一层深意："自由港"内并不自由，形成了这篇小说的反讽意味和效果。

不过，生活在西风劲吹的现代香港的家长与儿女们在婚姻大事上的干涉与冲突，毕竟很少像《墓碑》那样你死我活，寸步不让，叶娓娜的《幺哥的婚事》就显出了传统与现代婚姻习俗的某种妥协和融合。起先，黄家父母坚持要按传统的婚姻习俗为幺哥操办婚事，用黄母的话说："我就这么一个儿子，只娶这么一次媳妇，马马虎虎的，像什么话？"可是，即将过门的新媳妇并不领他们的情，她根本不愿按公婆的意志操办婚事，她的理由是："结婚是我一生中最重要的事……为什么偏偏不能随我的意思做，要为人想？"② 表面看来，这是两代人对如何操办婚事的意见分歧，但实际上，双方冲突的要害在于，老人之所以"坚持一些习俗"，隆重铺张地为儿子办喜事，目的无非是为了把儿子留在家中以续香火（这在黄家对女儿出嫁和儿子娶亲的不同态度、待遇和礼仪等方面可以明显看出来），而年轻的新媳妇凌姐却坚持另立门户，与公婆分开住，不达目的，誓不罢休，正如凌父所说："现在的孩子已很少能接受以前那一套。"冲突的结果并未像当年《家》中的觉慧和琴那样，年轻人愤而离家出走，与封建家庭一刀两断，而是两代人之间达成了新旧合璧的调和：婚礼仍按旧的习俗铺张一番（如拜堂、新嫂子向小姑敬茶等）；婚后新郎新娘即飞去自己的小巢，幺哥说得很明白，"结了婚，哥哥就有了自己的家"，无论如何，他都不会再做黄家的孝子贤孙。小说结尾处，传来了《快乐家庭》的歌声，虽不无讽刺揶揄，倒也符合实际，因为，这种中西、新旧合璧的婚姻习俗，实际上代表了香港人（尤其是家长们）的婚恋观念及其心态的两重性：既墨守陈规旧习，又比较宽

---

① 钟玲：《墓碑》，载《香港文学》1987 年 5 月号。

② 叶娓娜：《幺哥的婚事》，见《香港文学展颜》第 2 辑，香港市政图书馆 1982 年 6 月版。

容开明。

婚恋行为：自由与拜金

时代毕竟不同了，在当今香港这个融会中西文化观念和新旧意识形态的"自由港"，高老太爷式专制的封建家长毕竟已属罕见的古董，然而冯老太爷娶亲的荒唐事却不足为奇：拥有巨额家财的82岁的高老头，就娶了个如花似玉的18岁的靓女①；女儿已经25岁的父亲，竟要娶一位年仅19岁的走红影星丝丝为续弦②！亦舒的长篇小说《喜宝》，也描写过一位留学英国的女留学生，成为腰缠万贯的巨富勖老头的情妇的传奇故事③。值得注意的是，鸣凤投湖的悲剧并未在绿萍、丝丝、喜宝这样的香港少女身上重演，相反，她们是心甘情愿向那些足可以当爷爷、做父亲的老头投怀送抱的。她们和鸣凤明显的不同在于，在支配自己的婚恋行为时，她们有着充分的自由和选择的余地。而她们之所以甘愿"高攀"那些与自己年龄很不相称的老年男人，起决定作用的是经济利益的考虑。绿萍就是在30万元的巨大诱惑下，抛弃了英俊潇洒的未婚夫，而以闪电般的速度嫁与高老头的。喜宝，这个曾靠自己的努力考入英国剑桥大学读 BAR 的留学生，在以美貌、肉体"交换"勖老头的金钱的算计上，更是表现出赤裸裸的拜金贪欲。当她得知勖老头病危时，不惜放弃求之不易的学业而滞留病榻，直到勖老头临终。她终于从死者那里得到了梦寐以求的大把大把的金钱以后，竟大言不惭地说："我现在什么都有，我的钱足够买任何东西，包括爱人与丈夫在内。"亦舒的小说在描写金钱万能时虽不无夸张，却也淋漓尽致地反映出一部分香港人在处理婚恋

① 陈娟：《绿萍的青春》，见《香港女人》，群众出版社1986年7月版。

② 林燕妮：《父亲的新娘》，见《痴》，香港：博益出版公司1981年7月版。

③ 亦舒：《喜宝》，见《心之全蚀》，山东文艺出版社1987年8月版。

及两性关系上的拜金心态：认金不认人，要钱不要命。一心想成为"父亲的新娘"的丝丝，竟然对母亲这样说："贫穷就是罪过，我讨厌再穷下去。嫁了言先生，至少你和弟妹也有好日子过！"打足了一人嫁夫、鸡犬升天的精明算盘。嫁一个阔佬（管他是七老八十，还是儿孙满堂），就是摆脱贫穷、享受荣华富贵的最佳快捷方式。因而这位15岁时当过吧女的走红影星，可以毫无愧色地宣布："我卖的是我自己！"

　　一个"卖"字，再形象不过地道出了香港大多数"老少姻缘"的经济实质。15岁时的蜜莉和19岁时的丝丝的区别仅仅在于，前者是人尽可夫地分期分批地"零售"，而后者则是向一个阔佬一次性地"整取"。在香港，"贫穷就是罪过"，于是，金钱的考虑不仅成为两性关系的天平上举足轻重的经济砝码，而且可以将爱情、婚姻、青春、人格、名誉、良心、肉体、灵魂……都当作商品自由买卖。在成交的过程中，倒是体现了香港这个高度发展的商业社会的原则：自觉自愿，互利互惠，公平交易，当事者双方有着绝对的"买卖"自由。具有讽刺意义的是，绿萍和丝丝的如意算盘最后都落了空：高老头死后留下的一纸遗书，粉碎了这位年轻遗孀分享遗产的金钱梦，绿萍因钱而嫁，又为钱而疯；丝丝也在婚礼即将举行的前夕，因当过吧女的丑行败露而被取消了成为"父亲的新娘"的资格。这一自食苦果的结局处理，虽不无强烈的戏剧效果，却也使作品停留在因果报应的道德谴责的层面，从而削弱了作品的主题深度，反而不如喜宝坐拥勖老头留下的遗产"金山"却倍感孤独更能显示拜金式畸形婚恋的悲剧性。香港文学批评家黄维梁先生认为绿萍不代表当代香港的"城市女人"，指出"绿萍那样的女子和遭遇……在目前的香港，可能万中（或者十万、百万中）有一，不过，我可断言……香港今天的城市女人绝非那样子"①。我认为是不无道理的。这并不是说，当代香港已

---

　　① 黄维梁：《等待果陀等待歌》，见《香港文学初探》一书，中国友谊出版公司1987年12月版。

杜绝了绿萍式"为钱而嫁"的畸形婚恋现象，问题恰恰在于作者未能把握住拜金与自由两者之间的关系，无论婚前还是婚后，绿萍在支配自己的身体时都是个"自由人"，但高老头像囚犯般地虐待她，她却既不报警，也不离婚，这就显得不像个香港女人了。在当今香港，由于商品社会的高度发展和西方文化观念的潜移默化，权衡利弊的经济考虑早已渗透在人们的意识形态、日常生活和交际关系（包括婚恋关系）之中，并构成了香港市民的心态之一。而这种既崇尚自由又迷恋金钱的市民心态，在今天的香港，是不能仅用因果报应、道德谴责的传统眼光去看待它、描写它和批评它的，在我看来，"老少姻缘"的畸形婚恋，其悲剧性并不在于双方年龄的悬殊和经济利益的考虑（这当然已埋下了不幸的婚姻种子），而在于这种婚恋行为缺乏彼此相爱的感情基础，用喜宝的话来说，"爱情是另外一件事"。因而尽管这种婚恋行为是以当事者的自由结合为其形式的，其实双方之间并无维系正常夫妻关系的感情纽带，而充斥其间的"买卖"关系，只能使这种婚恋行为成为"买卖婚姻"的一个变种。

婚恋实质：无爱与纵欲

20 世纪七八十年代的香港，是一个融合中西文化观念和意识的"自由港"，不仅世界各地的货物进出自由，而且，男女之间的两性关系，一般来说 也是自由开放的，男女之间的"拍拖"、艳遇、同居（未经过婚姻手续而共同生活在一起），甚至"金屋藏娇"，皆被视为个人的隐私而很少有人加以议论、指责和干涉。在婚约的缔结或解除方面，尤其是婚前或婚后与其他异性发生两性关系等等，不少香港人，尤其是那些身受欧风美雨熏陶的青年人，更有着现代西方人的那样一种浪漫和随便。《爱的追寻》中的絮青，年纪轻轻的先是离过两次婚，后又与一位世家子弟文彬同居。文彬倒是看得很穿："没有嫁过又怎样？不也是男朋友换了几打，今天睡这个明天睡那个？"话虽这样说，但这位出身世家的公子哥儿却没打算给同居者一定的名分，

"他太清楚自己必须要个名门望族的大家闺秀，去增强自己在家族中的地位"。絮青终于明白，文彬"懂得股票，懂得国际财经，但是对于爱情，他一辈子也懂不了多少"。于是她离开了他，去"追寻完全属于她的爱"①。

"爱的追寻"，这一标题几乎概括了香港女作家笔下大多数婚恋小说的共同主题。值得注意的是，这一主题在香港女作家所描写的城市女人的婚恋悲剧中表现得尤为突出和集中。由于崇尚自由开放的婚恋风气的盛行，不少香港人的婚姻和恋爱关系处于极不稳定、不牢靠的状态之中，"多元化"的游戏倾向加剧了这种不稳定、不牢靠的两性关系的危机。具体表现在婚姻关系上，缺少爱情这一地久天长的稳固的感情基础；而在两性关系上，却又走向泛爱、滥情、纵欲的另一极端。前者使一夫一妻制的婚姻关系成为没有法律约束力的一纸空文；后者则给家庭、子女和正常的两性关系造成致命的伤害。于是，我们看到，丈夫招蜂惹蝶，甚至公然姘居，如《艳痕》《纠缠》《制造快乐的姑娘》等小说所描写的那样；妻子则另有所爱，甚至离家出走，如《信》中的妻子就爱上了巴黎的一个现代派画家，"强烈的感情噬蚀了她"，以致使丈夫感到"他的存在重重压在我的身上，像湿衣服，像沥青，像一种无法着手治愈的病"②。无爱和纵欲，正是这种病态的婚恋关系的要害所在：无爱是纵欲的基础，纵欲又成了无爱的肿瘤。这两种婚恋方式使灵与肉互相割裂而使人感到岌岌可危。像《丑女美美》所反映的利用奇丑女子猎获缺少安全感的男人而骗取钱财的咄咄怪事③，也就成了折射光怪陆离的香港社会现实的一面哈哈镜。

---

①　林燕妮：《爱的追寻》，见《痴》，香港：博益出版公司1981年7月版。

②　吴煦斌：《信》，见《吴煦斌小说集》，台北：东大图书公司1987年5月版。

③　李男：《丑女美美》，见《男妓约翰》，香港：博益出版公司1988年4月版。

反映城市男人"需要安全"的婚恋心态的作品，在香港女作家笔下，只占极少数，更多的是描写城市男人寻欢作乐、不负责任而给妻子、家庭带来不幸的古老而又新奇的故事。《艳痕》中那个年仅17岁的小妻子叶晴，出外旅行提前一天返家，就亲眼目睹了丈夫和另一个填补自己空缺的女人在床上鬼混的不堪入目的活剧！当她向丈夫抱怨自己"年纪轻轻，才十七岁就这么不幸"时，丈夫竟振振有词答曰："我和外面的女人只是逢场作戏，并没有固定和谁在一起。"甚至他还这样开导妻子："你找多几个男朋友气回我。不过，最好不要对他们动真情。玩玩不要紧，我不在意的。"①　逢场作戏，当然毫无真情可言；玩玩不要紧，更可以随心所欲、朝秦暮楚。这里，正显示着一部分香港人婚姻关系与两性关系的分离，婚姻归婚姻，情欲归情欲，仿佛是各取所需的不相干的两码事。无爱与纵欲，就是以"逢场作戏"和"玩玩不要紧"的态度和方式在男人和女人之间表演着一出出喜剧和悲剧。女人，尤其是作为妻子的女人，总是充当着悲剧的女主角。叶晴终于从23层楼上一跃而下，结束了自己年轻的生命。《纠缠》中也有妻子目睹丈夫在家中与别的女人偷欢的情节，只不过这位身怀六甲的妻子不像叶晴那般愚蠢，想以死谏的办法来"惩罚"不忠实的丈夫，而是用"杀夫"的方式来教训变心的外子。她"冲向这个一生最憎恨的男人，用那三尖八角的破唱片划下去"，把丈夫的脸划成了一面"桃花扇"，血战的结果是妻子因伤害罪带着腹中的孩子锒铛入狱②。在这些人间悲剧中，婚姻作为家庭和两性关系的法律保证的约束力已无足轻重，爱情的神圣高洁和忠贞不渝受到讽刺和嘲笑。不过，在涉及"离婚"这一解决无爱的死亡婚姻的选择时，不少招蜂惹蝶的香港男人却又表现出恪守传统旧习的滑稽心态。《愫细怨》中那个粗鄙庸俗的印刷厂老板洪俊兴，每天躺在愫细的床上

　　①　方娥真：《艳痕》，见《白衣》，香港：华汉文化事业公司1987年1月版。

　　②　李碧华：《纠缠》，见同名集，香港：天地图书公司1987年2月版。

"絮絮诉说他对妻子的种种不满"，在柔肌嫩肤的情妇身上获得在妻子那里得不到的满足，但是"不管多晚，他总是起身穿戴，回到他所抱怨的妻子身边，去做他尽责任的丈夫"，这一点，愫细很清楚，"说穿了自己不过是这个印刷厂老板生命里小小的点缀"①。

连这个"处处比自己差劲的男人"，能干漂亮的愫细都无法全部拥有他，因而香港女作家笔下"爱的追寻"之作，大都以无爱与纵欲的特写镜头交相叠印，也就不足为奇了。正如《纠缠》的作者借书中人物之口所说："谁想共一生一世？"尤其是像愫细这样婚姻失败而又找不到理想伴侣的"独身女人"的大量出现，更是反映了一种带有普遍意味的婚恋趋势。

婚恋趋势：独身与同居

80 年代以来，香港女作家笔下出现了众多"独身女人"的形象，她们或与爱情、婚姻和家庭无缘，如《像我这样一个女子》中的怡芬姑母、《寂寞小姐》中的谢珊、《丑女美美》中的美美、《环》中的"我"、《加上一个句点》中的"她"等；或虽有过婚姻却很快破裂，如《愫细怨》中的愫细、《报税》中的立梅等。这些"独身女人"，或美或丑，或能干或平庸，外表气质千差万别，却有着共同的创伤：爱情和婚姻生活中的不幸和失败。"好的男人，都是人家的丈夫。"《寂寞小姐》谢珊的真心话，倒出了这些"独身女人"内心深处的一把辛酸泪②。然而，这些"独身女人"并非在封建专制迫害下听任一纸休书摆布的刘兰芝，也不是因无法维持一日三餐而被迫离开爱人的子君，相反，她们中有不少是生活中和事业上的"女强人"。这恐怕与今日香港城市女人的工作能力、经济地位、文化观念和理想抱负等

---

① 施叔青：《愫细怨》，见《一夜游——香港的故事》，香港：三联书店 1985 年 5 月版。

② 亦舒：《寂寞小姐》，载《台港文学选刊》1987 年第 2 期。

不无关系。"由于香港特殊的商业环境，培养出一些能干到极点的女人，她们分散在洋行、律师楼、银行担任高级要职。"（《愫细怨》）愫细就是其中的佼佼者之一。这位因丈夫有了外遇而与之分居的职业女性，婚恋的打击并未使她萎靡不振；相反，她很快就以出色的工作成绩赢得了上司的信任，委以公司的主任之职。《报税》中的立梅，在丈夫变心，成了"怯于对情感负责的婚姻的逃兵"之后，不但建立了自己的家，"一桌一椅都是自己挣回来的，那种骄傲正是对工作的回报"；更重要的是，她冷静地反省婚姻破裂的种种原因，"终于明白要从绝望的感情旋涡中自拯，必先要建立自尊"①。正是这样一种自拯、自尊、自强的意识，使她成了一个完全不再仰人鼻息的独立的缴税人。这就是现代香港的城市女人！对于愫细、立梅而言，这种因婚变、分居而带来的"独身女人"精神上的自由，比起经济上的独立显得更为重要，从某种意义上来说，"独身女人"的增多，显示了香港妇女独立意识的提高和婚恋观念的改变。

香港女作家笔下的"独身女人"，大体有以下三种类型：一是因婚姻破裂后独立门户的女人，如愫细、立梅；二是由于工作和事业的需要，成了"被爱情遗忘的角落"，如《像我这样一个女子》中的怡芬姑母②、《指环》中的"我"③；三是不愿受男人和婚姻束缚的"自由女神"，如《愫细怨》中那群活跃于中环写字楼的女强人，"她们早就退出爱情的圈子，不再玩这种伤神的游戏了。男人是世间上最不牢靠的东西，情爱嘛，激情过后，迟早会过去的，这是女将们在身经百战之后所得出的结论"。然而，人非草木，孰能无情？即使是这些"视男人为草芥"的女将，不也在"那一双双被酒精染红的眼睛，泄露了她们内心的秘密，都在呼喊着空虚"吗？不也在"嘴巴上逞强"

① 辛其氏：《报税》，载《台港文学选刊》1988 年第 6 期。

② 西西：《像我这样一个女子》，载《台港文学选刊》1987 年第 4 期。

③ 梁荔玲：《指环》，见《他来自越南》集，香港友和制作事务所 1988 年 11 月版。

的外表下，心里却闪烁着对生儿育女、相夫教子的渴慕吗？香港女作家极少从正面描述这些事业型的女强人创业的艰难和拼搏，以及成功后的喜悦和陶醉，而是以细腻的笔触从各个不同的角度写出了她们在爱情和婚姻上的失意和苦闷，在漫漫长夜中的孤独和寂寞，在人前人后强咽下的心酸的苦水以及一个女人为事业所付出的代价和牺牲。《指环》中的"我"，驰骋商界八年，终于获得了成功，但昔日恋人却已成了人家的丈夫。当他们在咖啡馆再度相见时，"告诉他我的生活里一直抹不掉他的影子？告诉他我一直珍惜和回忆着那一段日子？告诉他我会在午夜梦回的时候曾为此流泪？告诉他……可以说什么呢？一切都没有意义了"。于是，"我"只得言不由衷地大谈自己近来很"开心"，事业获得成功，生活也充满"欢乐"。而将"他的妻子是个幸福的女人"的惆怅和着苦涩的咖啡一起吞下，便与他匆匆挥别。这里又一次印证了那位"寂寞小姐"的肺腑之言："好的男人，都是人家的丈夫。"

平心而论，香港女作家笔下的"独身女人"也好，"自由女神"也罢，一方面表明了今日香港的城市女人独立自强的意识和能力的普遍提高，她们以实际的工作成就证明了"女人不是次一等的人类"；同时也或深或浅地反映了香港现实社会的一种普遍的婚恋危机感，显示出香港人对婚姻、爱情的怀疑、失望甚至恐惧的心态。《良宵》（钟晓阳）、《像我这样一个女子》（西西）、《窗的诱惑》（钟玲）等小说，把今日香港人对婚姻、爱情的怀疑、失望和恐惧的心态揭示得最为淋漓尽致。《良宵》写的是一对青年男女在相隔两三个街口的火灾映衬下度过洞房花烛夜的情景。窗外，十万火急的消防车鸣着"尖锐得发了狂"的警报号呼啸而来；室内，被冲天火光映红了脸的新郎、新娘却在进行一场"愚蠢的游戏"：一块红绸巾蒙住了新娘的头和脸，等待新郎去揭开。就是这块红绸巾，使新郎、新娘的感觉全然改变。新郎觉得，"此刻，记忆中的新娘的容貌，任他再努力变亦不能与红巾之下的身躯联为一体，这是顶奇怪的现象。仿佛新娘的头与身各自为政，如一具无头尸""会不会是鬼？他想起童年时代听过的有关鬼新娘的故事。洞房之夜，新郎发现与他交拜天地的竟是一心复仇的鬼新娘，红绸背后现出骷髅头"。惊魂不定的新郎越想越害怕，不敢去揭红绸巾。而新娘因久久不见动静，"在红绸的蒙蔽下，想象新郎的面目在烛影摇红中，时而光，时而影，像极恐怖片里的灯光效果，使他看起来非常阴险骇人。……没有什么比静室中孤独地被谋杀更悲惨了。她竭力回忆房门的方位，准备一有异动便夺门逃命"①。喜气洋洋的花烛洞房，霎时成了阴森可怖的鬼魅世界。那块原本表示吉庆的大红绸巾，竟也似乎浸满了痴男怨女的鲜血。《良宵》以喜衬怨，以喜显悲，唱出了现代人对婚姻的一曲"哀歌"。婚姻并没有给人们带来幸福和美满，相反却萦绕着鬼气和杀机，那么爱情呢？那曾令无数古今中外文学家为之颂扬、赞叹的纯洁而忠贞的爱情，在香港女作家笔下竟与死亡形影不离。《像我这样一个女子》开门见山即声明："像我这样的一个女子，其实是不适宜与任何人恋爱的。"为什么？原因不仅仅在于"我"所从事的是一种特殊的职业：殡仪馆的化妆师，这一与死者打交道的工作使许多男人闻之色变。但最根本的原因则在于，从事这一职业多年的怡芬姑母的爱情悲剧，使"我"的心头笼罩着难以驱拂的阴影。当年，怡芬姑母曾把信誓旦旦的情人带到她工作的地方去参观，"他是那么惊恐，他从来没想象她是这样的一个女子，从事这样的一种职业。他曾经爱她，愿意为她做任何事，他起过誓，说无论如何都不会离弃她，他们必定白头偕老，他们的爱情至死不渝，不过，竟在一群不会说话，没有能力呼吸的死者的面前，他的勇气和胆量完全消失了，他失声大叫，掉头拔脚而逃"。山盟海誓，顷刻不攻自破；至死不渝，顿时原形毕露。美国哈佛大学的王德威先生认为，这篇小说透露的是"恋尸症（necrophilic）倾向，令人触目惊心"②，但我认为，这篇美丽而怪异

　①　钟晓阳：《良宵》，载《台港文学选刊》1987 年第 2 期。

　②　王德威：《女作家的现代鬼话——从张爱玲到苏伟贞》，载 1988 年 7 月 14—15 日台湾《联合报》。

的爱情小说所要揭示的，根本不是女主人公的恋尸癖，而是现代女性对多少年来被赞为"生命诚可贵，爱情价更高"的永恒性与神圣性的怀疑与揶揄。正因为这样，"我"根本不相信人间会有至死不渝的爱情存在。小说结尾，当男友夏捧着美丽的花朵前来赴约时，"他是快乐的，而我心忧伤。他是不知道的，在我们这个行业之中，花朵，就是誓别的意思"。

《良宵》写的是婚姻在夫妻之间的荒诞，《像我这样一个女子》写的是爱情在死亡面前的瓦解，《窗的诱惑》则属于一则新编聊斋故事，它把现代女性对爱情、婚姻的绝望感揭示得十分深刻。自以为享受着"柔亮的爱情"的罗晓妮，一个偶然的机会，发现自己深深爱着并与之同居的男子鸿宇竟在光天化日之下与"第三者"在一起，就在当天早晨，他还在她枕边呼唤："我生生世世的女人……"她一气之下离开香港，住进了澳门的月圆酒店。谁知，神情恍惚中竟在客房内遇到了死于此房的吊死鬼，鬼使神差，差点儿误入圈套，为此送命。等她清醒过来，"她清楚地知道，感情的狂飙差一点毁了她，生死一线，是她那一丁点残余的自尊救了自己"①。这个亦幻亦真、虚实相映的新编聊斋故事，无疑是一则现代寓言：情场上人鬼莫测，床笫间人妖共欢。香港人的婚恋危机感至此无以复加。

基于这样一种对婚姻、爱情的危机感，香港女作家笔下所显示出来的城市男人和女人的婚恋趋势只能是两种：或独身，或同居（男女之间不履行正式婚姻手续而共同生活在一起）。独身与同居，这两者之间可以是并列关系，也可以呈交叉关系，且身份可以随时转化，独身（没有婚姻约束）便于同居（当然非独身者也可与人同居，如《制造快乐的姑娘》中的父亲），一旦分居又成了独身，反正不必履行婚姻手续，谁也不必向对方承担义务和责任。这样一来，"等待午

_____
① 钟玲：《窗的诱惑》，见《钟玲极短篇》集，台北：尔雅出版社1987年7月版。

76

夜"的寂寞①，"爱的追寻"的苦恼，"鸡蛋"的变质②，"艳痕"的悲剧——这些香港人婚恋生活形形色色的附庸，也就"此恨绵绵无绝期"。更为严重的是，独身虽然寂寞难耐，尚不至于对他人有所妨碍；同居则不仅造成两性关系的混乱，给别人带来巨大的痛苦，而且会引起一系列社会问题，比如未婚先孕的失控，性病及艾滋病的泛滥，以及单亲家庭的日趋增多等等，尤其是后者，孩子出生后往往不知道父亲是谁，如《爱的追寻》中的絮青，离开了同居者，却坚持要生下一个没有父亲的孩子，而这种双亲残缺的家庭，对孩子的心理健康显然是有害无益的。况且，比起彼此必须承担某种义务和责任的婚姻关系来，同居至多只是一种试婚，它的随意性、多变性和离异率都是显而易见的，从而也就埋伏着更严重的婚恋危机。从长远来看，这两种婚恋趋势的发展，必将给香港社会和香港人的生活造成不利的影响和后果。

当然，本文所论及、分析的香港人的婚恋心态，仅是笔者对于香港女作家的部分婚恋小说的管窥蠡测，笔者无力也无意于像社会学调查报告那样，提供更为客观、详尽的数据和资料，因而本章的观点不可避免会带有一定的主观色彩，或许，文艺学与社会学的区别也正在这里。

---

①　西茜凰：《等待午夜》，载香港《作家月刊》1988 年第 2 期。
②　蒋芸：《鸡蛋》，载香港《作家月刊》1988 年创刊号。

海外华文诗作与中国诗歌的薪火传承

——以菲律宾华文诗作为例

中国是一个诗的国度。自《诗经》问世以来，诗歌在神州大地取得了辉煌而令人炫目的艺术成就。春秋时期的孔夫子就以"不学《诗》，无以言"来作为评价一个人是否能够处事立身、周旋立言的标准，可见诗歌的话语权在中国人心目中的重要程度。数千年来，诗歌成了中国人抒情言志、彰显性灵、表达情感和思想的最敏锐的首选文学体裁。在 20 世纪以来的海外华文文学中，我们同样发现了中国诗歌之精灵在蕉风椰雨中薪火传承的飞翔身影。本文以几位菲律宾华文诗人的诗作为例，从"离散"与"乡愁"：绵延不绝的母国情怀；叙事与历史：中国诗魂浇心中块垒；古典与现代："落地生根"的文化兼容等角度，来探讨 20 世纪海外华文诗作与中国诗歌之间的传承关系。

"离散"与"乡愁"：绵延不绝的母国情怀

最初读到的关于菲律宾华文诗歌作品，是一首题为《野生植物》的短诗："有叶/却没有茎/有茎/却没有根/有根/却没有泥土/那是一种野生植物/名字叫/华侨"（作者：云鹤）。据说此诗原作中的"华侨"本为"游子"，是作者后来特意改了的，此诗的指向性和包容度因此而显得更为明白与清晰。至今，笔者仍然清晰地记得初读这首短诗时所受到的心灵上的那种强烈震撼。在笔者比较有限的海外华文文学的文本阅读经验中，可以说，这是当时所看到的描写海外华侨华人命运及其心灵创伤最为深刻的诗作之一。短短的 9 行诗句，将身居异国、浪迹天涯的海外游子那种寄人篱下、无所依凭的漂泊不安的心理感觉，既形象又惨痛地渗透在字里行间。"野生植物"，无疑成为海外华侨华人具有屈辱与无奈的自怨自艾、自嘲自叹的一种象征。正是由于这种象征具有普遍意味的"离散"性质，并且很容易在华文文学读者中引起心灵上的共鸣，因而在许多海外华文文学作品中，我们不断看到类似"野生植物"那种漂泊不安、彷徨无定，以及怀乡寻根和叶落归根等中国古诗"游子思乡"主题的演绎。例如菲律宾华文作家柯清淡的《许愿》："我的心儿/掉落在家园的番薯沟里！/我的灵魂/困留于童伴的眼神中！/……再挥别乡土的我/走经祠堂口/茫然摸着渐稀的斑发/突然迷信地许下愿：/若是有所谓的'转世'/'来生'也要活在此地/尽管这乡野小村/是如此简陋、卑微"，真是把海外游子"酒阑无奈客思家"那种魂系故土、难舍难离的赤子心态抒发得淋漓尽致。

　　离开了家园，别离了故土，漂洋过海的华人游子吟诵着一曲曲"举头望明月，低头思故乡"的现代思乡曲，于是，寻找"精神家园"便化成为海外华文诗作中极为迫切而又不断循环往复的"乡愁"抒写：菲律宾华文老诗人丁香山把"游子的心"比作"残更的风"："沉重"而又"惨切"，"等候着这/五月的夜空"（《五月的夜空》）；诗人云山海则怨愤满腔："我并不喜欢漂泊呀/为什么跫音总是无羁"（《太阳背后》）；自比为"野生植物"的云鹤，毫不掩饰其"乡愁"苦汁之浓稠："如果必须写一首诗/就写乡愁/切不要忘记/用羊毫大京水/用墨，研得浓浓的/因为/写不成诗时/也好举笔一挥/用比墨色浓的乡愁/写一个字——/家"（《乡愁》）。"离散"与"乡愁"，在 20 世纪中期以后，无疑已成为神州故土以外反映和描写华侨华人在海外的生活命运及其心态的一个重要文学母题，于是我们在文志的散文诗《小雨》中看到了"身居海外心在故乡"的想象与期盼：

小雨仍然下着，对面小山坡上，扎着一个小小的营帐。

远远看见一盏营灯在雨中寂寞看守着。

小雨，身在海外，小雨仍然是潇洒，灵秀的象征。

小雨来自何方？我在想……一定是故乡的。

我们来自何方？我在想……一定是故乡的。

小雨仍然下着，小山坡上的营地，传来一阵阵六弦琴的叹息，奏出一首故乡的雨，弹出一片乡愁，转转幽幽地洒落在小山坡上。

小雨匆匆地走了。也许回到故乡去了。①

这里的"故乡"等于"神州故土"，雨中的"一盏营灯"也就无疑成了寂寞固守"精神家园"的象征和明喻。值得注意的是，在菲律宾华文诗人的作品中，几乎所有对应着寻找和坚守"精神家园"的"中国"意象，如"云锦""绸伞""中药""中餐""筷子""酒盅""乌龙茶""王彬街"等，都会很自然地成为其诗作的抒情主体，并在诗作中得到凸显与强化。

作为海外华文文学的基本题材和重要主题之一，乡愁、乡恋、乡思、乡情的描摹与抒发，似乎已成为海外华文作家无法回避、挥之不去的一种情结，甚至可以说，成了萦绕不绝、绵绵不尽的一种传统。菲律宾华文女诗人谢馨自然也无法撇开这一传统、挣脱这一情结，例如在《王彬街》一诗中，她把"想中国"的内心依恋抒发得淋漓尽致：

王彬街在中国城
我每次想中国
就去王彬街

---

① 引自福建省台湾香港澳门暨海外华文文学研究会编：《传承与拓展》，海峡文艺出版社 2002 年版，第 177—178 页。

去王彬街买一帖祖传
标本兼治的中药
医治我根深蒂固的怀乡病
去王彬街购一盒广告
清心降火的柠檬露
消除我国仇家恨的愤怒

去王彬街吃一顿中国菜
一双筷子比一支笔杆儿
更能挑起悠久的历史
去王彬街喝一盅乌龙茶
一杯清茶较几滴蓝墨水
更能冲出长远的文化

去王彬街读杂乱的中国字招牌
去王彬街看陌生的中国人脸孔
去王彬街听靡靡的中国流行歌
去王彬街踏肮脏的中国式街道

我每次想中国
就去王彬街
王彬街在中国城

中国城不在中国
中国城不是中国①

---

① 谢馨：《王彬街》，见《说给花听》，台北：殿堂出版社 1990 年版，第 102—103 页。

　　这首诗中，作者选取了"中药/怀乡病"，"柠檬露/消愤解愁"，"筷子/悠久历史"，"乌龙茶/长远文化"等具有最显著中国意蕴的一系列意象组合，将唐人街上司空见惯的中国特产与海外华人"根深蒂固"的乡愁情结扭结在一起，赋予普通的物象以难解难分的母国情愫与文化内涵，乡愁乡思中更显示出构思的不凡和主题的深邃。尾句"中国城不在中国，中国城不是中国"，颇有"低头吟罢无觅处"的惆怅与痛楚，将海外华人"想中国"的复杂情感演绎得更具普遍意义。而一首《华侨义山》，让我们听到了清明时节女诗人对于埋骨异乡的华侨墓园的深沉吟咏：

　　　　在海外　再没有比这块土地更能接近中国
　　　　在异城　再没有比这座墓园更能象征天堂
　　　　在这里　华裔子孙得以保留他们血脉的根
　　　　在今日　炎黄世胄得以维系他们亲族的情

　　　　这是一座城
　　　　一座比诸葛亮的空城，更空的城
　　　　这是一座山
　　　　一座比喜马拉雅山，还冷的山
　　　　城里住着常年流落异地的游魂
　　　　山上住着终老不得归乡的幽灵
　　　　他们曾经过着白手起家　胼手胝足的日子
　　　　他们曾经忍受千辛万苦　创业维艰的磨难
　　　　现在总算有了一座自己的城
　　　　如今终于造就一座自己的山①

---

　　　① 谢馨：《新诗朗诵》（碟片之册页），All Right Reserved C&P 1999。

此诗中没有《王彬街》那样充满活蹦鲜跳的具体物象，只有诗人面对"华侨义山"的绵绵联想与喃喃感叹。而正是有了这"哀思绵绵"的凭吊，终于跨越生与死、人与"城"之间的时空界限，使那些因为"离散"而"终老不得归乡的幽灵"在异国他乡的"义山"中得到安宁与慰藉，"乡愁"在此画上了一个句号。

叙事与历史：中国诗魂浇心中块垒

反映和描写华侨华人在海外的生活命运及其心态的作品，固然是并且已成为世界华文文学的重要的文学母题，然而，除思家怀乡以外我们也需要别样的华文文学。这意思是说，华文文学作品无论在题材、主题上，还是在手法、技巧上，都应该有所拓展与突破，这样才能在诗歌与世界、与现实环境之间建立起一种新型而又广博的联系。好在我们看到了海外华人作为所在国的"他者"的一种历史思考与现实观照，一种对于"宏大叙事"的艺术追求与诗体实践。菲律宾华文老诗人林健民于1989年3月创作的长篇叙事诗《菲律宾不流血的革命》①，选择用华文、以诗体而"为菲律宾写了一部最真实详尽的现代史诗"。为此，这位年届古稀的菲律宾华文作家不辞辛劳，仅采访、搜集和占有史料，考证各种资料等等，就耗费了3年多时间，然后又费时年余才得以完成这部史诗。正是这一点，使我们看到了海外华侨华人族群正从侨居国、居住地的"异乡人""边缘人"向"局内人"和"发言人"的转变。这不仅仅是一种"他者"立场的改变，更是一种身份、地位的提升和心态的转变，显示了华文文学作家在居住国开始以"地球村"村民的眼光，关注、参与周遭发生的重大社会政治事件，并义不容辞做出反应与记录。这一积极介入居住国的主流社会的可贵努力，必将突破海外华文文学只写华人的命运遭遇的窠臼，而以一种全新的眼光和视野积极关注整个世界的风云变幻，这样

① 林健民：《菲律宾不流血的革命》，中国华侨出版社1989年版。

一来，也必将使海外华文文学的题材和主题得到更大更广的拓展。

《菲律宾不流血的革命》并未循着海外华文文学创作题材内容与主题思想的某种惯性，如反映去国多年的海外游子的怀乡思家之情，叶落归根之心，以及"流浪的中国人"在东西方文化的夹缝中的放逐心态及其生存困境，甚至不惜以丧失人格、国格为代价而攀上"凯旋门"或跻身"曼哈顿"等等。这种题材与主题在相当多的海外华文文学作品中具有某种惊人的同一性，并且在描写所在国、尤其是西方世界的人和事时，或多或少总带点儿仰视的目光。《菲律宾不流血的革命》的出现，却改变了这一点。作品直接取材于1986年发生在菲律宾国内一场改朝换代的"二月革命"这一震惊世界的重大国际政治事件，兼用诗与史相结合的创作方法，将菲律宾人民由反对党领袖贝尼尼奥·阿基诺惨遭杀害而揭竿而起，争取民主权利，终于推翻马科斯政权长达20年之久的专制独裁统治的"不流血的革命"作了"最真实详尽"的反映和描绘。这一海外华文文学中罕见的"宏大叙事"，其内容和方式，不仅将可歌可泣的菲律宾"二月革命"，载入了20世纪世界华文文学和菲律宾文学的光荣史册，而且显示了华文文学海纳百川的胸襟、气魄与新气象。这部用华文写就的叙事诗，发表后在菲律宾国内引起了空前的反响，为众多读者广为传阅，"咸认是一部菲国近代珍贵的文献"①。尽管作者在向菲律宾红衣大主教海梅·辛先生赠书时附函表明自己的创作意图："以一个菲律宾基督徒身份写此史书，主要目的为欲使中国读者，特别是中国大陆的人民，体会到一个民族如对民主政体有坚强的信念，在4天之内，可以将一个20年的独裁统治者打倒。"② 然而，这部"欲使中国读者"更好地了解菲律宾"二月革命"而写的华文作品，其在中国本土的影响却远远不如作者所在的菲律宾那样大，而且能给作者带来如此巨大

---

① 庄子明：《为真理作见证》，见《林健民文学生涯65周年创作研究文集》，暨南大学出版社1998年版，第365页。

② 同上书，第362页。

的声誉：不仅那位在菲律宾享有崇高声望的海梅·辛红衣大主教亲笔复函向作者致谢，称赞他为菲律宾做出了一份极具意义的贡献；而且连当时任菲律宾国家最高元首的科拉松·阿基诺夫人、国防部长拉莫斯将军等国家政要，也在收到赠书后专门复函向作者表示感谢。这对于一部华文文学作品而言，实在是前所未有的嘉勉和荣幸。

　　然而，更值得人们深思的是，《菲律宾不流血的革命》的成就之取得，也并非全靠作者对所在国重大国际政治事件做出及时敏锐和全面真实的"宏大叙事"以及机遇的把握，它不仅证明了在汉诗与世界、族群与国家之间建立起来的一种新型联系，而且从文艺学的角度而言，作者为其所表现的思想内容找到了一种适合的文体——叙事诗的体裁。作为文学作品，题材与内容固然重要，但更重要的在于作者如何驾驭题材，也就是文艺理论上的一句老生常谈：问题不在于你写什么，而在于你怎么写，即内容与形式之间如何找到契合点，使得艺术形式能很好地承载所要表达的思想内容。笔者认为，《菲律宾不流血的革命》的成功，恰恰在于作者为华文文学承续或者说是恢复了如今在中国本土已几乎濒于失传的中国诗歌的叙事传统。中国的古典诗歌自《诗经》始，向来有叙事的传统，如乐府中《孔雀东南飞》《陌上桑》《木兰辞》等等都是脍炙人口、广为传诵的叙事长诗。然而，自从小说这一文体出现后，对叙事型诗歌可谓是一个致命打击。至明清时期，随着小说的读者日众，叙事类长诗的地盘急剧萎缩，如今能够在中国文学史上留名的，只剩下陈端生的弹词《再生缘》之类少数几部而已。20世纪五四文学革命以后，小说作为新文学四大文学体裁之首，地位更是蒸蒸日上；而叙事诗被"抽筋剥皮"之后，已成为中国新诗中的珍稀品种，现代诗更是成了抒情和意象的一统天下。而叙事诗作似乎只有在40—50年代的"工农兵文学"中，才依稀可找出像《王贵与李香香》（李季）、《漳河水》（阮章竞）、《复仇的火焰》（闻捷）、《将军三部曲》（郭小川）等叙事长诗来。而在50—60年代，经文人抢救、整理、加工的"民族史诗"，如《格萨尔王》（藏族）、《嘎达梅林》（蒙古族）、《召树屯》（傣族）、《阿诗玛》（撒尼族）等，原本都只是带有传奇色彩的流传在少数民族中间的口头文学而已。因此，曾经有人这样预言：小说的诞生之日，就是叙事长诗的死亡之时，因为叙事诗的叙事专利被剥夺了。然而，《菲律宾不流血的革命》所采用的叙事长诗这一体裁，却使叙事诗体这一中国诗歌的叙事传统在 20 世纪 80 年代的菲律宾华文文学中得到了"复活"。也可以这么说，它为海外华文文学乃至世界华文文学提供了一种以古老的艺术形式表现现代"宏大叙事"内容的成功尝试。

关于《菲律宾不流血的革命》的文体样式，作者说过这么一段话："据我所知，历史上有荷马史诗，但丁《神曲》和弥尔顿《失乐园》等，但都是神话和虚构故事，只有拙著乃真正的现代史诗。"①话听起来似乎与中国人惯有的谦虚恭让相悖，其实倒是一语道出了《菲律宾不流血的革命》与中外文学史上那些传统"史诗"的区别所在：即它不是"神话或虚构故事"，而是以"史诗"的形式来表现菲律宾"二月革命"重大史实的叙事文学。从其内容的现实性而言，有点类似中国大陆"文革"以后新时期出现的一些重量级报告文学，如《唐山大地震》《命运》等，但《菲律宾不流血的革命》采用的是更注重这一重大事件的前因后果与每一细节的逼真性的史料考证与诗性表述相结合的方法。英国著名的历史学家阿诺德·汤因比（Arold. J. Toynbee）在阐述如何观察和表现历史时指出，"可以采取三种不同的方法"，第一种是考核和记录"事实"的历史学的方法；第二种是比较个别史实以阐明一般"法则"的社会学的方法；第三种"是通过'虚构'的形式把那些事实来一次艺术的再创造"，即文学的方法②。很显然，《菲律宾不流血的革命》采用的虽然是诗歌的体裁，但在表现方法上却主要采取的是第一种方法，即历史学的方法，以描述史实的叙事为主。因为，像"二月革命"这样一个在菲律宾

---

① 林健民：《我的自传》，同上书，第 17 页。
② 阿诺德·汤因比：《历史研究》上卷，曹未风译，上海人民出版社1966 年第 2 版，第 54—55 页。

家喻户晓、有几百万亲历者生活在各个角落，并且史诗完成距离这一事件发生仅三年时间，如稍有一点违反史实之处，哪怕只是一处微不足道的细节，都会动摇这一"史诗"的可信度和真实性，只有摒弃文学的"虚构"，才能达到历史的逼真。这也正是《菲律宾不流血的革命》在史学上的价值远在其文学本身之上的原因所在。

与报告文学相比，采用叙事诗体的形式来表现具有政治意味的历史事实，并未减弱其"宏大叙事"的清晰表述，相反却使《菲律宾不流血的革命》的叙事功能显得更为简洁明快，避免了行文上的拖沓与啰唆，给现代人带来视觉上的阅读快感。前些年被誉为"网上第一部畅销小说"的《第一次的亲密接触》，虽命名为小说，其实更接近一部诗情洋溢的叙事散文，尤其是它的发表，采用的就是诗体的分行形式，以其精致凝练的语言排列适应当今"网民"读者对文学的阅读需求。笔者觉得，从《菲律宾不流血的革命》到《第一次的亲密接触》相继获得成功，是否预示着中国古老的"叙事长诗"这一文体在华文文学世界的一次"金蛹化蝶"，一种新的复活？！

古典与现代："落地生根"的文化兼容

在菲律宾华文诗人的诗作中，常会使人在不经意间发现种种"植物"的意象：如椰林、芭蕉、藤蔓、浮萍、蓝荷、青草、花叶等等，这些"植物"并非只是一片风景，一处景观，而是具有顽强生命形态和坚韧精神的人格象征。如蒲公英的《我是蒲公英》：

> 我是蒲公英/随风吹去/落地生根/浑圆浑圆的球/地球似的球/毛茸茸的球/黄黄的黄的球/随风吹去/落地生了根/打从千陶万瓷之乡/向南的风向/把我吹去/吹去/千岛之岛/扎根/生根/我是蒲公英/随风吹/去/落土生了根

"随风吹去/落地生根"，既是"蒲公英"们的命运，也是"蒲公英"们的选择。这里没有怨怼，也无沮丧，只有"从千陶万瓷之乡"离散后重新"落地生根"的洒脱与坦然。其实这既是菲律宾华文诗人的一种勇敢驾驭命运的人生态度，也可视为其负有播撒中华文明种子之使命的创作态度。无疑，《我是蒲公英》传达出了华人族群在千岛之国的蕉风椰雨中"扎根"的信息。既然"落土生了根"，那么就面临着"想中国"与"HALO HALO"① 如何文化兼容的命题。女诗人谢馨一面从一床《丝棉被》想象着抽丝剥茧、金蛹化蝶、丝路花雨、手绣彩图、东方经纬、琴瑟丝弦的古典雅韵：

> 当然我无意重复抽丝剥茧的过程
> 由蛹至蝶，追溯至　老庄的梦境
>
> 我只沿着丝路，寻觅温柔乡的位置：
> 彩绣的地图，在被面勾勒出东方
> 旖旎的经纬，织锦的罗盘
> 由纤细的花针指向古典琴瑟的一丝一弦
>
> 点燃一支红烛，低吟一首蓝田
> 种玉的晦涩诗篇，啊！温柔乡
> 云深雾重，虚无缥缈，如芙蓉帐
> 闭上眼依稀听见春水暖暖自枕畔流过②

诗中镶嵌着"庄周化蝶""蓝田日暖玉生烟"（李商隐诗）、"芙

---

① 谢馨：《HALO HALO》，载《说给花听》，台北：殿堂出版社1990年版。作者在诗后自注："HALO HALO"，菲语混合之意。此处系指一种冷饮甜食，以各式蜜饯、果冻、牛奶、布丁、紫芋、米花等掺碎冰、冰激淋搅拌而成。

② 谢馨：《新诗朗诵》（碟片之册页），All Right Reserved C&P 1999。

蓉帐暖度春宵"（白居易诗）三个典故；全诗不着一个"情"字，却由丝的柔软质感衍化成对柔情缱绻、两情相悦的美好姻缘的欣羡与赞叹，情感流露与表达方式都是中国古典式的，含蓄蕴藉、温婉内敛，而非直抒胸臆、浅显直露，完美地体现了"温柔敦厚"的诗教传统，给人以一种典雅婉约的审美享受。在《柳眉》《点绛唇》《古瓷》等诗作中，也不难看出作者类似"丝绵被"式化腐朽为神奇的顺"理"（纹理）成"章"（华章）的精巧构思与古典雅韵。然而，她同时又染上了"现代的忧郁"。生于上海，长于台湾，而后定居于较早西化的菲律宾，多种不同的文化底蕴和人生感触，使女诗人谢馨对于菲律宾本土文化特征及其历史沧桑的注目与描述，自然具有磅礴的激情和从容的思考：她的第三本诗集《石林静坐》第一辑收录了12首"有关菲律宾的人、地、事、物"（《石林静坐》序）的诗，并将其命名为"菲岛记情"。与表现中国文化历史的古典精致不同，她对于菲律宾的人、地、事、物及其文化历史的描绘，更注重其多元性与驳杂感，正如她那首有名的《HALO HALO》中所言："也是象征一种多元性的/文化背景——不同的语言/迥异的风俗习惯，宗教信仰和生活/方式，像各色人种聚集的大都市/充满了神秘复杂的迷人气息。"此诗通过菲语"混合"与菲律宾一种中西合璧的冰冻甜饮的双重含义，来象征、反映这个国度多元文化的意蕴和特征。

　　云鹤的《唐人区组曲》之二《南北双桥》则以沟通王彬街的南北桥"似弯曲着身段的苍龙"设问："弓着背是为了/载更多的重量？/还是/跨更宽的两岸？"[①] 众所周知，"苍龙"乃是中国的象征，但"弓着背"的"苍龙"似乎要"跨更宽的两岸"，这"两岸"，显然不仅仅是距离上的，更是文化上的。而《唐人区组曲》之四《马车》描写了唐人区主要交通工具之一——马车在"奔驰""福特"等现代交通工具夹缝中"迟缓地在熏人欲呕的油埃中曳进/显得更残

　　① 云鹤：《南北双桥》，载《云鹤的诗100首》，马尼拉：世界日报社2002年版，第165页。

老、落伍与无能"；但"这古典的四蹄与双轮"，却"在暴风雨来时/唐人街水涨如江河/才猛地想起，古典的它/远胜现代如飞的四轮"，①在这里，"古典"与"现代"的关系已经不是绝对固定的，而是处于随环境变化随风雨变幻而可以因时因地转换之中。

与云鹤思考着"古典"与"现代"的转换关系不同，谢馨更感兴趣的是菲律宾的人文历史，并将现代意识和哲学思考融入其中，因此也显示出一种刚柔相济、"软""硬"并蓄的特点来。例如"菲岛记情"中三首有关菲国女性形象的诗中，既有对已成为上流社会贤妻良母式的淑女典型优雅娴静的气质的认同（《玛莉亚·克拉芮》）；也有对历史上"巾帼不让须眉"的民族女英雄坚贞不屈的精神的赞颂（《席朗女将军》）；还有对现实中耄耋之年仍庇护、照应了许多爱国志士的菲国老奶奶达观开朗的性格的崇敬（《苏瑞姥姥》）。有意思的是，谢馨在描写这些菲国历史上和现实中受人尊崇的女性形象的诗中，在对她们的气质、品格表示钦佩的同时，更多地表现了她站在现代人的立场上对历史文化现象的深刻反思，如《席朗女将军》选取了已成为马尼拉城市雕像的民族女英雄对亡夫杰哥·席朗的内心独白的视角，来阐发作者对"生命/死亡""杀戮/和平""伟人/凡人""荣耀/寂寞"等现代哲学命题的解读：

> 今天　　他们视我
> 为妇女解放运动的表征
> 他们说我是菲律宾的圣女贞德
> 他们将我挥刀跃马的形象定格
> 在全国最繁华的商业中心——
> 无数的车辆在我身旁穿梭
> 来往　　但是杰哥

---

① 云鹤：《马车》，载《云鹤的诗100首》，马尼拉：世界日报社2002年版，第167页。

我是多么思念　与你并肩

驰骋的欢畅　邻近的

半岛和洲际　是两座现代所谓

五星级的旅社　但是杰哥

我们维干，甜蜜的故居和家园

应该是

整片闪耀的星空了①

　　在这里，"昔日/今日""历史/现实"的现代意义，似乎变成了现实对历史的反讽与不敬。或许，菲律宾的历史与现实，传统与现代，就是这样交错着定格于一座商业中心的城市雕像上，既供人观光又令人深思。而在《苏瑞姥姥》中，作者则将一位有着光荣历史的老奶奶的事迹，归作了人生哲理的启迪："在生命中　如果有那么一个/时刻　你突然面对/发挥人性尊严与勇气的机会/你突然发现一种狂涛/闪电的力量　一种迈向自我/灵魂的完整与理想　你千万/千万不要犹豫　不要退缩　不要/畏惧　不论/你是八十四岁或是九十一岁的/高龄//高龄不是借口。"② 或许，对于现代人而言，德高望重的现代人瑞要比供人瞻仰的历史英雄更具亲和力与楷模性。

　　历史与现实，传统与现代，在谢馨的诗中并不仅仅定格于一座城雕、几位偶像之上，其现代意识和哲学命题的演绎还体现在，对于一些生活中为常人司空见惯而又浑然不觉的东西，她也往往能够别出心裁，出奇制胜，例如像电梯、机场、电视、时装表演、超级市场、旋转门，甚至连椅子、镭射唱片、铁轨、脱衣舞等这些现代都市中并无诗意可言的物象（这些物象都是她的诗题），她也能挖掘出它们背后隐藏的深层文化意蕴及其"理"趣和"情"趣来。例如《电梯》：

---

　　① 谢馨：《席朗女将军》，载《石林静坐》，出版地、出版社不详，第8—9页。

　　② 谢馨：《苏瑞姥姥》，同上书，第21页。

"水银柱般/上上　下下/　上　下/下／　上/　高楼的体温/比女人的/心/更难伺候//七楼　三楼　二楼　九楼/充满阶级斗争的动荡/和不安";"水银柱般/　升　降／起　落/高楼的血压/比天气的/善变/更难捉摸",电梯成了观察现代城市脉搏的血压计。再如《机场》:"岂可将我比作放风筝的孩子/望眼看尽多少人生聚散/胸臆容纳几许世间往返/可以汇成一条河啊/那些离人的泪/可以震撼一座山啊/那些归人的笑",机场成了吞吐人生悲欢离合的起点与终点。还有《电视》:"恐怖分子正劫持一架满载/乘客的七四七/啊!多么华丽庄园的皇室/婚礼。五国元首共同签署/一项反核武器协议书。你突然/站了起来,伸个/懒腰到厨房去/喝杯水",电视使公众人物与观众"零距离"的接触,让本来沉重庄严的事情变得荒诞可笑,"伟大的人物不可能再存在"。更有《超级市场》:"对着沙丁鱼罐头的标价想起潮水的上涨/曾淹没了多少城池,冲断了多少桥梁/在番茄酱的瓶盖上回忆/故乡菜园的芬芳/城隍庙前赶集的热闹,有一年/坐着牛车,颠簸了五里路/去买一件花衣裳",超级市场容纳了人的"需求和欲望",也成了当今物价指数的晴雨表和思乡怀旧的触媒体。这里,我们在谢馨充满现代感和幽默感的都市诗中,又一次看到了她难舍难离的"想中国"的故土情结和怀乡思绪,这未尝不是在现代意识中依然有着对中华传统的依恋和珍视。

总之,融合古典与浪漫精神于一炉,汇聚传统与现代意识于一体,既有"想中国"的精神家园的坚守,又有"跨更宽的两岸"的文化触角的探伸,这或许就是菲华诗人在其诗作中对于中华文学在海外传播、生根的一个答案,一种实证。

第二辑　华文文学作家论

重温 "最后的一抹繁华" 旧梦
——关于白先勇笔下的上海背景

1988年4月出版的上海《解放日报》上，曾经刊载过一篇文章，题为《沈寂、白先勇的一席谈》，其中写道："去年台湾作家白先勇曾在上海逗留多日，在此期间，他几乎跑遍了上海的书店、采购了四千多元书，准备收集资料，也想写写上海。……"①

其实，这是这篇文章的作者的误解。白先勇先生的笔下曾多次写到过上海，当然他不是像茅盾写《子夜》、周而复写《上海的早晨》那样，直接描写上海滩上所发生的残酷无情的倾轧或是惊心动魄的斗争，而是把上海作为一种或浓或淡的创作背景，以重温那"最后的一抹繁华"旧梦。因此，他笔下写得最传神，也最深刻的两类系列人物——《台北人》和《纽约客》，都不是一般地理意义上的普通居民，而是有着浓厚的上海以及中国历史文化背景的艺术典型。他们离开了大陆，成了赋闲的"台北人"或是孤独的"纽约客"，但那一去不复返的"十里洋场"的繁华旧梦，却使他们魂牵梦绕，无法忘怀，延续此梦的痴想，聊以寄托这些客居他乡异国的炎黄子孙的思乡情和失落感。

出现在白先勇笔下的上海背景，大致可分为以下三类：

一是地点背景。如白先勇的短篇小说处女作《金大奶奶》一开头写道："记得抗战胜利那一年，我跟奶奶顺嫂回上海，我爹我妈他

---

① 见1988年4月9日出版的《解放日报》"读书"版。

们在南京还没有来，我就跟着顺嫂在上海近郊的虹桥镇住了下来。"
然后便接下去写住在"我"家隔壁的"虹桥镇一带最有钱的"金家
发生的种种不可思议的事情，写出了金大奶奶这样一位孤苦无依的旧
上海乡镇女子的不幸遭遇，令人一掬同情之泪。无独有偶，白先勇
80 年代创作的最后一篇短篇小说《骨灰》（1986），正如香港文艺批
评家胡菊人先生所指出的："这个小说故事背景是讲中国，而且小说
的'点题'是要到上海供父亲的骨灰。"① 到上海供其父骨灰的是一
位美籍华裔青年齐生，他于十年动乱结束后，来上海出席为其父平反
昭雪的骨灰安放仪式。其中写到不少与上海有关的历史人物和事件。
齐生有位表伯，名叫鼎立，1949 年曾率领"民盟"代表团欢迎陈毅
元帅进城；1957 年被错划为"右派"受尽折磨；十年动乱中又被下
放到"五七干校"干重体力活，"五七干校就在龙华，'龙华公墓'
那里，我们把这些坟都铲平了，变成了农场"。这些描写，无非都是
借上海的地点背景，来反映半个世纪以来上海所发生的激烈动荡和历
史巨变。

　　二是历史背景。像《金大奶奶》《骨灰》这样或直接或间接地写
上海本地发生的故事，在白先勇的小说中并不多见，更多的是将昔日
的上海滩作为后来的台北市、纽约城的一种对比和参照，成为一种含
有丰富和复杂的时代内容、表现人物命运和人事沧桑的历史背景。例
如《永远的尹雪艳》《金大班的最后一夜》等小说中，多次提到旧上
海的舞厅、戏院、花园洋房、中西餐馆等等，这些点缀于旧上海这座
远东最大的"冒险家的乐园"之中的"夜明珠"，在一群失去天堂的
"台北人"、在一批客居美国的"流浪的中国人"心目中大放异彩。
仅《永远的尹雪艳》一篇中，就出现了"百乐门舞厅""国际饭店二
十四楼的屋顶花园""上海法租界一幢从日本人接收过来的华贵花园
洋房""兆丰夜总会""兰心剧院""霞飞路上一幢幢侯门官府的客
堂"等等，这些建筑物具有鲜明的"十里洋场"特征和浓郁的上海

---

　　　① 　胡菊人：《对时代及文化的控诉》，载《香港文学》1987 年总第 34 期。

地方色彩，不仅点明了当年于此发迹的男男女女们"光荣的过去"和曾经拥有过的"辉煌的历史"，而且更重要的，在于反衬这些昔日的达官贵人、金融巨子、老板小开、舞女名媛、千金小姐成为"台北人""纽约客"后今非昔比的落魄结局和悲剧命运。正如白先勇在和大陆著名电影导演谢晋谈如何将他的小说《谪仙记》搬上银幕时所说，前面"贵族的生活要铺陈足，不然，后面的悲剧力量不足"①。

由此，我们便不难发现，白先勇之所以如此"留恋"并"津津乐道"上海昔日繁华的奥秘所在：写"最后的一抹"洋场旧梦正是为了反衬那些当年如鱼得水、显赫一时的天潢贵胄在台北、在纽约的晚境凄凉、身后萧索或今非昔比、生不逢时，而那些当年的"洋场"风光，又成为他们炫耀的资本和赖以苟活的精神支柱。正如《永远的尹雪艳》所描写的，"尹雪艳的新公馆很快便成为她旧友新知的聚会所。老朋友来到时，谈谈老话，大家都有一腔怀古的幽情，想一会儿当年，在尹雪艳的面前发发牢骚，好像尹雪艳便是当年上海百乐门时代永恒的象征，京沪繁华的佐证一般"。于是，这些时过境迁的男男女女，便在尹雪艳一口酥答答、娇滴滴的"苏州腔的上海话"中，沉浸于"十里洋场"的白日梦境之中，潦草地打发后半世空虚寂寥、冷清孤独的日子。

写昔日的上海人到台北、纽约后今不如昔的命运和结局，写得最生动传神的无疑推《金大班的最后一夜》。如果说，"成为上海百乐门时代永恒的象征"的尹雪艳，离开上海前夕已跻身"上流社会"的话，金大班，这位百乐门舞厅的头牌舞女，却是从上海的"百乐门"转到台北的"夜巴黎"，整整廿年都没转出大名堂，终于有一天决定下嫁一位有几文钱的六十开外的老头。出阁前夜，她与"夜巴黎"舞厅老板童得怀发生冲突之后，狠狠地啐了一口，"娘个冬采！"一句上海俚语就把她的"过去"唤了回来：

---

① 白先勇、谢晋：《未来银幕上的"谪仙"》，载上海《文汇月刊》1988 年第 1 期。

好个没见过世面的赤佬！左一个夜巴黎，右一个夜巴黎。说
起来不好听，百乐门里那间厕所只怕比夜巴黎的舞池还宽敞些
呢，童得怀那副嘴脸在百乐门掏粪坑未必有他的份。

这段惟妙惟肖的描写，简直把一个在风月场中厮混了廿年的旧上
海红舞女写活了！每个稍懂上海方言的人看到这里，都会情不自禁地
发出会心的笑声。只有真正熟悉上海的人，才写得出如此地道的沪语
申腔。它不仅揭示了金大班泼辣、粗俗、骄横而又高傲的性格特征，
而且隐隐露出了一个见过大世面的舞女领班心理上的"大上海主义"
优越感，在她的心目中，虽然同是转台子，上海"百乐门"的档次
也要比台北"夜巴黎"高得多！这里不仅仅是一种口出狂言的发泄，
更有一种"虎落平阳遭犬欺"的怨愤和不平。因此，"百乐门"的出
现，绝非仅仅是一处信手拈来的普通背景，而是一种反映人事沧桑的
时代和历史的象征。

三是文化背景。与历史兴衰、人事沧桑相联系并把这一切表现得
更为深沉、精致的，正是白先勇笔下代表上海这个东西方文化交汇点
的"海派"文化背景。这一颇具上海特色的文化背景，又大致由三
个方面构成——

首先是受过良好的教育，如《永远的尹雪艳》中那个台北新兴
实业巨子徐壮图，就是当年"上海交通大学的毕业生"，"具有丰富
的现代化工商管理的知识"；《谪仙记》中飞赴美国留学的四位少女，
"都是上海贵族中学中西女中的同班同学"。上海交通大学和中西女
中，都是当年上海滩上响当当的名牌学校，能进这两所学校或毕业于
此校，从前一向被上海人视为一种显示家世、才学的殊荣，因而不可
等闲视之。20 世纪 80 年代以描写上海市民的生活和心态著称的上海
女作家程乃珊也曾说过："上海解放初期的知识女性，来自中西女中
的占相当大的比例……我们的母亲们，在这里受到西方文化的影响，
势必因此也影响我们。白先勇的小说中，也多处提到中西，足以说

明，中西女中对上海市民的文化，起了不可忽视的作用。"① 可见，白先勇笔下出现的上海交通大学也好，中西女中也好，还有"圣约翰"（大学）等等，无非都是为了衬托这些"台北人"或"纽约客"的"海派"文化背景。

其次是展示精致的美食。中国是一个文明古国，在源远流长数千年的文化历史中，"食"文化也得到了举世瞩目的高度发展，八大菜系、御膳点心，成了巧夺天工、精美无比的艺术佳品。而上海，恰恰正是名厨济济、名菜荟萃的著名"黄金口岸"，各种中菜西肴、小吃零食，构成了独特的上海文化的一大景观。白先勇笔下的人物对上海的美食常常津津乐道，无论是当年国际饭店的"华美的消夜"，还是"上海五香斋的蟹黄面"，即便是尹雪艳公馆款待客人的"宁波年糕""潮州粽子""上海名厨的京沪小菜：金银腿、贵妃鸡、炝虾、醉蟹"以及"鸡汤银丝面"……点点滴滴无不透露出一种上海饮食文化的精致和丰富，成为白先勇小说中显示中华民族文化的景观之一。

再次是留恋优美的戏曲。白先勇常常通过他笔下的人物之口，渲染当年上海的戏院、剧场之演出盛况。如小说《游园惊梦》通过一位已故国民党钱将军的夫人之口点出当年曾"在上海天蟾舞台"看戏的往事。这篇小说后来于 1982 年由作者和曾任美国科罗拉多大学戏剧系主任的杨世彭博士合作改编成话剧，在可容纳二千四百名观众的台北国父纪念馆连演十场，场场爆满，可见盛况空前。在这出话剧中，虽然主要场景安排在台北窦公馆内，但其"上海背景"不仅没有被削弱，反而得到了进一步强化。如东道主窦夫人要她妹妹蒋碧月去请当年上海徐园的昆曲界"笛王"顾传训，但这位顾师傅轻易不肯出山：

　　　　窦夫人：人家是笛王嘛，难怪他眼界高。
　　　　蒋碧月：……我说，"顾老师，我仰慕您的艺术，仰慕了多

---

① 程乃珊：《我与上海滩》，载上海《上海滩》杂志 1988 年第 2 期。

少年了，打小时候在上海徐园就听你的笛子啦。"三姊，徐园到底在什么路啊？

窦夫人：（笑了起来，用手直指蒋碧月）在康瑙特路！

这"康瑙特路"就是现在的康定路。提起这座"上海徐园"，如今上海人中知晓者已不多，然而身居海外四十载的白先勇却了解得很清楚，他在《惊梦》一文中写道："上海的昆曲是有其传统的，一九二一年'昆曲研习所'成立，经常假徐园戏台演出。徐园是上海名园，与苏州留园可以媲美。研习所皆以传字为其行辈，一时人才济济，其中又以顾传玠、朱传茗尤为生旦双绝。后来徐园颓废，研习所一度改为'仙霓社'，然已无复当年盛况。"① 因此，把上海的徐园写进《游园惊梦》，一方面是为了慨叹曾统领中国剧坛六百余年之久的"百戏之宗"昆曲的衰落；同时也是对曾使濒于失传的昆曲在上海一度复兴而功不可没的徐园的纪念（可惜这所名园如今已荡然无存）。除此之外，该剧还通过国民党军界要人赖司令官的夫人与顾师傅等人的对话，回忆抗战胜利后在上海美琪大戏院观看"梅兰芳跟俞振飞演《游园惊梦》"等四出昆曲的空前盛况，一方面表现出对梅兰芳"达到极致"的京昆艺术的无比崇仰，另一方面也流露出"一个人一生中最多也只能遇到那一回"好戏的无限惆怅。

借人事沧桑，写历史兴亡，这正是白先勇笔下的"上海背景"的用意深刻之处。而对他个人而言，这又是重温童年时代"最后的一抹繁华"旧梦而产生的灵感泉源。

---

① 白先勇：《惊梦》，载台湾《联合文学》1987 年第 36 期。又见上海《文汇月刊》1988 年第 1 期。

从 "不幸的夏娃" 到 "自觉的信女"①

——论陈若曦小说中的女性形象

在一般人的心目中，台湾女作家陈若曦无疑是一位 "社会意识强烈" 的作家。她虽然很早就开始写小说，如 20 世纪 50 年代末至 60 年代初发表于台湾《文学杂志》和《现代文学》上的《钦之舅舅》《灰眼黑猫》《巴里的旅程》《辛庄》《最后夜戏》《妇人桃花》等等，但当时并未引起文坛与评论界的很大反响。真正使她声名鹊起、享誉文坛的是在 70 年代中期首次以小说的形式向外界披露 "文革" 内幕的《尹县长》《耿尔在北京》等作品。此后，陈若曦一改她 "年轻时最推崇写作技巧" 的小说写法，"但求言之有物，用朴实的文字叙述朴实的人物，为他们的遭遇和苦闷做些披露和抗议"②。人们无论是推崇她，赞扬她，或是研究她，批评她，甚至围剿她，往往都基于同一个理由：社会意识强烈和触及现实政治。因而，人们看陈若曦的小说，往往自觉或不自觉地 "忽略" 作者是一位女性作家，而将 "《尹县长》《耿尔在北京》《地道》等男性或中性观点的处理" 来评价其整个小说创作。

这无疑是一种误解。笔者以为，虽然作家的性别不应该也无必要

①　本文发表后曾为中国人大资料中心《中国现当代文学》全文转载，并选入台湾文学馆编撰出版的《陈若曦卷》。

②　陈若曦：《陈若曦自选集·后记》，《陈若曦自选集》，台北：联经出版公司 1976 年版，第 235 页。

成为判断其作品优劣的标准，尤其是在当今这个女强人比比皆是并层出不穷的社会中。然而，心理学所揭示的男人与女人在观察世界、反映事物的用脑方式、心理特点方面的某些差异，注定了男女作家在描述现实、刻画人物以及观察角度和写作方法诸方面的某些差异，尽管这种差异有时显得十分细微、似有若无，实际上还是一种客观存在。就这一点而言，笔者感到，人们仅仅把陈若曦当成一位政治意识强烈的作家，而并未意识到她同时也是一位关注女性命运、生存现状和生活方式的女作家，实在是一种误会。虽然她的小说并不像40年代的张爱玲、苏青那样专注于男人与女人之间的情感纠葛；也不像80年代的李昂、吕秀莲那样高扬起"新女性主义"的猎猎旗帜。其实，从陈若曦的一些以描写妇女生活、探讨女性命运及其生存现状为主的数十篇小说中，亦不难看出她的"女性意识"。

悲剧命题："不幸的夏娃"

平心而论，陈若曦那些描写妇女生活、探讨女性命运的数十篇小说，无论在写作技巧，还是在思想深度等方面，其艺术水准方面的参差不齐，都是显而易见的。但这似乎并不影响我们对她笔下的人物形象的认识。其最早的旧作《灰眼黑猫》，发表于1959年3月出版的台湾《文学杂志》；而最近的长篇《慧心莲》，则于2001年2月出版。从1959年至2001年，时间跨度长达42年。42年自然并非弹指一挥间，其间不仅作者的经验、阅历和世界观、人生观都发生了急剧变化，其笔下的女性人物形象自然也有了明显变化。概括而言，笔者以为，从50年代末的《灰眼黑猫》到21世纪初的《慧心莲》，陈若曦笔下的女性形象，大体上经历了从"不幸的夏娃"到"落难的尤物"，再到"自立的主妇"和"自觉的信女"这样几个既是社会历史的也是女性心理的变化阶段。

第一阶段："不幸的夏娃"，自然是指作者50年代末至60年代初创作的《灰眼黑猫》《最后夜戏》《妇人桃花》《邀晤》《乔琪》等短篇小说中的女性人物形象。这些女性形象，按其身份、受教育程度而言，大致上可分为两类：一类是都市中的知识女性，如《乔琪》中的乔琪及其母亲、《邀晤》中的仰慈；另一类则是社会下层的各种妇女，如《灰眼黑猫》中的文姐、《最后夜戏》中的金喜仔、《妇人桃花》中的桃花等。实际上，后来陈若曦笔下的女性形象，也一直未超出这两类人物的范畴，只不过后一类妇女大都成了自食其力的劳动妇女而已。从这些小说所塑造的女性形象而言，虽然她们的身份、性格、地位以及文化程度各个不同，但有一点却是不约而同：即命运的不幸。无论是被父母之命误嫁朱家而受尽折磨以致发疯早逝的文姐（《灰眼黑猫》），还是随着歌仔戏的没落而不得不骨肉分离的金喜仔（《最后夜戏》）；无论是始乱终弃、阴阳隔绝以致被死鬼缠身的桃花（《妇人桃花》），还是大学刚毕业，就随母亲和媒人一次次相亲，为的是"好好地结个婚"的仰慈（《邀晤》），可以说，在主宰自己的婚姻、命运和前途方面，这些女子无一是幸运者。

　　社会、历史、环境、封建习俗和婚姻制度所造成的女子的悲剧，正如作者借《灰眼黑猫》中文姐的好友阿蒂之口所说："想到她的悲剧，我不禁深深怀疑我们现在的风俗与制度。在大都市里的人一定不会想到封建的残余在这穷乡僻壤仍有这么大的势力吧！"被视为"不祥之物"的文姐死了，尸体连婆家的大门都不让进去，令人想起林海音《金鲤鱼的百褶裙》中那个身份卑微的收房丫头死后的相同遭遇。然而，陈若曦笔下的"灰眼黑猫"显然不仅仅是一种迷信，而是一种象征。小说一开头就预示了一句谶语："在我们乡下有一个古老的传说：灰眼的黑猫是厄运的化身，常与死亡同时降临。"因而，当童年时代的文姐偶然把风筝线套上小猫头颈之时，她的厄运就已被注定，成为一个无法扭解的"死结"。这篇小说的真正意义，并不在于那种令人不可捉摸的神秘感，而在于对造成文姐之不幸命运的"主宰"的诅咒，于是我们听到了作者借阿蒂之口发出的强烈呼问："我不觉深深诅咒所谓的命运，我奇怪难道真没有人逃出命运的安排？果真有命运，谁是主宰呢？"

曾经有过女人想跟命运抗衡，例如《最后夜戏》中的金喜仔。对于自己的亲生儿子阿宝，算命的说这孩子天生的"过继命"，不送给别人恐怕养不大，她竟摇头说："我不信！"然而，在歌仔戏日趋没落、观众日益递减的残酷的生存现实面前，她实在无法两全：

> 在这个歌仔戏没落的时候，戏旦已经远非昔比了。十年前，旦角由她挑，唱一台戏的收入可以吃喝一个月；现在老板只要不满意，可以随时解雇她。她早已看出这个连环锁：生存，吸毒，生存……它紧紧锁住了她，再也逃不掉。①

所以，等待金喜仔的最后命运，还是骨肉分离，把亲生儿子送人，否则她就无法在这个世界上生存下去。如果说，文姐、金喜仔的不幸命运，基本上是时代、习俗、环境和社会现实给生活于乡村的下层妇女带来不幸的命运的话，那么，乔琪的不幸命运，则来自其母亲在婚姻破裂后对前夫的仇视、憎恨的报复心理的后遗症。表面看来，乔琪是那个时代的幸运儿，与文姐、金喜仔截然不同，她生活在吃穿不愁的富裕之家，经常受到母亲嘘寒问暖、无微不至的关爱，又有陆成一这样死心塌地的异性追求者，不像仰慈那样大学刚毕业就一次次"邀晤"，只为了"好好地结个婚"②。她大学刚毕业便准备飞向新大陆留学深造，实在是人人羡慕的幸运儿。

然而，随着小说对其内心世界的层层披露，我们逐渐明白了这个患有自恋症与"世纪病"的年轻女孩的不幸。原来，15年前父母离异、母亲再嫁的阴影一直笼罩着她，使她无论在家中还是在人群中都倍感孤独与寂寞。就在她翌日飞赴新大陆前夜，她也"丝毫感觉不

---

① 陈若曦：《最后夜戏》，见《陈若曦自选集》，台北：联经出版公司1976年版，第149—150页。

② 陈若曦：《邀晤》，见《陈若曦集》，台北：前卫出版社1993年版，第32页。

到喜悦""有的只是困惑和莫名的踌躇"。小说中几次浮现出她儿时"孤独得仿佛被遗弃在旷野里""最难挨的寂寞，斩之不尽，驱之不去，像埋伏的奇兵，随时都可来袭"的记忆画面。正是这样一种挥之不去、召之即来的痛苦不堪的儿时记忆，造成了乔琪日后许多非理性的冲动与神经质的任性。为了急于"摆脱这个家，摆脱台北这个小地方"，甚至不惜嫁给一个她"当然不爱"的40岁男人，仅仅因为"他是外交官的秘书，可以出国"而已。当其婚礼被迫取消之后，她的"神经质，带着悲剧性"的"疯狂"发泄到了极点。

事实上，小说中有着"神经质，带着悲剧性"的女性又何止乔琪一人呢？她的母亲，其内心实在比她的女儿更加痛苦不堪，只是平日不像女儿那样容易随时发作罢了。小说的真正高潮是在女儿接到生父的电报，希望她赴美"经东京祈下机一晤至祈至盼"之后，平日温柔体贴、百依百顺的母亲竟一反常态，蛮不讲理地要求女儿"不要下飞机""不要去看他"，女儿哀求道："我们只是见一面，十五年只见一面呀！"不料母亲竟然捏紧拳头，面容扭曲，眼中冒火，浑身颤抖：

> ……你那天杀的父亲……毁灭了我的爱情……现在又来抢我的孩子……啊，我憎恨你！我永远憎恨你！别永远得意，我不相信我会永远失败！听着，我决不放弃，我宁肯，啊，我宁肯……宁肯杀了你，也不愿意让他抢去！①

正是在这个充满紧张感的戏剧性场景中，作者写出了一个女人在婚姻破裂之后对男人产生的极端仇视、憎恨甚至不无歇斯底里的报复心理。这里虽未竖起女性主义的旗帜，却埋伏着日后"杀夫"的心理动机。因此，在陈若曦迄今为止的所有小说中，《乔琪》无疑是女

① 陈若曦：《乔琪》，见《陈若曦自选集》，台北：联经出版公司1976年版，第135—136页。

性主义意识表现得最为明显也最为强烈的一篇。它不仅反映了父母离异对于一个9岁女孩的心灵戕害及其后的恶劣后果，而且揭示了婚姻破裂带给母女两代人的幻灭感以及由此而造成的自我毁灭的命运悲剧。

这是一个相当深刻的悲剧命题，至少在60年代初期的台湾女性文学作品中，是十分罕见的。可惜的是，陈若曦很快就自动放弃了这种对人性弱点的拷问与女性心理透析的艺术追求，这是十分令人遗憾的。笔者以为，她后来的许多小说，包括享誉文坛的《尹县长》《耿尔在北京》等等，就其对人物心理的探究和分析之深度而言，没有一篇能超过《乔琪》。

谐剧人物："落难的尤物"

1962年秋，陈若曦在赴美留学之后，就中止了中文小说的创作（谁知这一中止，竟长达12年）。1965年在获得美国霍普金斯大学的硕士学位之后，1966年便偕其丈夫经由欧洲赴中国大陆。然而，恰逢"文革"爆发。她在北京、南京蹉跎了7年之后，于1973年拖着两个年幼的儿子一家四口移居香港。这段非常时期的非常经历，对于一心想"报效祖国"的陈若曦及其家人来说，是不幸的；然而对于小说家陈若曦而言，却又不能不说是一种历史机遇。她在"文革"中经历的那些人和事，在她离开大陆之后仍在脑海中萦回不已。收进《尹县长》集里的作品，均是以"文革"为题材的小说，除《尹县长》之外，包括《晶晶的生日》《值夜》《任秀兰》《耿尔在北京》以及稍晚些时发表的《尼克森的记者团》《老人》《地道》《春迟》等。

陈若曦重新执笔写小说，并不意味着12年前"最后夜戏"的重新粉墨登场，而是意味着对"最推崇写作技巧"的小说写法的改弦易辙。于是，《尹县长》等作品便成为她"力求客观、真实"的代表之作。确实，"文革"中所发生的许多匪夷所思的荒唐事，似乎不须考虑什么"虚构"情节，便可构成一部写实主义小说。因而陈若曦

70 年代中期以后的作品，比之 60 年代初期的小说，就人物心理的深度以及对女性地位、命运及其生存现状的关注而言，不能不说是一种退步。然而，这些"坚持写实主义"的作品，毕竟确立了作者在文坛上的地位和影响力，因而对它们的小说技巧之成败得失的考虑，便在其次了。

在这些作品中，作者首先是从人的尊严被践踏、人的本性被扼杀、人的存在被忽视的人道主义立场而不是从女性的地位、命运及其与男性的关系来提出问题、思考问题的，因此，这个时期作品中出现的女性形象，往往扮演着非女性即中性甚至雄性化的角色。最有代表性的自然是那位亲自上门动员辛老师家拆毁晒衣架的居委会主任高嫂（《尼克森的记者团》）。不仅辛老师的丈夫、堂堂七尺须眉闻其声而色变，承认"这个女的我最怕看到"，唯恐避之不及；就连嘴巴不软的辛老师本人，也觉得这是个难缠的角色。在这个除了生育六个孩子外彻头彻尾雄性化的"母大虫"身上，折射出极其丰富的政治、社会和时代的内蕴！也只有"文革"，才会使这个"书倒没念多少"的婆娘，成为男男女女谁见了都害怕的政治动物。

不过，生活中毕竟并不全都是高嫂那种畸形的政治动物，即便是在"文革"那种非人道、非人性的非正常时期，也毕竟还是有作为"男人的一半"的女人存在。无论是在"四五"期间去天安门凭吊周恩来总理、声讨"四人帮"而后遭到告发、被迫写"交代"的老人之妻，她亲手为光了一只脚回来的老伴纳鞋底的行动，无声地却是有力地表达了对丈夫的精神支持（《老人》）；还是虽离过婚且相貌平平，但为人谦和、心地善良的李妹，正是她的出现，使心灰意冷的洪师傅真正感受到了女人的爱，以致最后他俩被误关在地道中双双毙命，仍然留下了以血书写的"我们相爱，不是自杀"的爱情宣言（《地道》）。

在陈若曦那些以"文革"为题材的小说中，实在极少写得生动传神而又富于女性魅力的人物形象，那几位以作者自身经历、感受为原型的知识女性，如《晶晶的生日》中的文老师、《任秀兰》中的陈老师、《尼克森的记者团》中的辛老师等，都算不上是血肉丰满、形神兼备的女性形象。唯一的例外倒是《查户口》中那位落难的尤物——因偷汉而被周遭的人们骂为"妖精"的"潘金莲"——彭玉莲。这个女性十足的人物的出现，无疑给陈若曦那些硬邦邦而又色彩灰暗的"文革"小说添加了一抹柔亮而又缤纷斑斓的油彩。

这是个绝不与周围人们相混淆的抢眼的女人。在这篇题目显得相当政治化的小说中，作者恰恰显示了作为女性作家而对一个女人的形体、神情、穿着等细致入微的观察：

> 说来彭玉莲并非什么美人，个子生得很矮小，不过她善于保养，注重穿着，身材总显得很匀称；特别是胸部，高低起伏，曲线突出，越发引人注目了。她的头发一向找鼓楼的一家大理发店修剪吹风，一样的短发齐耳，但她的总是蓬松有致，显得与众不同，女孩子们都管那叫海派头。皮肤黑黑的，鼻子微塌，一张大脸像圆盘，与她矮小的身材颇不相称；然而一双眼睛却生得又大又亮，且富于表情，顾盼之间，似有种种风情，男人瞧着，觉得扑朔迷离，很多女人自然是又嫉又恨了。①

然而，这位被她周围的常主任、施奶奶们视为眼中钉的"妖精"，不仅身处"文革"期间敢在穿着打扮上标新立异地显示其女性本色；更难得的是，作为"老右派""老运动员"冷子宣的妻子，一方面，她在男女关系上敢作敢为，以致成为常主任、施奶奶们虎视眈眈的"捉奸"对象；另一方面，她也不与长年在五七干校当"劳动常委"、未老先衰的丈夫"划清界限"，向他提出离婚要求，甚至"偷汉"的原因，似乎还想帮丈夫的忙，如当初与马书记来往"是为了给冷子宣摘掉右派的帽子"；而最后"捉奸"未遂的结果，真的使

---

① 陈若曦：《查户口》，见《尹县长》，台北：远景出版社1976年版，第61—62页。此篇收入《陈若曦集》时，文字略有改动。

其丈夫脱离了五七农场而回校教书。因此，在这个落难的尤物身上，呈现出了相当复杂的既是人性的也是女性的内涵，使人想起沈从文的湘西小说中那些既让丈夫戴上绿帽子又让丈夫把银钱带回家的船上女人（如《丈夫》等）。对于彭玉莲这样的女人，作者并未在小说中对其做出简单的道德评判和道义谴责，而是从女性作者的立场出发，对她"与众不同"乃至与人通奸都给予了与周围那些叽叽喳喳、专等着看她当众出丑的婆婆妈妈们截然不同的宽容与谅解，这从那位不得不奉命"监视"彭玉莲的叙事者的态度上便可一目了然："我除非吃饱饭没事干，才管这种闲事！"

可以说，正是由于刻画了彭玉莲这样一位"与众不同"的女性形象，使得《查户口》在作者所有的"文革"小说中显得别具一格。值得注意的是，此篇在写到她与丈夫冷子宣的夫妻关系时，也并未出现司空见惯的反目争吵、甚至大打出手的戏剧性场面。冷子宣在得知妻子对己不忠的实情之后，也只是淡然地说："如果彭玉莲要离婚，我随时答应，我自己绝不提出。"这句话中显然含有对自己长年在外当"劳动常委"而使妻子独守空房的歉疚与谅解。正因为这样，当他回到家那天，"彭玉莲满面春风地拎了一只老母鸡回家，拔鸡毛时嘴里还哼着曲子。邻居们竖长了耳朵听，可是到天亮也没听见一句吵嘴的声音"。

这里似乎蕴含着作者对夫妻关系的一种新的理解，即婚姻并不仅仅是一种两性关系的契约，更不应该只是对女人的贞操产生约束，尽管是在"文革"那样一种非人性的非常环境之下，"落难的尤物"也在两性关系中表现出了某种自在的心态，虽然她不敢明目张胆地违抗半夜三更穿堂入室的"查户口"。

活剧纪实："自立的主妇"

1979 年，陈若曦应美国加州大学柏克莱分校中国研究中心之聘，全家由加拿大移居美国。此时，中国大陆历时十年之久的"文革"

已经结束，进入了改革开放的新时期。此后，陈若曦作为海内外著名的作家，其影响力已远远超出了文学本身。她不断应邀回大陆或台湾访问、演讲，活动的范围不断扩展，生活的内容逐渐丰富。于是，我们在她80年代以后的小说中所见到的画面便显得驳杂斑斓起来。撇开她80年代以后的数部长篇小说，如《突围》《远见》《二胡》《纸婚》不谈，即便在她的短篇小说中，人物的生活空间及其经历的事件显然比她早期小说与"文革"小说要广阔和丰富许多。

值得注意的是，她80年代以后的中、短篇小说，差不多都围绕着女主人公或在美国、或在中国港台遇到的不顺心的麻烦事来铺陈情节，展开对话。陈若曦的小说，从来也没有像80年代以后的作品那样重视华人妇女在异国他乡所面临的种种困扰。如《素月的除夕》，写中年妇女素月，为了送两个儿子到美国念中学，本来计划是，"等孩子们习惯安定下来，她便返台"，以便夫妻团聚。可人到了美国，才发现完全行不通，因而只得滞留在美国，一方面挂念台湾的多病丈夫，同时又整日提心吊胆，唯恐自己签证期满成为非法居留的"黑户口"。尽管美国的"蓝天如洗"，她却"只感到混乱和空虚"。再如《不认输两万元的话》中的老年妇女柯太太，当初为了来美和儿子团聚，倾家荡产才买下柏克莱的一栋公寓。不料抵美后儿子死于车祸，媳妇带着孙子改了嫁。于是她想卖掉公寓筹一笔养老金返台安度晚年；谁知台币升值而美元贬值，当初买下的公寓，十年后连本钱都不值。但如果不出卖的话，柯太太又面临着房客"合法"却不合理的荒唐要求和添人增丁的种种麻烦。所以她除了忍痛割爱卖掉公寓外，别无选择①。这两篇小说，十分细腻地表明了赴美后的中、老年妇女在现实中的困境。

然而，严格说来，像上述的《素月的除夕》《不认输两万元的话》以及写大陆赴美女留学生被骗而惨遭杀害的《到底错在哪里》

---

① 陈若曦：《不认输两万元的话》，见《王左的悲哀》，台北：远流出版公司1995年版，第119—128页。

等作品，实际上并未表现出多少"女性意识"。因此，这几篇小说虽然都以女性人物作为其主人公，但反映的只不过是台湾的或大陆的中国人赴美后的遭遇与不幸罢了，即使将其中的性别角色转换一下，这些问题（经济的或是种族的）也依然存在。

真正显示出当今华人妇女的价值观、人生观及其在两性关系中的变化的，是在描写各类女性人物对于婚姻、恋爱由被动到主动的态度的作品中，如《我们上雷诺去》《贵州女人》《演戏》《走出细雨濛濛》《圆通寺》《丈夫自己的空间》等小说。这些小说中的女性形象，仍然是两类：即受过高等教育的知识女性和文化程度相对较低的劳动妇女。就传统的婚姻观、家庭观对她们的约束力而言，这两类女性人物都表现出了前所未有的自在自为的轻松。如《我们上雷诺去》中那个"身无分文便一个人从扬州跑到美国来"的原中学教师戚芳远，为了"想长留美国"而不惜以重婚做赌注，与一个75岁的耆耄老头"上雷诺去"注册结婚。理由虽是"因为她办离婚手续难"（她在国内有丈夫、儿子），但却很难从伦理道德或社会学意义上来指责她的重婚行为，因为她坦率地向女友承认："如果有更好更快的办法，我今天也不会到雷诺来。你有一天会明白，我不是自私的女人。"当女友提醒她，她嫁的老头"也许还能活上十年也说不定——十年啊"！她竟回答："'文化大革命'整整十年，我都熬过来了。再熬十年……那也只是一眨眼的事。"① 这句话的潜台词很清楚：只要老头一归西，她就立马把丈夫、儿子接来美国。这里绝没有父母之命的强制性拜堂，而完全是自觉自愿的交易性注册：所以不存在悲剧，只是一幕既荒诞又现实的闹剧。

再如《贵州女人》中那个从贵州的偏僻山区嫁到美国唐人街来做餐馆老板续弦的原小学教师水月，也并不讳言她嫁给年龄与之相差近40岁的老头，目的"是为了个人出路。在穷乡僻壤，她看不到前

---

① 陈若曦：《我们上雷诺去》，见《走出细雨濛濛》，香港：勤十缘出版社1993年版，第66页。

途，恋爱遭过挫折，家里又欠债，无奈中才把希望寄托在这场婚姻上"。但对于水月而言，联姻决不等于禁欲，这是她与嫁鸡随鸡、嫁狗随狗的传统妇女的根本区别。所以，当年老体衰的丈夫不能与她过正常的夫妻生活，而那个在餐馆内打工、经老板主动请求才勉强答应每周一次来老板家代行丈夫之责的阿炳又要结婚的情形下，水月的出走便成了偶然中的必然。因为她无法忍受与丈夫之间没有夫妻之实的生活。无论是戚芳远也好，还是水月也罢，传统的婚姻道德观念对她们都失去了往日威风凛凛的制约力，她们在婚姻的选择上已经成为自在的女人。作者对这些在传统的封建卫道士眼里看来是道德败坏的女人身上，寄予了充分的宽容与谅解。因为在作者看来，在当今世界，尤其是在自由开放的美国，人人都有权选择自己的生活方式。女人作为一个人，当然有这样的权利，别人无从干涉，更不必横加指责。正如那位本想劝阻芳远与其姑丈结婚的女留学生小杨所说："结婚是两厢情愿的事，局外人说好说歹又有何用？"

当今华人女性不仅在婚姻选择上持越来越自由自在的态度，而且在对待家庭关系、甚至对自己所嫁非人也抱着不愠不恼、和平共处的宗旨，这在妇女没有取得经济独立之前是根本无法想象的。《圆通寺》中有两位对比强烈的女性，虽然身份、地位和所受的教育程度差别很大，但都是婚姻不幸的女人：在美国执教的"我"，离过三次婚，结果连对唯一的儿子也不得不放弃抚养权；而她去国20多年后再回台湾，却发现嫁了一个吃喝嫖赌无所不为的丈夫的表姐，却"哪儿像亲戚说的'遇人不淑''独自拉拔三个孩子长大'的可怜人形象呢"？

表姐生活得充实而又忙碌，难怪她把那个"不负责任的丈夫"视为可有可无之人了。这里，仍然是婚姻的不幸，但却不再有乔琪母亲那种离异夫妻之间鱼死网破的仇视、憎恨与报复，原因其实很简单：80年代的妇女大都自食其力，有了独立的经济能力，因而婚姻幸与不幸，丈夫好与不好，已经不再是妻子全部的生活内容和唯一指望，那种因所嫁非人而郁郁寡欢、以泪洗面的苦命妇人、可怜女子的时代，毕竟过去了。正如作者在《女性意识》一文中所说："始乱终弃、家庭暴力、婚外情和离婚后生活无依的恐惧，这些已不仅是男女平权之争，更重要的是妇女自己的心理建设了。"①

正因为当今女性生活空间的扩大和经济能力的独立，所以在对待"第三者"介入或是丈夫变心、婚姻破裂也变得比以往要冷静、客观得多。《演戏》中的丽仪，五年前就与丈夫办了离婚手续，只为避免伤害女儿的幼小心灵而未搬出丈夫的家，彼此分房而居。这里再也看不到夫妻之间战争的硝烟，小说以十分平和、宽松的氛围，反映了这对貌合神离的离异夫妇之间理智而又自在的生活方式。当然，对于丽仪而言，无论在法律上还是在精神上她都是一个自由的女人，和前夫一样，她既有离婚的自由，也有再嫁的权利。所以，当她小心翼翼地向女儿解释"离婚并不可怕"而得到女儿的赞同时，她觉得如释重负，因为"同住一个屋檐，还是另起炉灶，对她已无区别。重要的是，她获得心灵的自由，今后不必演戏了"。

同样，在《丈夫自己的空间》里，辛辛苦苦拖儿带女在温哥华为丈夫"圆移民梦"的杨太太，发现丈夫在香港有了外遇，便赶回来想挽救自己20年的婚姻。谁知丈夫却振振有词："你在温哥华有自己的事业和儿子，我在香港也享受一点……自己的空间。"于是，杨太太明白了她和丈夫之间的婚姻无可挽回。这里，再也没有妻子寻死觅活的哭闹吵骂，也没有没完没了的纠缠不清："杨太太相信，她能在异国建立起自己的事业，她也能做出最好的选择。"②

正如作者所言："如今婚姻不必是'终身大事'了，可以是一种生活方式。越来越多的人了解到，能够独立和自我满足才能使自己立于不败之地；做'人'比做'女人'重要多了。"因此，如今也有女

① 陈若曦：《女性意识》，载《星期天周刊》（香港），1995年3月19日出版。

② 陈若曦：《丈夫自己的空间》，见《王左的悲哀》，台北：远流出版公司1995年版，第137页。

人在爱情与婚姻的权衡中，自觉或不自觉地充当了"第三者"，如《走出细雨濛濛》中那个曾自觉自愿地甘当有妇之夫的情妇并历时达8年之久的"她"，在明白自己所爱的男人只不过是一个既怕离婚影响其仕途，又想继续占有其感情的伪君子时，不禁躬身自省："她问自己，怎么会有今天呢？是他还是自己的错？"于是，结局不言自明："她有信心，自己会走出这片濛濛细雨。"①

"走出蒙蒙细雨"，这无疑是自觉或不自觉地充当"第三者"的女性自我醒悟的象征。遗憾的是，陈若曦1994年赴港后所写的几个短篇，如反映香港日益严重的"包二奶"问题的《重振雄风》②、反映女性雄化与男性无能的《我的噩梦》③等，都不能算是成功之作，这恐怕与作者抵港后比较注意沸沸扬扬的社会问题的"热点"而又未对此进行深入的探究与周密的艺术构思所致。因而这几篇作品与其说是小说，倒不如说是某些社会问题的形象图解。

歌剧上演："自觉的信女"

"走出蒙蒙细雨"之后的当今女性，该走向何方呢？作者直到20世纪末对此都没有提供新的答案。但有一点是毋庸置疑的，即她们不会再回到"灰眼黑猫"的时代去，听任不幸的婚姻和命运的宰割；虽然她们或许会自觉或不自觉地充当"第三者"，但她们不会让自己永久地背着不光彩的十字架。因为，她们作为自在的女人，既可以"上雷诺去"，也可以到"萧邦的故乡"④去。果然，1995年以后定

---

① 陈若曦：《走出细雨濛濛》，见《走出细雨濛濛》，香港：勤十缘出版社1993年版，第8、10页。

② 陈若曦：《重振雄风》，载《星期天周刊》（香港），1995年1月15日出版。

③ 陈若曦：《我的噩梦》，载《皇冠》杂志（台北），1995年1月号。

④ 陈若曦：《啊，萧邦的故乡》，见《王左的悲哀》，台北：远流出版公司1995年版，第157—166页。

居台湾的陈若曦，在21世纪初奉献出了一部长篇小说《慧心莲》，并在其中对于婚姻不幸、命运多舛的台湾女人重新寻找人生道路及其生命意义做出了新的抉择与诠释。

《慧心莲》写的是一家三代女人命运多舛的曲折故事，几位主角都是女性。母亲杜阿春是一个典型的委曲求全、逆来顺受的家庭主妇，她年轻时未婚先孕生下了两个女儿美慧和美心，不料女儿的生父暴病身亡，没有任何名分的母女三人连亡者最后一面都未见到就被赶出家门，连一点抚养费都得不到。女儿的身份证上注明"父不详"。为了生存，她经人介绍嫁给了外省来的"罗汉脚"——一位当年从大陆到台湾的国军军人李忠正，又生下了儿子继光，正如她所说："'嫁汉嫁汉，穿衣吃饭'，我们这一代，十个女人有九个半是为了饭碗。"①但因夫妻性格不合终致"家破人走"，两地分居，一家人分成了一半"女儿国"和一半"男儿国"。为了寻找精神寄托，她在老姐妹林姐的感召下成了乐善好施的信教者，"已经把佛堂当作自己的家了"。而两个身份证上注明"父不详"的女儿美慧和美心，在婚姻爱情上继续上演着母亲的不幸悲剧。美慧高中甫毕业就匆匆嫁给了王金土，儿女双全却常常莫名其妙饱受丈夫的虐待，以致不得不抛下儿女逃出婆家寄居别处，丈夫则借口她不履行同居义务而向法院申请离婚，在她未收到法院通知书的情形下，离婚成了自动判决生效的既成事实。她万念俱灰，甚至一度割腕自杀，终致一心出家，削发剃度，成了法号"承依"的僧尼。念经拜佛，似乎成了她唯一的精神解脱，"因为好多部经里都提到念经的功德，其中之一是来世不生为女人"。②妹妹美心天生丽质，活泼可爱，成了台湾名闻遐迩的电影明星，追求者甚众。但一心追逐爱情的她与母亲当年一样，爱上了一个姓吴的有妇之夫，并生下了儿子阿弟，虽然姓吴的按时支付儿子的抚养费，但儿子身份证上与自己一样，仍是"父不详"。天有不测风

---

① 陈若曦：《慧心莲》，台北：九歌出版社2001年版，第72页。
② 同上书，第47页。

云，年幼的阿弟竟在一场突如其来的车祸中不幸夭亡。悲痛无比的美心终于看破红尘，在捐出亡儿的 30 万新台币丧葬费后也一心遁入佛门。

时代终究不同了，如今的台湾，皈依佛门已不再是青灯古刹、苦度余生，而成了一种人生选择，甚至成了一种把握或是改变自己命运的"时尚"。正如美慧的女儿慧莲所说："现在的年轻人想出家的多着哪！我自己就觉得是很好的生涯规划和选择。"她大学毕业后也继承了母亲的衣钵，不仅自觉成为法号"勤礼"的佛门弟子，还被派往大陆浙江天台寺取经游学，而她的男友则选择成为天主教的修士。在杜家三代女人身上，再也看不到当年因为家庭破碎而心灵扭曲的乔琪母女那种歇斯底里的自暴自弃和疯狂发泄，而是以一种平静、宽容的人生态度安之若素，闲庭信步。最重要的，是她们有了一种情感寄托与人生信仰。因此，承依（美慧）皈依佛门后被派往美国留学，返台后成了海光寺的"上人"（住持），连她母亲都引以为豪："当年那个柔弱、悲恸到不想活的少女，如今已修成一位富有慈悲和智慧的尼师了。"妹妹美心在经历了儿子亡故之后一心向往遁入佛门清净之地，却不料竟遭遇道貌岸然的"金身活佛"的性骚扰，她在百口莫辩之下像当年她姐姐那样割腕自杀，生还之后通过诉诸法律，终于为自己讨回了公道。最后，杜家三代信女，齐齐出现在台湾"九二一"大地震的救援现场，她们成了万众敬仰、慈悲为怀的救星。

所以，在陈若曦笔下，21 世纪的女性之路，其实有许多条，"条条大路通罗马"，就看她们怎么往前走了。

三毛的 "故事"：阅读的误区

——兼谈对三毛作品的接受反应

20 世纪 50 年代初至 70 年代末，几乎是整整 30 年时间内，台湾文学——也用纯粹地道的中文书写的作品，是何等模样，对于相隔一道海峡的大陆上的中国人来说，恐怕连想象一下都不太容易。然而，1979 年以后，人们很快便认识了聂华苓、白先勇、於梨华、陈若曦、陈映真、黄春明……再后来，是柏杨、琼瑶、三毛、席慕蓉……但80 年代以来在中国大陆读者眼里，最富于传奇色彩和性格魅力的台湾女作家，无疑首推三毛。这一点，恐怕连作品出版的数量远远超过她的琼瑶都望尘莫及。无论是她的来（返乡探亲），还是她的去（撒手归真），都在大陆读者中激起过较大的反响和震动。

然而，三毛的作品，以及那些曾令无数读者如痴如醉的"三毛的故事"，却存在着不少阅读的误区。有说她的"篇篇故事都是她人格追求的折光"的；也有称其"作品是她生活的真实记录"的；有把她的作品当成"自传体小说"的；更有人认为应归入"私小说"或"纪实性自我小说"类；甚至还有人提出"可称之为哲理小说"的，真可谓众说纷纭。读者的阅读理解如此悬殊，表明了三毛的作品具有多元性的接受倾向。不过，有几个涉及三毛作品的文学体裁类别的问题，笔者以为还是有必要斟酌一下的。首先，须要搞清楚的是——

三毛的作品：自传乎？非小说类乎？

三毛生前出版过 18 部著作①。除了《谈心》为"三毛信箱"，《三毛说书》"谈得（的）是《水浒传》中武松、潘金莲、孙二娘的故事"，《滚滚红尘》是她"第一个中文剧本"外，要给其余 15 部作品做文学体裁上的归类，并不是一件很容易的事情，尽管她在世时，曾一再向人表白：

> 我的文章几乎全是传记文学式的，就是发表的东西一定不是假的②。
> 我的作品，只能算是自传性的记录。……我写的其实只是一个女人的自传，我自己在写作时是相当的投入。……我的作品，也是我生活和遭遇的记录与反映③。
> 我不写小说，我写的都是记录性的，我只写自己的故事④。
> 我觉得，我所写的沙漠故事应该是属非小说类⑤。

如此等等。看来三毛本人似乎已经非常肯定地把"自己的故事"归入"自传"类和"非小说类"，完全不用旁人再来多此一举。况且，说自己的作品是作家本人的自传也非自三毛始，早在 20 世纪五四时期，那位以暴露自我之大胆率真而著称的郁达夫，就信奉并提倡

---

① 《三毛的作品》，载《台湾文学选刊》1991 年第 2 期。
② 三毛：《我的写作生活》，见《梦里花落知多少》集，中国友谊出版公司 1984 年版。
③ 《热带的港夜——三毛对话录》，见《三毛昨日、今日、明日》集，中国友谊出版公司 1988 年版。
④ 莫家汶：《脱轨的童话》，《三毛昨日、今日、明日》集，中国友谊出版公司 1988 年版。
⑤ 《热带的港夜——三毛对话录》。

过法国大文豪法朗士的一个著名的文艺观点："文学作品都是作家的自序传。"但这恐怕主要是就文学作品作为作家精神性创造劳动的产物，总不免带有作家本人某些特定的思想倾向、主观情感、创作个性和艺术风格等等印记而言的，郁达夫的作品并不等同于郁达夫的传记。我们不难发现，三毛的作品不能算作严格意义上的"自传"。她根本无意于像卢梭的《忏悔录》那样对于自己一生的是非功过乃至灵魂奥秘做出惊世骇俗的无情解剖和自我批判。《忏悔录》开宗明义即向世界宣告："这是世界上绝无仅有、也许不会再有的一幅完全依照本来面目和全部事实描绘出来的人像""我要把一个人的真实面目赤裸裸地揭露在世人面前。这个人就是我"。据说，在《忏悔录》的另一个稿本中，卢梭还曾经批判了以往一般人的自传"总是要把自己乔装打扮一番，名为自述，实为自赞，把自己写成他所希望的那样，而不是他实际上的那样"①。

如果我们用卢梭的这一批评来观照三毛的作品，很快就可觉察出三毛那些"自传性的记录"中或隐或显、或明或暗的自夸自饰倾向，如《搭车客》《芳邻》《克里斯》《温柔的夜》等篇，写的都是"我"如何慷慨解囊、乐善好施、善解人意地对别人进行无私相助。越到后来，这种"名为自述，实为自赞"的毛病就越明显，在《倾城》《闹学记》《遗爱》诸篇中，无论是去德国的东柏林，还是去美国的西雅图，或是回加纳利群岛，"我"简直成了一位到处"遗爱"于人间的"特别的天使"！虽然我们相信三毛自己所说的"一定不是假的"，但一味炫耀"我"的无私也并不能使人相信这是一幅"完全依照本来面目和全部事实描绘出来的人像"。并且，三毛的作品，尤其是她以《撒哈拉的故事》一举成名之后创作的作品，如加纳利故事系列（如《温柔的夜》《巨人》等）和异国留学故事系列（如《倾城》《闹学记》等）中的人性场面，常常是经过了作者的过滤、提炼并有所取舍的，因而往往呈现在读者面前的是过于纯净、温馨、美好、友善的

① 柳鸣九：《〈忏悔录〉译本序》，人民文学出版社 1980 年版，第 13 页。

三毛的「故事」：阅读的误区

一面，而那些丑恶、奸诈、残酷、令人发指的一面则被隐匿起来或略去不提。这一点，三毛本人在世时也并不讳言："我说过我写作是对我自己负责，我的作品也是我生活和遭遇的纪录与反映，不过，当我写到一些鬼哭神号或并不能令人太愉快的场面时，我还是会省略掉或用剪接的方法把它略过不提。"① 甚至她本人也并不否认，"很多朋友说，你跟我们说的沙漠和你写的沙漠不一样"②；"我在书里都尽量不去写我们那种有时的确是喘不过气来的经济压力"③。

可见，三毛的"故事"与三毛的自传实在有着很大的差别和距离。三毛的作品不能当作严格意义上的"自传"或"传记文学"来读应是肯定的了。至于她笔下的诸多"故事"是否都属于"非小说类"，则须要做进一步的分析。

三毛本人有时会告诉别人，她"写小说、写散文和写歌词"，而它们"是不一样的"④。就在她说"我所写的沙漠故事应该是属于非小说类"的同时，她也曾谈及《哭泣的骆驼》的构思：

> 如像报道文学那样写的话，没有一个主角，这件事情就没有一个穿针引线的人物，于是我就把一个特别的事情拿出来，就是当时游击队的领袖名叫巴西里的，他是我的好朋友，他太太沙伊达是一个医院的护士，拿他们两个人的一场生死，作为整个小说的架构。⑤

如此说来，《哭泣的骆驼》当然不在"非小说类"之列了。并且

---

① 《热带的港夜——三毛对话录》，见《三毛昨日、今日、明日》集，中国友谊出版公司 1988 年版。

② 三毛：《我的写作生活》，见《梦里花落知多少》集，中国友谊出版公司 1984 年版。

③ 《热带的港夜——三毛对话录》。

④ 三毛、凌晨：《三毛的故事》，载《台湾文学选刊》1987 年第 2 期。

⑤ 《热带的港夜——三毛对话录》。

正是作者本人还在上文中称之为"中篇"（同时被称作"中篇"的，三毛还提及《五月花》），那么，读者将三毛的作品当作小说来阅读，似乎也无可非议。

三毛的文体：小说乎？"私小说"乎？

在确定了三毛的"故事"并不完全属于"非小说类"之后，阅读的误区实际上并没有全然消失。相反，当我们根据已知的文学理论来进一步研究三毛的作品时，竟会感到无所适从。例如，关于"小说"的定义。在英国著名小说家福斯特那本被西方誉为"20世纪分析小说艺术的经典之作"的《小说面面观》中，作者曾援引法国批评家谢活利给英国小说下的定义："小说是用散文写成的某种长度的虚构故事"，并对此做了进一步阐释："任何超过五万字的散文虚构作品，在我这个演讲中，即被称为小说。"① 如果以此来衡量三毛的"故事"，不免会令人大失所望：

第一，三毛的作品几乎没有一篇超过五万字，最长的，即被她称之为"中篇"的《哭泣的骆驼》和《五月花》，分别为2万多和4万多字。

第二，三毛的"故事"绝大多数不是"虚构"的产品，至少她作品中出现的人物和事件，大抵实有其人，或者事出有据，并非作者任意凭空编造，这一点，我们倒并不怀疑三毛的诚实。她不止一次地说过"不真实的事情，我写不出来"；"我比较喜欢写真实的事物，因为那是活生生发生在我周遭的事，我写起来会比较切身，比较把握得住，如果要我写些假想的事物，自己就会觉得很假，很做作。"甚至她还表示过自己"很羡慕一些会编故事的作家"，可"就我而言，迄今我的作品都是以事实为依据，所以，我并不自认为是职业作家"。她还举《哭泣的骆驼》为例，证实自己"确是和这些人共生

① ［英］福斯特：《小说面面观》，花城出版社1981年版，第3页。

死，同患难"，因而动笔时"不能很冷静地把他们像玩偶般地在我笔下任意摆布，我只能把自己完全投入其中，去把它记录下来"①。如此说来，三毛的"故事"似乎与以"虚构"为其主要特征的小说无缘了。

既非自传，也非虚构，可是三毛的作品又很注重引人入胜的故事情节（她自己就讲过："真正感动人的作品，是在于其情节，而不是在于写作技巧，因为一个故事本身的情节如果能感动人的话，那么写出来读者一定会感动。"）。一般来讲，情节只存在于叙事型与戏剧类以描述人物和事件为主的作品中。三毛的"故事"中的情节可谓生动、新奇和有趣，但却并不复杂曲折。作者通过各种情节所要诉诸读者的，无非是一个女人（她或者叫三毛，或者叫 Echo，更多的时候，她就叫——"我"）的喜怒哀乐以及惶惑、忧伤等种种情感体验以及和她生命中的男人（他可以叫荷西，或者干脆没有名字，如《倾城》中那位东德军官）之间那份刻骨铭心、一诺千金的半生情缘。不过，在《撒哈拉的故事》等多部作品中，它以特有的"三毛的故事"的形式被渲染着，被撒哈拉沙漠、加纳利群岛以及"万水千山"的异国风土人情烘托着。由于三毛的作品大都以第一人称"我"为其"故事"的女主人公，并且她又屡屡说自己"因为没有写第三者的技巧和心境；他人的事，没有把握也没有热情去写"②；"我是一个'我执'比较重的写作者，要我不写自己而去写别人的话，没有办法"；她甚至这样表白："我吗？我写的就是我。"③ 或许正因为这个缘故，有人便将三毛的作品与日本的"私小说"画上等号，认为"三毛的私小说，带着强烈的自我真实及浓郁的文学色彩，自然就轻易赢得了

---

① 三毛：《我的写作生活》，见《梦里花落知多少》，中国友谊出版公司 1984 年版。

② 三毛：《永远的夏娃开场白》，见《背影》，湖南文艺出版社 1987 年版，第 25 页。

③ 《两极对话——沈君山和三毛》，见《梦里花落知多少》，中国友谊出版公司 1984 年版。

大量读者"①。

何谓"私小说"？"私小说"（又译：自我小说）是日本大正时代产生的一种独特的文体。日本近代的许多著名的文学家都写过这种文体的作品。"私小说"有其一套理论体系。按照《现代日本文学史》的作者久米正雄的说法，"'我'就是一切艺术的基础""只有那些真正能够认识存在于自身的'我'而且又能把它如实地表现出来的人，才有资格暂时被称为艺术家，才会给私小说的积累留下自己的功绩"②。也就是说，作者要直截了当地表现自我、暴露自我；"私小说"的另一特征，借用日本文学家岛村抱月对被公认为日本"私小说"的开山作《棉被》的作者田山花袋的评语，即"不加掩饰地描写美丑……把自觉的现代化性格的典型向大众赤裸裸地展示出来，到了令人不敢正视的地步"③。这里所指的"自觉的现代化性格"包含着为封建伦理道德、传统观念形态所不能容忍的人的自然天性、欲望、情感、意志和行为，因此，"私小说"的产生，首先是人的自然天性向虚伪礼教做出的反叛和对抗，也是对束缚人的情感、欲望和意志的传统习俗的挑战和蔑视，其社会和时代的意义已经超出了"私小说"本身。

其次，从美学角度来看，"私小说"强调"不加掩饰地描写美丑"，并把人的某些生理本能，某些病态的畸形的心理现象（这正是"私小说"最热衷于描写的，因此"私小说"又称"心境小说"④），统统"向大众赤裸裸地展示出来"，以致达到"令人不敢正视的地步"。在这一点上，恰恰正是三毛非常忌讳的，她在谈及自己写作过

---

① 黄晓玲、徐建新：《从虚构到纪实——三毛作品与私小说》，载《当代文艺探索》1987 年第 6 期。

② 久米正雄：《文艺讲座》，转引自《郁达夫新论》，浙江文艺出版社 1984 年版，第 224 页。

③ 西乡信纲：《日本文学史》，人民文学出版社 1978 年版，第 284 页。

④ 参见《中国大百科全书·外国文学》第 2 卷，中国大百科全书出版社 1982 年版，第 924 页。

程中对一些"并不能令人太愉快的场面"之所以"全省略掉或用剪接的方法把它略过不提"的原因时说："这样做，就不是为了我自己，如果只是写给自己看，那就什么都可以写出来，但我知道我所写的东西会有很多人，尤其是年轻人在看，我不能让他们也和我一样痛苦。所以，往往在最悲哀的时候，或者是结束时，绝对不会以死亡作为结束。当然我不敢说这是我对社会有什么使命感，而是由于考虑到对读者可能产生的不良影响，这点我是有注意到的。"① 如此看来，三毛的"故事"又怎能与"私小说"相提并论呢？

笔者认为问题是出在三毛笔下的那个"我"的身上。在三毛的作品中，差不多每一篇都有"我"的足迹，"我"的声音，"我"的表演，"我"的倾诉，并且几乎无一不是"关于我和朋友及周遭生活"的"真实的故事"，然而三毛笔下的"我"，虽然有时就叫三毛，或者叫作Echo，但并不等同于生活中那个原名叫"陈平"的人。她自己就说过："当我在写作时，我觉得面对的，是另外一个我。"② 再举一个例子，人们从三毛笔下看到的"我"，是一个快乐达观，"跟每一个人都可以做朋友"的人，可是三毛却对告诉她这话的朋友说："我是一个很孤僻的人，有时候多接了电话，还会嫌烦嫌吵。"朋友又说："你始终教人对生命抱着爱和希望。"然而三毛却答曰："我都一天到晚想跳楼呢！"③ 可见三毛笔下的"我"只是个美好的艺术形象而已，与生活中的"我"并不一样。这里其实涉及文学的一个基本常识问题：即作品中的"我"是谁？德国著名的哲学大师黑格尔曾经说过一句十分精辟的话："只有通过心灵而且由心灵的创造活动而产生出来，艺术作品才成其为艺术作品。"④ 这里，黑格尔强调艺

---

① 《热带的港夜——三毛对话录》，见《三毛昨日、今日、明日》，中国友谊出版公司1988年版。

② 同上书。

③ 三毛：《我的写作生活》，见《梦里花落知多少》，中国友谊出版公司1984年版。

④ ［德］黑格尔：《美学》，商务印书馆1979年版，第49页。

术作品是"只有通过心灵而且由心灵的创造活动"的产物。在从事这一"心灵的创造活动"的过程中，作者笔下所创造出来的任何文学形象，即使是以"自我"作为创作的原型，毕竟都已经过了作者的过滤、沉淀、提炼和艺术加工，因而文学作品中的"我"早已不是作者的"本我"，这也正是所有文学体裁的作品（小说、散文、诗歌、戏剧）不同于私人日记、书信和自传中的"我"的根本区别。

在三毛的笔下，尤其是在撒哈拉故事系列中，如《沙漠中的饭店》《结婚记》《荒山之夜》《白手成家》等篇中，"我"常常扮演着这些带有较强的表演性和戏剧效果的故事中的女主角。而在其他诸篇中，如《娃娃新娘》《爱的寻求》《芳邻》《哭泣的骆驼》等，"我"只是承担类似"导游"的职责——故事的叙述者；而在《沙漠观浴记》等篇中，"我"的身份只是观光客。在这些名副其实的"故事"中，"我"的重要职责就是穿针引线，介绍登场人物，描述发生的事件，推动情节的起承转合。更值得注意的是，在作者最初出版的5本作品（指《撒哈拉的故事》《雨季不再来》《稻草人手记》《哭泣的骆驼》《温柔的夜》——笔者注）中的"我"，差不多皆以"三毛"自称。可是从《梦里花落知多少》集开始，"我"依然是"我"，但那个在大沙漠中自得其乐（《白手成家》）、在马德拉小饭店大出洋相（《马德拉游记》）、在特内里费岛上忘我狂欢（《逍遥七岛游》、在西班牙女生宿舍终于操纵而起（《西方不识相》）的女主角再也不见了。从《明日又天涯》开始，"我"已从"三毛"悄悄变成了"Echo"。当读者误以为三毛故事中的"我"就是那个本名叫作陈平的人时，三毛躲在背后窃窃暗笑：

"三毛从来没有做过三毛。你们都被我骗啦。我做我！"①

————————

① 陈怡真：《衣带渐宽终不悔》，见《送你一匹马》，中国友谊出版公司1985年版，第62页。

三毛的魅力：真实乎？通俗乎？

有人曾将琼瑶的小说与三毛的作品做过一番粗略的比较，认为"面对充满缺憾的现实人生，琼瑶以其虚构的、近于神话的恋情故事，征服了被各种清规戒律压抑已久的青少年读者，填补着他（她）们窄小而饥渴的心灵。三毛则不然，其所写所记，皆有出处，让读者漫游的是我们大家皆生存于其中的这个真实世界"①。更有人将三毛作品的成功原因归结为八个字："奇人、奇行、真情、真文。"②

上述读者的评语，无论是"真实的世界""真实的存在"也好，还是"真情、真文"也罢，其实无一不是肯定了这样一个事实，即三毛的作品与一般的纯属虚构的小说的差异。我觉得问题似乎又回到前面那个"文体"的问题上来了，否则无论如何也迈不过那片纠缠不清的沼泽。

我们已经知道，三毛的作品，既非自传，也非私小说，更不是纯属编造的虚构型小说，那么，它们究竟该归入谁的门下？

在我国古代，对文学作品的划分用的是"两分法"。主要是根据语句的押韵与否而把作品分为韵文和散文两大类。凡讲究韵律的，无论诗歌、小说、散文，一律目之为韵文；其他不讲究声韵的，则称为散文。在西方，从古希腊的亚里士多德到19世纪俄罗斯的别林斯基，则采取的是"三分法"，即把诗（文学）按其不同的再现和表现方式

---

① 黄晓玲、徐建新：《从虚构到纪实——三毛作品与私小说》，载《当代文艺探索》1987年第6期。

② 叶公觉：《三毛的魅力》，载《台湾文学选刊》1991年第3期。

分为叙事、抒情和戏剧三大类①。百多年来西方的文学批评理论，大抵都接受这一分类法。至于将文学分为小说、散文、诗歌、戏剧四大类，在我国则是 20 世纪"五四"以后的事。从那以后，我国理论界对文学作品一般都采用"四分法"。在"四分法"中，除了戏剧基本上仍坐着"三分法"中戏剧类原来那把交椅外，叙事和抒情再也不是哪一家的私有财产：小说虽由叙事类作品的侧枝变成了独立门户的主干，但叙事因素却并非它的独家专利——诗歌中有叙事诗和抒情诗之分；散文中更有叙事性散文、抒情性散文、议论性散文之别。这样一来，问题就显得有些复杂了。比如，由于共同拥有"叙事"这一特征，有些叙事性散文，就其艺术形象而言，跟小说并无多大的区别，但前者却可以避免"虚构""编造""不真实"之嫌（当然在创作过程中有所取舍、提炼是被允许的）。

　　笔者认为，三毛的作品也正是这样。她笔下的撒哈拉故事系列、加纳利故事系列、西方留学的故事系列、异国朋友的故事系列等，均属于同小说并无多大差别的叙事性散文。不仅如此，我认为，把她笔下那些形形色色的"故事"归入叙事和抒情散文类，实在是最切合她的作品的实际情形了：《梦里花落知名少》《背影》《离乡回乡》《雨禅台北》《一生的战役》《蓦然回首》等后期作品，以情真意切、优美动人的抒情性散文为主；《逍遥七岛游》《马德拉游记》以及《万水千山走遍》整本集子都以夹叙夹议的议论性散文见长。比起小说、诗歌和戏剧来，散文，应该是最适合三毛的创作个性的。散文的表现手法自由自在，"它不像小说和话剧那样，必须通过严密和完整的情节结构，展开人物性格的描绘；它也不像诗歌那样，必须注意节

──────────

　　① 亚里士多德根据诗（文学）摹仿对象时采用的不同方式把它分成三类（参见《诗学诗艺》，人民文学出版社 1962 年版，第 9 页）。至 19 世纪，俄国文学批评家别林斯基将诗（文学）明确分为"叙事诗歌"、"抒情诗歌"和"戏剧诗歌"三大类，并认为"这便是诗歌（文学）的一切体裁"（《别林斯基选集》第 3 卷，上海译文出版社 1980 年版，第 84 页。）

奏、韵律和文字的精练。它往往随着作者的兴之所至，挥洒自如，可以抒情，可以叙事，也可以议论，当然在许多成功的散文中，这些因素往往是融合在一起的。"① 三毛的"故事"的魅力正在这里。无论叙事状物、写人描景，无一不渗透着作者浓厚的主观情感，加之她阅历丰富，见识广博，语言表达流利自然，叙述娓娓动听，又较注重文字的通俗浅白，使人易读易懂。对于这一点，三毛生前是很感自豪的：

> 就三毛的影响而言……从台北读者的来信分析起来，可以说还是好的，起码我写的书小学生、女工、店员都可以看。我是很注重这一点，因为我不能单单只写给教授级的高级知识分子看。我承认我的作品并不是什么伟大的巨著，可是……起码能给读者，特别是较低层的读者较清新的一面，不能老叫他们在情和爱的小圈子里纠缠不清。从读者来信中，我知道这方面的确有改变了不少年轻人的思想②。

这段话至少给我们两点启示：（1）三毛的作品属于通俗读物，其书并不"单单只写给教授级的高级知识分子看"，连"小学生、女工、店员都可以看"；（2）三毛的作品提供给读者"较清新的一面"，写的不是"在情和爱的小圈子里纠缠不清"的婚恋故事。于是，我们可以得出如下的结论：通俗的文学作品，可以不写天马行空、刀光剑影的武林逸闻，也可以不写花前月下、终成眷属的男欢女爱，却同样能够赢得众多读者的喜爱，正如台湾《联合报》副主编痖弦先生所说："编了一二十年刊物，这是第一次看见作家有这么大而广泛的

---

① 林非：《中国现代散文选萃·前言》，人民文学出版社 1986 年版，第 2 页。

② 《热带的港夜——三毛对话录》，见《三毛昨日、今日、明日》，中国友谊出版公司 1988 年版。

社会影响"①。

　　然而，就三毛的作品本身而言，"通俗"二字却无法一言以蔽之。笔者以为，三毛的作品在读者接受的过程中具备了数个不同的阅读层面。例如，有些读者看到的是，其作品中有许多可以满足人的好奇心理的生动有趣的"故事"（三毛和荷西如何在沙漠中旅行、结婚、观光、做客，乃至如何吃饭、用水、购物、算账，如何白手成家，如何给人治病，如何考驾驶执照，如何在寻找沙漠化石时遇险，如何穿越沙漠到红海边捕鱼等等）。从这些"真实"的故事中，读者可以了解作者彼时彼地与一般人不同的生活方式、人生态度以及对世界、对命运的看法等"真相"。而另一些读者看到的是，从作者笔下可以开阔视野，增长见识，了解国门以外的大千世界的万种风情和异域文化习俗，如撒哈拉的姑娘十岁就得出嫁（《娃娃新娘》）；男人可以娶四个太太（《芳邻》）；撒哈拉女人洗澡连肠子里面都要灌洗七天方才罢休（《沙漠观浴记》）；一个不起眼的小挂饰（符咒）竟差点儿要人命丧黄泉（《死果》）……这些奇风异俗的观赏显然要比那些"有情人终成眷属"的婚恋小说精彩多了，可以使人"幻想有朝一日也走遍万水千山，见识见识一下那片神秘的大沙漠，那座美丽的群岛"②。还有一些读者看到的则是，作者笔下那一幅幅用白描手法所勾勒出来的情景交融的风景画卷。例如，描绘黄昏时分的沙漠景观：

　　　　正是黄昏，落日将沙漠染成鲜血的红色，凄艳恐怖。近乎初
　　冬的气候，在原本期待着炎热烈日的心情下，大地化转为一片诗

---

　　① 《沉潜的浪漫——高信疆、痖弦说三毛》，见《三毛昨日、今日、明日》，第112页。

　　② 黑马：《灵魂之祭——悼三毛》，《台港文学选刊》1991年第3期。

意的苍凉。①

这像是一幅法国印象派画家莫奈笔下的《日出·印象》般的色彩浓烈的油画；而在"我"与荷西徒步去镇上举行婚礼时的黄昏，却是另一幅笔致简约并留有大块空白的中国画：

> 漫漫的黄沙，无边而庞大的天空下，只有我们两个渺小的身影在走着，四周寂寥得很，沙漠，在这个时候真是美丽极了。②

这自然不是普通的画，而是作者用渗透着浓烈的主观情感色彩的文字所构筑的艺术意境。景随情移、境由心造，强烈的主观抒情色彩，透过写景状物突出地表现出来。例如，"我"与荷西租车做蜜月旅行时看到的沙漠情景：

> 沙漠，有黑色的，有白色的，有土黄色的，也有红色的。我偏爱黑色的沙漠，因为它雄壮，荷西喜欢白色的沙漠，他说那是烈日下细致的雪景。
>
> 那个中午，我们慢慢地开着车，经过一片近乎纯白色的大漠，大漠的那一边，是深蓝色的海洋，这时候，不知什么地方飞来了一片淡红色的云彩，它慢慢地落在海滩上，海边上马上铺开了一幅落日的霞光③。

这段描写，犹如在读者面前展开了一幅美丽的水粉画，画面上有

① 三毛：《白手成家》，见《撒哈拉的故事》集，中国友谊出版公司1984年版，第129页。

② 三毛：《成婚记》，同上书，第14页。

③ 三毛：《收魂记》，《哭泣的骆驼》集，中国友谊出版公司1985年版，第10页。

景有物，且具有动感，此画用色的准确、和谐与细腻非从小拜师学画多年者而莫能。俄国著名画家列宾曾说过："色彩，便是思想。"你不难从这幅色彩柔和的画面上，体察出作者度蜜月时那种幸福安详的感觉。而当摩洛哥军队一天天逼近，连邻居家那个不解人事的黄口小儿，居然也唱起了"先杀荷西，再杀你"的自编儿歌，使"我"感到深深不安，此后沙漠则完全是另一种景观了：

> 四周尽是灰茫茫的天空，初升的太阳在厚厚的云层里只露出淡橘色的幽暗的光线，早晨的沙漠里仍有很重的凉意，几只孤鸟在我们车顶上呱呱地叫着绕着，更觉天地苍茫凄凉①。

画面上仍有动感，但景致已是"朱颜改"，一幅色调冷峻的写意图凸现在读者眼前，你不难从中体会到作者当时极度不宁的心绪，以及听天由命的那份无奈和恓惶。以情写景，寓意于景，达到情景交融的艺术境界，这正是散文作品得天独厚的特长。

总而言之，正是由于三毛的"故事"本身具备了可供各个不同文化层次的读者欣赏的多重阅读层面，因此，不同层次的读者似乎都可以从三毛的作品中得到自己所要求的东西，并在阅读的过程中通过各自的"接受"对原作进行想象、模仿和感受等"再创造"。三毛本人在世时就再三强调："我认为文学是一种再创造"，所以"作家写作，在作品完成的同时，他的任务也完成了，至于尔后如何，那是读者的再创造"②。此外，"一部作品的价值，其实并不在于作者，更重要的是有赖于千万读者伟大的再创造，每个读者都可以从自己的再创造中去各得其乐，去提高一部作品，从而使作者也连带提高，所以，

---

① 三毛：《哭泣的骆驼》，见《哭泣的骆驼》，第77页。
② 《两极对话——沈君山和三毛》，见《梦里花落知多少》，中国友谊出版公司1984年版。

作品地位的肯定，最重要的还是在于读者而非作者"①。

　　看来，三毛是很有些自知之明的。而她的"故事"之所以成为阅读的误区，原因也正在于"每个读者都可以从自己的再创造中去各得其乐"。

　　或许，这并不是坏事。

---

　　① 《热带的港夜——三毛对话录》，见《三毛昨日、今日、明日》，中国友谊出版公司1988年版。

赤子·浪子·游子
—— 论欧华女作家赵淑侠小说的民族想象

　　唱啊，我的同胞/唱我们的歌/中华民族五千年的文化/开出鲜丽的花朵/孕育出自己的声音，自己的曲调，自己的歌/我们的歌，来自灿烂的阳光月华/来自壮美的山川大河/来自芳香的泥土/来自对家园根深蒂固的留恋/来自心中不尽的爱/我们的歌，是我们灵魂的呼号/是我们民族的标记/是我们的骄傲和光荣/我们的歌，让我们记住我们是母亲的孩子/让我们不忘是中华儿女/让我们愿做炎黄子孙/我们的歌，让我们勇敢地承受，千百年来的内忧外患/让我们认识欢乐和苦难/让我们挺起了背脊，在狂潮逆流中屹立如山/唱啊，我的同胞/唱我们的歌/唱，唱，唱，一直唱下去/不管它日升日落/不管它洪流滚滚/不管它狂涛巨浪/我们要唱我们的歌，/天会老，地会荒，我们的歌声却永远嘹亮/唱啊，我的同胞/唱我们的歌

　　这是曾在瑞士定居多年的欧洲籍华人女作家赵淑侠的成名之作《我们的歌》中的女主人公余织云所创作的歌词，如果不是特别加以注明的话，让人很难想到这样一首后来在台湾得到广为流传的歌，竟出自于一位年轻的女留学生之手。这首"我们的歌"，可以说，既是海外留学生"灵魂的呼号"，也正是所有炎黄子孙"民族的标记"。

　　赵淑侠（1932—　　），生于北平，祖籍为黑龙江省肇东县。童年时代恰逢抗战全面爆发，随家人颠沛流离，在重庆念过小学和初中，

从 9 岁开始阅读课外文学书籍。抗战胜利后在沈阳、上海等地住过。1949 年底随父母去台湾，在台中女中完成中学学业后，曾考入电台担任编辑，后被父亲安排去银行工作，但主要的兴趣却在写作上面。1959 年赴法留学。后来考取瑞士应用美术学院，毕业后以美术设计师的身份定居于瑞士并经营设计室。70 年代后重新执笔创作小说。《我们的歌》即是她出版的第一部长篇小说。

"'歌'在这里只是一个象征"

或许与作者感同身受的留学经历不无关系，也与当时海外华文文坛的"留学生文学"思潮相呼应，她出版的第一部长篇小说，很自然地选择了台湾一群去欧洲留学的青年男女作为描写对象。这部长篇小说的情节并不复杂：学中国文学出身的余织云，靠着母亲的"十年计划"和全家人省吃俭用攒下的积蓄，成了"出国潮"中弄潮儿的一员。母亲的如意算盘是："我们家的每一分钱都投资在你身上了，你出去以后，总得想办法把你弟弟妹妹也要弄到国外去。"① 然而，织云到德国留学后，遇上了她的初恋情人江啸风。已在国外留学五六年的江啸风是一位很有前途的音乐家，连他的导师海尔教授都在为其举办的"祖国在呼唤"演奏会上说他"被认为是最有才气的青年音乐家"，并希望他能继续攻读博士学位，以便能将他留在德国的大学任教。可是这位"学音乐的人里唯一有资格留下来"的中国人，立志"要每个中国人都用自己的声音唱自己的歌"，因为"西方音乐再好，也不属于我们。如果我们的音乐水平太差，或是根本就没有自己的音乐，是个'无声的民族'，我们就更该多下点功夫，创造自己的音乐"。为了实现"创造中国自己的声音，我们自己的歌"这一理想，在 70 年代"保钓"事件发生后，他不惜割舍在国外即将功成名

---

① 赵淑侠：《我们的歌》，北京华文出版社 1991 年版，第 12 页。本节以下引文均引自该书，不再另注。

就的一切，包括与余织云的爱情而毅然返国。失去爱情而痛苦不堪的余织云，在大病一场之后闪电般地嫁给了被称为"工作狂"的华人科学家何绍祥，并跟着他一起到瑞士生活，当了一名全职太太。何绍祥原本也是一位留学生，出国已20多年，靠自己的勤奋和智慧，人到中年的他在事业上功成名就，经常受邀到世界各国出席各种研讨会，织云也因此有了出入各种洋人云集的社交场合的机会和在异国他乡衣食无忧、可以经常去各地名胜悠闲度假的安定生活。

　　然而，"那种表面高尚，其实骨子里被人当成二等人的日子"使婚后的织云却并未感到幸福，丈夫拼命"把自己造成第一流的科学家，打入西方人的圈子里"的所作所为，和在洋人面前强调自己"我不是中国人呀！我是德国人"的表白，以及在家中对待儿子汉思的母语教育等，都与并未忘怀自己始终是中国人的织云格格不入，最终导致他们的婚姻面临危机。"在国外住得越久越觉得自己不属于那里，越觉得生成中国人就是中国人，脱胎换骨也改不了啦！"织云带着儿子返回台湾。偶尔听见隔壁的小女孩在哼唱自己当年作词的《我们的歌》以及得知归国后的江啸风为普及"我们的歌"而组建合唱团，深入基层巡回演出，却遇台风肆虐为救落水的老人和孩子而英勇献身，良知未泯的留学生们都在为完成他的遗愿和未竟事业而积极奔走出力。织云受到强烈的震撼，她准备留下不走，参与到提升中华民族素质和自信心的工作中去。然而小说的结尾处，织云收到了丈夫何绍祥的长信。这位被誉为"中国头脑"的优秀华人科学家终于在不可避免地遭到种族歧视的事实面前有所觉醒："真正地从梦中醒来，看出了一个中国人无论出类拔萃到何种等级，如何力争上游，也不可能从'中国'里单独走出来。在别人的眼睛里，他永远是中国人，在他自己本身，更是不会有任何变化，还是当初父母给他的那个躯体，还是流着中国血液的炎黄子孙，一个从里到外的中国人。"织云终于带着怀抱祖国的泥土、哼唱着《我们的歌》的儿子登上了与丈夫团聚的飞机，"这次，她一点也不像多年前出国时，那样茫然、恐惧、矛盾了。她已找到了她的方向，知道该怎么安排自己，而且正在往那里去。那里有另一个'生命不是世俗的生命意义包容的了的人'，在等着她，他们要一同向生命挑战……"

赵淑侠在《我写〈我们的歌〉——兼答读者》中曾这样诠释自己的创作意图："'歌'在这里应该只是一个象征，象征着我们民族的精神。我们要同声齐唱'我们的歌'，正表示我们应该并肩携手，同往一个大目标前进，这个目标是要中国人找回自己的原来面貌，以自己的文化和传统为荣，自信、自强、自爱。"① 于是，我们便不难理解，她这部创作于 70 年代后期的"留学生文学"中的人物形象，与美华作家白先勇、於梨华笔下的吴汉魂（《芝加哥之死》）、李彤（《谪仙记》）、牟天磊（《又见棕榈，又见棕榈》）、钟乐平（《考验》）等"无根的一代"和"流浪的中国人"为何有着相当大的差异。《我们的歌》无疑是一曲呼唤民族意识和中国精神的高歌。

《我们的歌》虽然围绕着余织云、江啸风和何绍祥之间的感情纠葛谋篇布局，却没有一般的爱情小说司空见惯的缠绵悱恻，也没有当时的"留学生文学"挥之不去的愁云惨雾，而是充满着一股乐观向上的豪情壮志，以及对于祖国、民族精神与意识的热情颂扬。在作品中，作者塑造了一群命运、遭际、抱负、理想、前途和人生目标各不相同的中国留欧学生的形象：余织云、江啸风、何绍祥、廖静慧、杨文彦、贾天华、谢晋昌、"警报老生"、"天才儿童"、"青春偶像"、苏菲娅刘、汤保罗……这些先后从台湾抵达德国留学的中国学子，虽然他们"功成名就的有，一败涂地的有，知足常乐的有，整天骂街怨天怨地的也有，什么样的都有"，但不管怎样，他们虽然也有"断根"的苦恼与忧愁，却没有牟天磊（《又见棕榈，又见棕榈》）、钟乐平（《考验》）那种刻骨铭心的"无根"的迷失与茫然；他们虽然也有寄人篱下的孤单与辛酸，却没有吴汉魂（《芝加哥之死》）、李彤（《谪仙记》）那种失魂落魄的孤寂与幻灭。除了那位数典忘祖，一心

---

① 赵淑侠：《我写〈我们的歌〉——兼答读者》，见《我们的歌》，北京华文出版社 1991 年版，第 735 页。

想在异国留而不走的汤保罗外，《我们的歌》中的绝大多数留欧学生，都表现出了对于祖国和中华民族的认同感与归属感，且不说江啸风、贾天华、"警报老生"先后学成返回台湾，"青春偶像"、苏菲娅刘双双回到了香港，并各自做出了令人刮目相看的成绩来；即便是当初那位拿到了法律博士学位、却宁愿选择在异国他乡开饭馆赚钱的杨文彦，在为省钱亲自开车贩菜而发生交通意外不幸断了一条腿之后，终于决定重拾旧业，"要把多年的所学，贡献给自己的国家，尽一份国民的义务"。他毅然卖掉了很赚钱的"杨子江"餐馆而携妻儿返回台湾，在大学里教授法律，培育英才，正如其妻廖静慧当初对好友织云所说："依着我，觉得不如回去，回去我们都是有用的人，在这里我们什么都不是。"颇具讽刺意味的是，那位学成之后赖着不肯回国，声称自己已忘了中国话怎么说，"他认为做中国人是丢脸的事，恨不得想个什么法子变成只洋狗"的汤保罗，竟被未来的德国岳父向外事警察局告发而被判驱逐出境，不愿回国的他结果选择了自杀，终于客死他乡。

汤保罗的可悲结局，虽然过于富有戏剧性，但在伸张民族精神和正义方面，这部作品无疑可称得上是一部文学教科书，它明白无误地告诉读者：外国不是天堂，西方世界不是我们的家。正如那位出国后一直认为"科学无国界"，并以自己的"种种成就，要归功国外的研究环境、科学水平和社会制度"，因此"对于外国，他充满了感激与崇敬之心"的何绍祥，在亲身领教了所供职的科研机构在领导人选上对华人的排斥之后也不得不深切地思考"根"的问题。他终于意识到："国家民族，是我们的母亲，我们从她而来，没有她就没有我们，我们的根牢牢地连附在她身上，想摆脱也不可能。"这个人物的最后转变虽然显得过于突兀。在作品的大半篇幅中，对于这个"两耳不闻窗外事"的"何太上"的描写，往往都带着一种冷冷的讥讽与不屑，尤其是当他与年轻有为、才华横溢的江啸风在一起时，作者的褒贬亲疏也就更为一目了然。但不管怎样，何绍祥的最后转变，还是使女主人公织云的婚姻有了一个较为稳固的感情基础而不致破碎。

　　无疑，作者对于江啸风这个人物是非常偏爱的，她在赋予他年轻英俊的外表、浪漫潇洒的神情、超凡脱俗的音乐才华和志向高远的抱负的同时，还赋予了他披肝沥胆的赤子之情和始终不渝的报国之心，以及为中华民族舍生取义的崇高精神与种种美德。这使得这个集英俊潇洒的外形和始终萦怀着拯世济民的沉重责任感于一身的人物，多少有些过于理想化的色彩。在作品中，他俨然成了一个叱咤风云的时代英雄，虽然他的结局令人唏嘘。然而，他在作品中给人更深刻的印象，倒并不是他那些充满理想和良好感觉的豪言壮语，而是从他身上流露出来的那种根深蒂固的忧患意识与"民族魂"。就像织云偶尔聆听他弹奏的钢琴曲，不由自主地闯进练琴房所见到他的第一印象：他的眼睛"像似有些忧郁，又像有点深不见底"。或许正是由于作者曾经颠沛流离的人生阅历，过早地体验到了抗战硝烟以及背井离乡所造成的民族灾难的深深记忆，使得作者不得不将中华民族的忧患意识与"民族魂"让江啸风这个英雄人物来体现：他的血管里流淌着父母的音乐基因，可是父亲在他幼年时期惨死于日本人之手；8岁时跟随母亲离别大陆故土，来到台湾；14岁时一直鼓励他的母亲突然撒手人寰，临终遗言叫他"别放弃，永远朝那方向走"。国恨家仇、少年失怙的痛楚使他对中国和中华民族的忧患感受深刻，哪怕在他和余织云热恋时的谈吐中，也时时不能忘怀："我们中国有多少年的历史，多大的土地，经过多少内忧外患？我们是一个什么样历经苦难、能忍耐、能背负命运的民族？我们的歌，要从山里、森林里、泥土里、文化里、中国人民历经苦难的灵魂里发掘。"这就难怪他从少年时代起在台湾"听到由洋歌翻译过来的不伦不类的歌词，和一些自以为洋派的人随口哼哼的外国曲子，就忍不住叹息"，从而立志"一定要创造中国自己的歌"。对于国人崇洋媚外、丧失民族自尊和对民族文化弃之如敝屣他忧心如焚，他对织云说："我们的文化正在慢慢地被侵蚀，民族的自尊一点一滴地被剥落，可怕的情形就像一幢大房子被白蚁蛀蚀，日子久了，我们的文化会面目全非，人们会忘了自己从哪里来，会不知道民族的自信自尊为何物。你想一个国家连自己的文化都不坚持的话，还能谈到别的吗？如果我们要争取外国人的尊敬，必得要拿出一个强而美的中国式的中国，而不是跟在人家背后赶的中国……我们中国人，需要找回真正的自己。"肩负着这一振兴民族精神的崇高而又神圣的理想和使命，他出国的目的很明确，"为的是多看多闻，学得扎实而技巧臻熟，好回去为她做点什么"。因此，他出国后从不在西方歌曲和交响乐上下功夫，而一心埋头创作中国的民歌；"从来没想过出不出名的问题"；海尔教授主动设法帮助他留下却遭到他的婉言谢绝。在国外，他住的是残破的房子，"屋里冷得像地窖"；家徒四壁的他，除了一架值钱的钢琴外，在银行里没有一分钱的存款；"他有的，只是那点看不见摸不着的'才气'，那点像火似的、无法遏止的热情，和一颗真挚坦诚的心。"这位一心想回国效力的普罗米修斯式的时代英雄，最后终于以燃烧自己、照亮民众的壮举完成了播撒民族精神火种的神圣使命。他与恋人余织云的爱情虽然失败，但他身上那种无法抹去的忧患意识，却敲响了重建中华民族灵魂的警世钟，并且传染给了他周围的人们，包括余织云在内，因为，忧患意识"是长在身上流在血里的东西，想藏也藏不住"①。

刘浪："没有职业的流浪汉"

平心而论，像江啸风这样顶天立地的民族英雄，其不朽的精神与风范虽然可歌可泣，但毕竟过于"正派"而显得多少有些不食人间烟火的况味。作者最后给他安排了为救人而被狂风巨浪卷去的结局，虽然完成了英雄肖像的最后一笔，但似乎也多少显示出不想让其笔下的英雄过于"美满"的用心，因为，文学中的人物过于理想化也就难免性格单一化的危险。于是，我们在作者另一部长篇小说《春江》

---

① 赵淑侠：《从嘉陵江到塞纳河》，见《塞纳河畔》，北方文艺出版社1987年版。

中，很快就看到了一个由"正"变"邪"的人物——刘浪。这部作品，仍然以海外华人的生活与情感纠葛为创作题材，但其中的主人公不再是心心念念报效祖国、富有正义感的民族英雄，而是一个因对家庭、爱情极度失望而后又在异国他乡"流浪"十多年中扭曲了人性、泯灭了真情的"愤怒青年"。

刘浪，原名刘慰祖，本是个"集好儿子、好孙子、好学生、好青年、好情人……于一身"①的青年才俊，可是在作品一开始，他已自命为刘浪，说当年那个刘慰祖"已经死得连影子也不见了"。他坐在驶往巴黎的火车上，"票是买到巴黎的。为什么买到巴黎他也解释不出"。结果车抵德国的海德堡，他竟鬼使神差般地下了车。十多年前，他曾是海德堡大学——欧洲经济系的一名研究生，"从心里到外表都年轻得很，世界在他眼睛里美得像五彩缤纷的发光体，充满了光明和希望"。可是两年后前程似锦的他突然从海德堡"失踪"，并与欺骗了自己并隐藏着许多不可告人的罪恶的家庭决裂而出走，漂泊异乡，四海为家，随心所欲，放浪形骸。十年来，"溜了太多地方，北美、南美、亚洲、非洲、澳洲、近东，叫得出来的地方全去过"。他的身份"说得好听一点是流浪的画家，说得难听一点，真实一点，就是个没有职业的流浪汉"。他本来在海德堡下车并无明确目的，也不想久留此地，但在昔日留学时的同学会会长、今日的医学博士并已在此定居的王宏俊等同胞的挽留下，由于一个极偶然的机会见到了他当年唯一真正爱过的恋人庄静——"一个把他的生命闯出第一道缺口的人"，如今她的身份是越南华侨谭允良的太太，是个十四五岁的男孩的母亲。于是，他决定留下来，并由此展开了一系列有预谋的报复庄静之子借以达到报复其全家的邪恶行动。直到有一天他终于得知他报复的对象竟是他和庄静所生的亲生儿子并已造成严重后果时，他才如醍醐灌顶，"一场痛哭，像汹涌的春江之水，把刘慰祖胸中郁结了多

---

① 赵淑侠：《春江》，海峡文艺出版社1985年版，第38页。本节以下引文均引自该书，不再另注。

年的怨与恨的坚冰，冲得松动了，而一股温柔的暖流正从那些隙缝中缓缓地流入"。小说结尾处，他终于决定"从过去走出来"，走上了回家的路。

显而易见，这部小说所要表现的，并非正面歌颂对民族精神之"根"的寻找与追求，而是要揭示"苦恼的现代人"的失落与扭曲，更确切地说，是"人之魂"的泯灭与异化。它以倒叙、插叙的手法追溯了刘慰祖这位"哈姆雷特"式复仇者的成长历史，将其过去与今天从外形到内心都判若两人、反差极大的性格扭曲、灵魂异化的过程揭示出来，并就其种种违背人性与常理的不可思议的怪异举止、报复行为试图做出一个自圆其说的解释。应该说，主人公刘慰祖青少年时期的生活轨迹与《我们的歌》中的江啸风基本吻合：幼年时期的大陆—少年至青春时期的台湾—成人后留学欧洲，这里，我们又看到了作者本人的人生经历对于笔下人物的生活背景及其性格命运的映射。当然，这一"大陆—台湾—欧洲"的生活轨迹，在《我们的歌》中成为揭示江啸风身上蕴含着中华民族精神和忧患意识的有力铺垫，但在《春江》中，却似乎只是作者点缀人物、铺陈情节的不同布景而已。

不是吗？刘慰祖幼时生活在大陆，只因生母曾做过舞女，他亲生父母的姻缘便被其祖母活活拆散，以致他童年时代老是朦朦胧胧地"做梦"。像这样的情节，对于后来刘慰祖终于得知真相后与家庭决裂、继而出走，浪迹天涯其实并无决定性的意义，放在台湾或香港，都无本质上的差别。因为大陆对于他而言，只具有某种籍贯意义，不像江啸风，父亲被日本人害死的童年的痛苦记忆，会潜移默化地激发其对民族自尊自强精神的不断反省。因此，刘慰祖的叛逆和流浪，显然不是为了寻求民族之"根"的复兴，更多的只是"苦恼的现代人"失去精神家园后的自我放逐与苦闷彷徨。当然，也有人说："他的性格的扭曲来自于他对世俗传统的反叛缺乏一种根植于现实之中的积极的精神力量，也来自于他在欧洲社会的漂泊中，未能寻到具有希望的民族精神的定力。"① 话说得当然没错，但细看文本，刘慰祖的性格扭曲乃至人性、道德、伦理的沦落，与时代、社会及民族精神并无多少关联，更多的只能归结于其"人性的弱点"与灵魂的堕落。不是吗？小说中最令人感到不寒而栗之处在于，当他见到庄静后心中升腾起那股不可遏制的复仇欲望：

> 他想报复她，却不知该从何做起？要怎样才能把她给他的痛苦和伤害加本加利地还给她？事情摆得再明白也没有：如果他在她心里有分量，伤起她来就不费吹灰之力；如果他对她全无意义，那么便怎么做也是白费力气，伤不着她。正在他不知该怎么动手的当儿，家栋（庄静之子——笔者注）主动与他接近，给了他新的启示和灵感：要伤她，不必从她本身着手，可以从她最爱的人着手，她说过的："家栋是我们全部的希望。"

于是，他竟丧尽天良地对天真无邪的家栋下了毒手：挑拨他与父母的关系；教唆他与父母对抗；直把一个单纯善良、可爱听话的好学生、好孩子，教唆成一个"功课也跟不上，又交了坏朋友"的任性叛逆、桀骜不驯的问题少年，最后家栋骑着他故意作为生日礼物赠送的摩托车差点送了命。这里的刘慰祖，已经远不是"未能寻到具有希望的民族精神的定力"的"失根"问题所能概括的，而是无可救药的人性沦丧和灵魂堕落了。正如在他不请自来地搅了庄静为儿子举行的生日聚会后，王宏俊批评他"在跟全世界作对"，他却满不在乎地回答："我知道，你心里在骂我没人性，是吗？那也没关系，我不在乎，人性是什么？有什么好？我根本不想有。"无论从前有多少人对不起他，一个"根本不想有"人性的人及其种种邪恶举止，都令人无法生出同情之心来。因此，刘慰祖的最后转变，甚至还要回去接

---

① 转引自刘登翰等编《台湾文学史》下册，海峡文艺出版社 1993 年版，第 829 页。

续他曾深恶痛绝的父亲的家业，这多少跟《我们的歌》中的何绍祥写来的长信一样，显得过于突兀与生硬。看来作者对于像刘慰祖这样的"愤怒青年"的同情，并解释其"愤怒"的缘由是"当刘慰祖的圆满世界破灭后，历史的包袱立刻重重地压在他的背脊上，使他在重压中迷失"①，实在是过于一厢情愿和简单化了。笔者以为，刘慰祖的身上，恰恰最缺乏的就是历史感与"人之魂"。

"沧桑中有忧郁，有落寞的笑"

如果说，昔日的刘慰祖在流浪中变成了一个"在跟全世界作对"的复仇狂而令人憎厌的话，《塞纳河畔》的主人公柳少征，这位在巴黎王子先生街上开古今书店的温文尔雅的华人老板兼作家的多灾多难的命运及其始终不变的恋乡之心，就颇令人同情了。《塞纳河畔》创作于1985年。这是作者自1982年回大陆探亲后创作的一部长篇力作。比起之前的几部长篇小说来，《塞纳河畔》所描述的，已不仅仅只是赴欧台湾留学生的命运及其人生选择，而是将笔触延伸到了一群生活在法国巴黎的各色华人，如大半生在时局动荡中"经历生离死别，尝尽悲欢离合的滋味"的书店老板兼作家柳少征、在法国研究中国古典文化的女博士夏慧兰、计划"要画故国河山"的画家范则刚夫妇、为寻父而在法国盘桓40余年的泉叔、已彻底波西米亚化了的女画师林蕾、历经死里逃生而又夫离家散的越南华侨伍太太等等，他们在法国定居的时间有长有短，性格也差异甚大，如柳少征的忧郁寡合、夏慧兰的优雅内敛、范则刚的豪放爽朗、泉叔的善良木讷、林蕾的狂放不羁、伍太太的坚毅随和……但他们的音容笑貌，无不给人留下深刻的印象。

作为《塞纳河畔》的主人公，柳少征无疑是作者着墨最多的一

① 赵淑侠：《写在〈春江〉出版之前》，见《春江》，海峡文艺出版社1985年版，第2页。

位。比起《我们的歌》中的江啸风来，柳少征虽然命运多舛，其人生之途是在"一辈子劳心，半辈子打单"中度过，因而"孤独，寂寞，愤世，避世，讽世"，即使是笑，也"仍是那种沧桑中有忧郁，有落寞的笑"①，但他对于祖国母亲的思念之情，却也跟江啸风一脉相承，他日日在异国的午夜伴着孤灯无法遏制地膨胀，"终致爆裂成一块块坚硬的碎片，冲破那稳固厚实的书城飞出去""越过山越过海，盘旋在长城上，黄河滨，长江之湄，五山之顶，或南太平洋洋中那个四季常青的岛，飞得太高太远，没法子收住"。与《春江》中的刘慰祖相比，柳少征也多了几分由时局动荡、人生磨难而带来的沧桑感与忍耐力："多年来的跌磕闯碰，已把他由一个浑身都是棱角的人，磨成了冰川洞底的石头。他学会了远观，把一对含着火焰的眼修炼成冷眼，哪怕天大的事下来，也只是远远冷冷地瞅着，偶尔忍不住发出一两声呼叫，也仅是微微弱弱的。他在学着随俗，学着忍耐。特别是年岁渐渐老大，异国的寂寞越发不胜负荷，渴望着亲情慰藉的今天，更悟出忍耐的重要。"这是一位人生命运多舛的海外游子形象，他不同于海外赤子江啸风，心心念念要回到宝岛台湾传唱"我们的歌"；他更不同于海外浪子刘慰祖，一门心思只想以一己的放浪形骸来与整个世界作对，作者赋予他的，是更坎坷的命运，更不幸的人生：青年时期，他由于撰文揭露时弊而得罪了台湾的权贵，不仅遭到逮捕，被送往外岛服刑，而且出狱前妻子已经另嫁他人，失去了家庭；辗转到了巴黎，娶了法国姑娘妮卡，不料没多久她就因病而亡；与女画家林蕾同居，她却又爱上了匈牙利情人，撇下他离家出走，她后来患上绝症，他又眼睁睁看着这位充满生命活力的女子撒手人寰；最后好不容易与女博士夏慧兰互相爱慕，正当即将喜结连理之际，她却因车祸躺在医院的手术台上，命悬一线……正是在一系列世事难料的生离死别中，铸就了柳少征的人生悲欢，命运多舛！而柳少征以及

----

① 赵淑侠：《塞纳河畔》，北方文艺出版社 1987 年 1 月版，第 101 页。本节以下引文均引自该书，不再另注。

书中其他人物的命运，又是与时局动荡、历史沧桑紧紧相连，作者坦言，"在这本书里，我坦然地讨论了一些问题，如由于国家多难，某方面的不上轨道，时代加诸在人民身上的厄运"① 等等。在《人的故事·自序》中她还说："在时代的巨掌里，人几乎是渺小得看不见的动物。但把这些渺小的个人所遭遇的苦难和悲欢离合，解剖开来仔细看看，亦足以窥探出一个时代的真实面貌。"因此，她笔下的柳少征及其他华人的悲欢离合，都不能不带着"时代加诸在人民身上的厄运"，而这"厄运"本身，也恰恰反映了作者及其笔下人物的忧患意识。

不过，作者在《塞纳河畔》中的人物身上，虽仍然寄托了一贯的中华民族的忧患意识，但这种忧患意识的内涵，毕竟已经有了一些新的因素。这主要体现在对于海峡两岸的故土尚未能够和平统一的忧虑与牵挂上，作者把这一忧虑与牵挂寄托在新一代人身上。在小说中，作者设计了几位分别来自"改革开放"之初大陆赴欧留学生（如柳少征的侄子柳正明）与一群来自台湾的新生代留学生（如柳少征的女儿柳润明及谢幸美等），通过他们的交往甚至不无思想上、性格上和生活态度上的碰撞及其改变，以及他们对于祖国母亲的不同程度的认同。这足以表明，作者所关注的，已越出了纯粹的留学生文学寄人篱下的心酸和中国人在东西方文化的夹缝中的苦恼，而将目光落到"吾土"（即海峡两岸）和"吾民"（即海峡两岸的炎黄子孙）的大中华实现一统的未来上。也正因为如此，当柳少征好不容易在大陆改革开放之后，经过许多周折才将侄子正明从北京接来巴黎留学，他当然希望这位已经去世的大哥留下的唯一男孩能学成之后留在巴黎发展，然而事与愿违，正明却偏偏爱上了台湾来的女留学生谢幸美。在小说结尾，他们都选择不在巴黎定居而准备学成回国——分别回到祖国的海峡两岸——大陆与台湾，并相约总有团聚的一天。这一结局，

---

① 赵淑侠：《从嘉陵江到塞纳河》，见《塞纳河畔》，北方文艺出版社1987年1月版。

是赵淑侠的作品中前所未有的，它预示着作者的忧患意识已化为一种美好的希冀，虽然有些过于理想化，但她盼望海峡两岸的祖国能早日结束分裂的局面而实现和平统一的愿望，还是透过柳正明和谢幸美这对有情人有朝一日能终成眷属的祝福清晰地表达出来了。

从《我们的歌》到《塞纳河畔》，尽管只是赵淑侠小说创作中的几部长篇小说，然而，"窥一斑而知全豹"，我们不难发现，那种如今海外华人作家中已不多见的忧患意识，确实已成为旅居瑞士的华人女作家赵淑侠与生俱来"长在身上流在血里的东西"了。

欧陆茶宴泡出华夏香茗

——论女作家吕大明的独特散文艺术

最初知晓旅法华文女作家吕大明的名字，是在读了她的散文《来我家喝杯茶》之后。这篇堪称"文化散文"的作品，先从"在西欧人中要数英国人最讲究喝茶"说起，细数各国、各家茶宴的不同风俗与迥异风格，在看似闲闲的笔致中，做了一番洋人与国人在喝茶及社交中审美趣味、民族性格和文化差异的比较。让人品出《来我家喝杯茶》端上来的不是寡淡无味的白开水，也非甜得腻人的可口可乐，它是融汇东西，贯通中外，自由汲取东西方博大精深的文化源泉，并采撷了中外文学典籍中的奇花异草而浸泡出来的香茗。

然而，令人遗憾的是，已在台湾出版过多部散文集且名闻遐迩的吕大明，在海峡这一边，虽然 1995 年以后她的《流过记忆》《伏尔加河之梦》《尘世的火烛》三部散文集获得出版，但一直仍然未能引起中国文坛的瞩目与评论家们的重视。当年她刚在台湾"小荷才露尖尖角"，就被从法国来台主持光启社并慧眼识珠地出版其散文处女集的巴黎大学文学博士顾保鹄神父，誉为"你的散文字字珠玑"。她与她那些用心书写下的散文，在大陆的关注者与研究者至今仍不多见。前几年，打开百度搜索引擎，能搜索到的有关华文女作家吕大明研究的论文，竟然只有 90 年代初发表于《华文文学》的《吕大明散文评析》等寥寥可数的一二篇。这使我深为这位以"艺术家命中注定只能受雇于美神"① 自勉的散文家及其美文"藏在深闺人未识"的命运颇感不平，因而在取得吕大明本人的同意之后，于 2012 年 5 月为其编撰并出版了一本新散文集《世纪爱情四帖》。② 正如旅居德国的学者高关中在新浪博客中所说："我特别赞赏钱虹教授的说法：'像吕大明这样在其散文中能显示学贯中西的文化修养与广博学识、能自由出入古今中外文学典籍的女作家，实不多见'。""近年来在钱虹教授等学者的推动下，对于吕大明散文的研究进展迅速，有越来越多的读者和文学评论家关注吕大明。"③

"飘然天外游"

吕大明，这位名字往往容易使人误解其性别的华文女作家，1947 年 12 月 21 日生于福建省南安县。不久，襁褓中的她即被家人带去台湾。她在台湾的青山绿水中汲取日月精华与文艺营养，从父母那里获得的克己礼让、谦和善良与浪漫唯美、温文尔雅的遗传基因，得到了充分浸润与发扬光大。人们看她文中显露出来的那种优雅与高贵的气质，误以为她出身名门贵族，其实只说对了一半。她在 2006 年发表的《繁华如梦鸟惊啼》中说："我母系家族，诗礼传家，是乡中望族，我父系家族出身寒微。"她的父亲生于贫寒之家，"饥寒交迫的景况如影随形，紧紧缠住父亲的童年、少年，穿着破旧的棉絮袄子，

---

① 此处转引自张瑞芬：《星光与月明的交响曲——论吕大明的散文》，《五十年来台湾女性散文·评论篇》，台湾麦田出版社 2006 年版，第 260 页。在吕大明的散文新作《殡葬的滨簪花》中，她也说过类似的话，但文字略有差异，其中提到"'美'也是一帖灵药，我又想起一位才情华茂的年轻教授所说的话：'看来，艺术家只能受雇于美神'"。载 2004 年 10 月 2 日台湾《自由时报·自由副刊》。

② 吕大明：《世纪爱情四帖》，黄河传媒出版集团阳光出版社 2012 年 5 月初版。

③ 高关中：《吕大明：字字珠玑散文美》，http://blog.sina.com.cn/s/blog_a065430e0101dluu.html.

一年四季光着脚，当没有热腾腾的番薯块充饥的时候，只好躲进破棉被里早早入睡""童年的困境使父亲发愤苦学，他是校中最优秀的孩子，年年名列前茅。"① 抗战时期，她父亲出任福建安南永德边区抗日自卫团司令；接着又担任福建安溪县县长、福建省政府参议顾问等职。其父虽一生戎马倥偬，但晚年的他还是露出了吟诗赋词的真性情。在《夏蒂拉随笔》中，作者记叙了在法国枫丹湖畔木屋的火炉旁，古稀之年的老父亲诗才敏捷地一口气就写了六首旧体诗，作者戏称其为"七步成诗""觉得其中颇有神来之笔"。她父亲这种"富贵荣华何可攀""今日飘然天外游"的性情与浪漫，不也正是青年时代的女儿为追求心中的"梦"与"美"而负笈欧陆、至今不悔的执着精神的精准概括?!

而出身于"诗礼传家"、擅长古词雅韵、著有诗词集《缌痕吟草》的母亲，对于长女文学潜能和艺术气质的开发和熏陶，更是起到了言传身教的作用。慈爱的母亲不仅是一位善于填词赋诗的才女，她更是一位培育女儿热爱中国文学的良师益友。多年之后，吕大明深情地回忆道："在文学创作中，文学界诸大师都是我的典范师表，但最早最初的启蒙师却是我的慈母。"② "如果没有母亲，我不可能走上文学创作这条路；我成长的乡土台湾，也深深埋下我文学的根柢……""月明星稀的夜晚……母亲教我读湛方生（东晋诗人——笔者注）的《秋夜》，他的辞赋具有南朝抒情小赋的风格。"③ 有趣的是，潜移默化之下，母女俩都成了地地道道的"红迷"，连"有一回母女散步见到一处临水的飞檐亭阁，就如见了《红楼梦》大观园的一景"。慈母不仅是文学上的启蒙导师，还是儿女们儒雅性情的无声榜样，吕大明

① 吕大明：《繁华如梦鸟惊啼》，载 2006 年 2 月 8 日台湾《中央日报·中央副刊》。

② 吕大明：《人间最后的旅程》，载 2002 年 6 月 26 日台湾《中央日报》副刊。

③ 吕大明：《我生命中最初的梦痕——文学、乡土、母亲》，载 2004 年1 月台湾《文讯》杂志第 119 期。

后来在散文中多次提及慈母对她少女时期良善人格与温婉脾性的熏陶："母亲是世间少有的性情中人，她生活在一个恬淡、温柔、知足的心灵世界：她自己营造的世界，'香暖绣阁压金线，夜静小窗学咏词'是她闺秀气质。在人世颠沛沧桑之中，始终能保持一颗与落霞、云树、松风、竹韵相依偎的心情，在成长岁月中，我们这些儿女就没听过母亲大声斥责，或说出一句不好听的话。"① 2000 年 11 月，身染重疴的母亲对从欧洲飞去美国佛州探病的女儿说："你是我的影子，你是我的翻版，你多么酷似我……"② 知女莫如母。吕大明说话轻声细语，为人善良谦和，处世温柔敦厚，具有大家闺秀温文尔雅的高贵气质，正是得自母亲的性情真传。母亲的美德和慈爱还体现在她对于儿女"离巢"飞翔的渴望和理想给予充分尊重、默默筹划与倾囊支持，"有一个夏夜，母女共同漫步在淡水河畔。母亲知道我有出国求学的打算""自从那个夏夜，我慈爱的母亲每做一件事，都是为我远行而默默筹划，偷偷为我存钱，当成我远行的盘缠，将一串她最喜爱的珍珠项链藏在箱底，作为我未来婚礼的礼物，将她的诗册和墨迹抱在系着缎带的纸盒里，留着我日后纪念……"③

在这样一个温情脉脉、相亲相爱并充满文学艺术氛围的家庭中长大，被父母视作"金枝玉叶"的吕大明，"始终拥有'圆梦'的环境""终究能守在文学的象牙塔里，玩赏珠圆玉润的字句"④。少女时期的她，便开始对缪斯女神顶礼膜拜。她加入了名师荟萃的耕莘文教院青年写作班，并且很快崭露头角。1966 年，正在台湾"国立"艺

① 吕大明：《怀念逝去的海棠草》，见《伏尔加河之梦》，青岛出版社 1997 年 8 月版，第 64 页。

② 吕大明：《人间最后的旅程》，载 2002 年 6 月 26 日台湾《中央日报·中央副刊》。

③ 吕大明：《怀念逝去的海棠草》，《伏尔加河之梦》，青岛出版社 1997 年 8 月版，第 65 页。

④ 吕大明：《繁华如梦鸟惊啼》，载 2006 年 2 月 8 日台湾《中央日报·中央副刊》。

150

术专科学校就读的吕大明，以其散文《秋山，秋意》获耕莘文教院写作比赛散文组亚军，并获得了评审之一的散文名家张秀亚的欣赏。1968年，她的第一部散文集《这一代的弦音》，由散文名家张秀亚亲自作序，其中盛赞作者抒写性灵，如晨光中山径上的寻芳者，是"这一代弦音中动听的音符"①。从此，她便有了"小秀亚"之美誉。不久，此集即荣获台湾幼狮文艺文学奖首奖。1969年她大学毕业后，历任台湾光启社节目部编审和台湾电视公司基本编剧，先后编写过《孔雀东南飞》等广播电视剧200多部。然而强烈的求知欲望使她渴望去新的文学天地间翱翔。20世纪70年代中期，为了研习博大精深的西方文学艺术，也为了心仪已久的美丽梦想的追求与向往，她在母亲的默默筹划与无私支持之下，毅然漂洋过海，远赴欧洲，入英国牛津大学高等教育中心研修。1977年进入英国利物浦大学攻读，并于70年代末获得硕士学位。后来又就读于巴黎大学博士研究班。此时，具有中国古典文学深厚底蕴的她如鱼得水，自由遨游在灿烂辉煌、优美高雅的西方文学艺术之中，沉浸在欧陆古朴宁静、温馨友善的风土人情之间，并且甘之若饴，乐此不疲。她在欧陆写下了大量融合中西文化、出入古今中外文学艺术的散文佳作，出版了散文集：《大地颂》（光启出版社，1977），《英伦随笔》（尔雅出版社，1980），《写在秋风里》（台湾新闻处，1988），《来我家喝杯茶》（尔雅出版社，1991），《南十字星座》（三民书局，1993），《寻找希望的天空》（三民书局，1994），《冬天黄昏的风笛》（三民书局，1996），《几何缘三角情》（文史哲出版社，1998）以及90年代中后期在大陆出版的《流过记忆》（河北教育出版社，1995），《伏尔加河之梦》（青岛出版社，1997），《尘世的火烛》（人民文学出版社，2001），《世纪爱情四帖》（黄河出版传媒集团阳光出版社，2012），《生命的衣裳》（九歌出版社，2014）等。

---

① 转引自张瑞芬：《星光与月明的交响曲——论吕大明的散文》，见《五十年来台湾女性散文·评论篇》，台湾麦田出版社2006年版，第258页。

吕大明身形纤细瘦弱，然而谁能想象，她那纤弱的身躯中竟包含着一颗对于"美"的文学艺术追求不息的高贵与痴恋的心灵。为此，她不惜"异乡飘零"，一次次举家迁移。她说自己之所以离开英伦来到巴黎，只了为了心中珍藏的对"巴黎这座艺术之都怀着神往的梦"，她在到达之后很快就"迷失在巴黎这座美的迷宫中"，"罗浮宫的珍藏，达赛博物馆印象派大师的画、罗丹的雕刻艺术、歌剧院、协和广场前的喷泉、埃菲尔铁塔、凯旋门、香榭丽舍大道……巴黎是人类心灵活动的具体化，是精神美的最高点。"① 之后移居凡尔赛小城，只因"在惊鸿一瞥中就爱上了这座早年只是皇家围猎的庄园，现在它却是世界上最美最古典雅致的皇宫之一，而环绕这座皇宫的高大的梧桐树，以及窄胡同里那散发悠远岁月寒香的古玩、雕塑、古画、瓷器、珠宝、服装的小店，也那么吸引我"②。于是，她卖掉了英国伯肯赫德宽敞舒适的深宅大院，一家人移居"优雅而又古典"的凡尔赛小城，住在一间并不太宽敞的公寓内，一住就是 20 多年。

吕大明真像一只为追逐光明而奋不顾身的翩翩起舞、优雅浪漫的飞蛾。

"形神随意来"

斗转星移，世事更迭。无论是英伦还是法兰西，民风淳朴、建筑优美、古色古香的宜居小城不胜枚举，然而吕大明独独对凡尔赛小城一见钟情，怡然自得地居于这"一页古典乐章里"。与其说是吕大明选择了凡尔赛小城，不如说是这个充满着"宁静、优雅和古典"的小城与崇尚唯美浪漫、"优雅而又古典"的她，达到了某种精神上的契合与心灵上的共鸣。这与她在众多文学体裁中独独擅长散文不无巧合。自

---

① 吕大明：《我那异乡飘零的家》，见《伏尔加河之梦》，青岛出版社 1997 年 8 月版，第 99 页。

② 同上书，第 100 页。

然，吕大明编过许多剧本，她说自己也写小说，然而我总觉得她那种抒情的、唯美的、天然带有某种敏感与伤感的艺术家气质，应该是散文这一文学体裁的最佳人选。比起其他文学体裁来，散文是最需要处之泰然的自在心态、率性而为的真性情与优美典雅的文字表述的。

余光中先生曾指出："散文家无以凭借，也无可遮掩，不像其他文类可以搬弄技巧，让作者可以隐身在其后。"① 散文既无技巧可以卖弄，却能把作者的才情、学识、人格、风度、气质、修养及个性清楚地袒露出来。思想感情的贫瘠，知识学问的浅薄，文学功力的欠缺，胸襟气度的窄仄，都会在散文中无处躲藏，让人一目了然。从某种意义上来说，散文其实是极不容易写出佳作来的，周作人先生曾谓之"是文学发达的极致"②。

吕大明的散文之所以与众不同，其中一个主要特征在于，她的散文乃属一种中西荟萃、精致典雅的"文化散文"，其中饱蘸着东西方文化融会贯通的深厚底蕴与文学艺术的丰富学养，既有国学的精深根基，又兼西学的丰厚底蕴。而这种深厚底蕴与丰富学养，正是她像那只为追逐光明和优美而奋不顾身、浪漫潇洒的飞蛾，在文学艺术殿堂内围绕着"美"的典藏发愤求知，日积月累的知性与灵性的积淀。在当今海外华文文坛上，通晓一两门外语并能用汉语以外的文字写作的作者也许并不少见，但像吕大明这样在其散文中能显示学贯中西的文化修养与广博学识、能自由出入古今中外文学典籍的女作家，实不多见。翻开她的散文，随意之间你就会发现她在散文中提及的中西经典文学作品及其作者既多样且密集，这在当今女性散文中实属罕见，略略统计就有：英伦的女诗人狄金荪（森）、勃朗特姐妹、莎士比亚、哈代、华兹华斯、狄更斯、拜伦、雪莱、济慈、弥尔顿、乔索

---

① 余光中：《〈中华现代文学大系〉总序》，台北：九歌出版社1989年5月版。

② 周作人：《〈近代散文钞〉序》，《〈中国新文学大系·散文一集〉导言》，良友图书出版公司1935年8月版。

（叟）、查尔斯·南姆、维珍妮亚·吴尔夫、布里吉斯等；法国的乔治·桑、缪塞、巴尔扎克、罗曼·罗兰、大小仲马、福楼拜、梅里美、雨果、左拉、司汤达、都德、拉马丁、高乃依、波特莱尔、庞德等；俄罗斯的托尔斯泰、屠格涅夫、陀思妥耶夫斯基、契诃夫、叶赛宁、高尔基等；德国的歌德、席勒、海涅、史托姆、霍普（夫）曼等；意大利的但丁、薄伽丘、培（彼）特拉克，还有与米开朗基罗同时代的女诗人维多利亚·歌伦娜等；美国的霍桑、奥尼尔、赛珍珠、佛罗斯特……至于中国的作家，从庄子、老聃、伯牙、荀子、陶渊明、李白、杜甫、柳宗元、白朴、汤显祖、曹雪芹直到现代诗人艾青……从耳熟能详的著名大师到并不出名甚至冷僻生疏的作者及其作品，无不信手拈来。古人云："读书破万卷，下笔如有神"，据她说，这也"是父亲的家书中勉励我的经典之句"。正是由于不知疲倦地星夜苦读，日积月累，才使她在散文里提及古今中外的文学典籍时如数家珍，充满了一种以知性、博学见长的"学者散文"的书卷气。

难能可贵的是，她的散文虽常常旁征博引，引经据典，却很少有学者散文"掉书袋"的卖弄学问之嫌，她总是以典雅清丽的语言，诗意盎然的词汇，将那些本来深奥难懂的外文原著与古典诗词，译成现代人通俗易懂的优美文句。如《绝美三帖》中的《三生石上谈"情"与"缘"》，作者先引美国现代诗人庞德的一首情诗："不再听到罗裙的窸窣，/不再听到莲步的轻移。/尘灰落满了深宫，/飞旋的落叶静静地堆积。/她，我心中的快乐，睡在泉下，/门槛上贴着一片湿漉漉的枯叶。"接着便指出他的这首情诗，实际上脱胎于汉武帝为其宠妃之一的李夫人所写的《落叶哀蝉曲》："罗袂兮无声，/玉墀兮尘生。/虚房冷而寂寞，/落叶依予扃……"作者认为正是这首写于两千多年前的古诗，寄托了"汉武帝悼念李夫人的哀怨与深情，给庞德新的灵感"①，这就把原本属于比较文学研究范畴的诗学影响的命

① 吕大明：《绝美三帖》，《尘世的火烛》，人民文学出版社2000年3月版，第25页。

题，以缠绵细腻的文字、生动细微的音响、婀娜多彩的画面，还有形神兼备的特写镜头（门槛上贴着一片湿漉漉的枯叶），形象而又优美地展现在读者的眼前，胜过了千言万语。

"异香天上来"

我之所以将吕大明的散文归为"文化散文"，还在于其散文擅长在东西方文化、文学艺术中有一种自觉的比较视角。自《英伦随笔》始，其散文便跳出早年"小秀亚"散文纯抒情或纯粹追求诗意的传统散文的窠臼，在娓娓道来的异域风情的叙述中，往往具有一种观察、思考风土人情所反映的民族性格与文化差异的人文关怀，她将所感所思与揭示东西方异中有同或同中有异的文化特征结合起来，凸显其所蕴含或赋予的文化品格与文学精神。如那篇堪称经典美文的《来我家喝杯茶》，从"英国人最讲究喝茶"说起，细数茶宴乃是古代贵族的上流社会"社交的一课"，出席者无不衣冠楚楚，彬彬有礼，"一举手一投足都要合乎优雅，摇起头来可不能摇得像拨浪鼓，话题可得不温不火，嗓门可别高，就是要打一个喷嚏，也得先来一声道歉，坐在身旁的人也别忘了回他一句'上帝祝福'这一类的话"。首段便将英国人"喝茶文化"的悠久传统、贵族"茶宴"的繁文缛节及其上流社会人与人之间刻板、客套、虚应的文化特征凸显出来。接着，作者引英国女作家盖斯凯尔夫人的小说《克兰福镇》里描写福雷斯特夫人举行一个结婚纪念日的茶宴，正患伤风感冒的玛蒂小姐就被派坐着敞门的轿子前去赴宴。"她描写这段参加茶宴所乘坐的轿子，就让人想到古代中国豪门坐轿代步的情景"，犹如电影中突然出现了蒙太奇闪回镜头，坐在轿里的英国小姐变成了中国的达官贵人。接下来又从社交礼节引申到意大利作家薄伽丘的《十日谈》，"那时期社交是当成一种艺术，他们先选定一处风景优美的乡野，来一次这样的'雅聚'，清晨漫步山林，谈论哲学，然后吃早餐，听曲，早餐后在大树下朗读诗篇，傍晚则聚于泉水畔，由每个人讲一个故事，到了晚餐，真正生动、风采而格调高雅的话题就正式开场了……"文艺复兴时期意大利人的浪漫潇洒、风流倜傥的社交艺术与正襟危坐、刻板拘谨的英国式茶宴成了鲜明对照。然后，由意大利人将"社交当成一种艺术"又联想起中国古代的杭州茶肆："在宋代钱塘吴自牧的笔记小品《梦粱录》里，读到他笔下所描写的杭州茶肆，都是十分讲究气氛情调的，店里必插四时花，挂名人画，一年四季具应奇茶异汤，譬如冬月的七宝擂茶、馓子、葱茶……暑天的雪泡梅花酒……而读到《陶庵梦忆》，张岱在文中提到'松梦'的茶，先不去想那如山窗初曙、透纸黎光的茶色，单揣想着茶名'松梦'二字就觉得唇齿留香了。"

这时，就发现作者不仅仅是在品味中华茶文化的精致考究、典雅写意，透露出中国文人雅士"讲究气氛情调"，而是在看似东"拉"西"扯"的闲笔中，做了一番"喝茶文化"所流露的东西方的民族性格、审美趣味和文化差异的比较。宋朝杭州茶肆及其环境的精致考究虽令国人骄傲，现代英国人的下午茶也不无其文化雅韵。独身女子葛丽斯"热爱中国文化"，她家的茶宴成了炫耀并卖弄其中国文化学识的越洋展览厅：

> ……英国人并不懂牡丹，但英国牡丹因拜气候之赐开得特别美。葛丽斯不但懂牡丹，她园中的牡丹都是有"典故"的，这些典故都藏在她灵活的脑中，如石曼卿的"独步性兼吴苑艳"，如李山甫"一片异香天上来"……这些中国人吟咏牡丹的诗句，她都能脱口而出。到葛丽斯家喝茶可不轻松，她不但中国话讲得流利喜爱中国文物，而且中国书籍读得也多，有一回她以屈原《天问》中"鳌戴山林"的典故问我，一时竟让我语塞，那是来自《列子·汤问》的神话。话说东海有岱舆、员峤、方壶、瀛洲、蓬莱五座仙山，天帝命令禹疆神让十五只巨鳌载负这东海五座仙山游动的典故。我自问曾在《屈赋》上下过功夫，写过专论发表于《亚欧评论》，而且也以屈原的故事编成舞台剧，可是

当时我竟记不得这个《屈赋》的典，为此我再也不能以学有专精自我解嘲，回家后闭门读《屈赋》，而深叹学海无涯。①

连自由出入东西方博大精深的文化园林，摘采下许多奇花异果的作者，都被问得一时语塞，"深叹学海无涯"，葛丽斯女士家的英国下午茶，真够让每个炎黄子孙喝一壶的。喝葛丽斯女士家的下午茶，喝出了东西文化的融会贯通，也喝出了炎黄子孙对于守护中华文化并发扬光大所肩负的使命。读了这篇《来我家喝杯茶》，还有哪位中华的儿女能不"热爱中国文化"？

"澄澄变古今"

吕大明的散文不仅是一种将学识、典籍、文学、异域风情和人文关怀融为一体的文化散文，更是一种充满诗意和美感的名副其实的艺术性散文。当年周作人先生曾将"艺术性"的散文称作"美文"。他说，"这里边又可以分出叙事与抒情，但也有很多两者夹杂的""读这样的散文，如读散文诗，因为它实在是诗与散文中间的桥"②。艺术贵在创新。中国散文自先秦以来，几乎历朝各代都有代表自己散文艺术的"新体"问世：春秋诸子杂文、六朝骈文、唐宋古文、明代小品、清人笔记，直到五四后的现代散文，用朱自清先生的话说，更是"有种种的样式，种种的流派，表现着，批评着，解释着人生的各面，迁流曼衍，日新月异：有中国名士风，有外国绅士风，有隐士，有叛徒，在思想上是如此。或描写，或讽刺，或委曲，或缜密，或劲

① 吕大明：《来我家喝杯茶》，见《尘世的火烛》，人民文学出版社2000年3月版，第13页。
② 周作人：《美文》，载1921年5月北京《晨报》，又见《〈中国新文学大系·散文一集〉导言》，良友图书出版公司1935年8月版。

欧陆茶宴泡出华夏香茗

健，或绮丽，或洗练，或流动，或含蓄，在表现上是如此"①。没有创造便没有艺术的生命。悉数都是起承转合、文风也是千篇一律的散文令人生厌。笔者以为，吕大明的散文以其别具一格的艺术风貌与独特格局，创造了中华当代散文的一种美文"新体式"。前面说过，吕大明对于古今中外文学名家及其经典作品的熟稔，为许多从事文学创作与研究者所惊叹。其实，她还深深陶醉于西方的艺术大师及其佳作，她在散文中提及的著名音乐家（如莫扎特、勃拉姆斯等）、雕塑家（如米开朗基罗、罗丹等）、画家（如波提切利、莫奈、凡·高等）等数不胜数。文学与艺术本是一对孪生姐妹，两者的精神往往同气相求。

于是，在欧陆（从英伦到法兰西）已经生活了近40年的吕大明，在其散文中向西方艺术中有所借鉴，继而创造出一种崭新的散文体式与格局，也就并不令人惊讶了。比如，她的许多散文与我们司空见惯的"一题一作"的散文：即一个标题下面只有单篇文章截然不同，其散文常常"一题多作"，即一个总标题下往往会有三四个或更多的平行小标题，既独立成篇，又总是围绕总题目，如同西方的交响乐有主部主题和副部主题的呈示与展开交响辉映，又好比印象派画作的"点彩法"多点透视一般，她擅长在散文中从不同事例、不同国度、不同典籍、不同人物多侧面、多角度展开叙述和对比，而万变不离其宗旨，形成一种类似"复调小说"式的"复调"或"多调"体交互散文，犹如西方的交响乐。如1997年创作的《爱情实验室》，其中分别有四个小标题，分别为四篇独立的小故事：《惊艳》讲述邻居法国小伙狄昆从待恋、热恋再到失恋的外形与心情的明显变化，反映当今不少巴黎佳人坚持独身主义而给男人带来的爱情苦恼。重新恢复昔日落魄艺术家形象的狄昆告诉作者："她不愿为我放弃单身贵族的雅号，她一直是她社交圈子里一颗闪亮的星……"当今巴黎单身女人

---

① 朱自清：《〈背影〉序》，载1928年11月25日《文学周报》第345
期。

的婚恋观如同她们艳光照人的外表、长袖善舞的能力那样，着实让人"惊艳"。《戏法》讲述作者在广场散步时偶遇一群年轻流浪汉，其中之一向她索要"纪念品"，作者解下身上唯一佩戴的鸟形羽毛胸针递给他。流浪汉向她讲述了自毁爱情的悔恨："世间只有爱情不能当江湖中玩的戏法，但我一直在玩那样的戏法……"自食苦果的流浪汉，让人怜悯同情也叫人哭笑不得。《告别的弥撒》中的贝对于已分手的男友尼古拉仍难以割舍，如同去礼拜堂做弥撒一般，一再重复她与尼古拉的爱情故事，他们曾拥有过去威尼斯度蜜月的梦想："去爬一段白色大理石的扶梯，一段爱情之梯……"然而现实却是："不管多少次会面，最后都要举行一个告别仪式，两人挥挥手像各自单独在宇宙运行的星星。"《幕落》则将前面三则分分合合的婚恋悲剧化成了凯与薇的婚宴喜帖，"十年的马拉松爱情，充满了温馨的情节"；"我们都盛装准备赴宴，也在心里为那个美好时辰祝福"①。至此，人间的"爱情实验室"，虽然落下了帷幕，但给读者深刻的爱情与人生的启示却如涓涓溪流，仍然在心中流淌；正如在《惊艳》的结尾处作者的呼问："世间是否有所谓永恒的爱情之泉供人啜饮？"

　　类似的艺术结构，在吕大明的散文中俯拾皆是。可以说，有的人写散文是尽量做减法，"简化"意象与文学特性；而吕大明写散文却要做加法，使其中的意象繁复，语言诗化，情节小说化。当然，如同"爱情实验室"一般，她也在不断进行着散文结构乃至风格的创新与实验。有评论者把她的散文结构称为"场结构"，认为"很像庄子《逍遥游》那种文体结构"②，虽然不无道理，但我以为，吕大明的这种散文文体结构，还是她独创的。她至少打破了"一事一议"和"一题一义"的小散文的格局，而把散文变成了"一事多议"和"一

　　① 吕大明：《爱情实验室》，载 1997 年 8 月 22 日台湾《中央日报·中央副刊》。
　　② 海斯：《她说她是一炷香》，见《伏尔加河之梦》，青岛出版社 1997年 8 月版，第 6 页。

题多义"的艺术新体式，自由挥洒、随意率性、不拘一格，犹如中国元宵等节庆时挂着的走马灯，灯内点着蜡烛，烛光将画影投射在四周灯屏上，轮轴转动中图像不断更新。不同的画面有着不同的景致，而整合起来就是一幅多层次、多元化的立体画卷。待转过一面，又是一幅好景致。

瞬息穿越生死，天眼洞察阴阳

——论钟玲及其灵异小说创作

2011年，台港澳著名知性女作家钟玲的小说集《天眼红尘》由人民文学出版社出版。这是她的短篇小说代表作合集，分为"天眼篇""人心篇"和"瞬息篇"三辑。钟玲，毕业于台湾东海大学，后赴美留学，获得美国威斯康星大学麦迪逊校区比较文学系硕士及博士学位。历任纽约州立大学比较文学系主任、香港大学中文系教授、台湾高雄中山大学外文系主任及研究所所长、香港浸会大学文学院院长、署理副校长兼讲座教授等，现为澳门大学郑裕彤书院院长。

在当代台港女作家群中，以诗人、小说家、学者、翻译家及大学文学院掌门人等多重身份跻身于其间的钟玲女士，显得格外引人注目。20世纪80年代德国出版的《世界中文小说选》中，仅有四位香港作家的四篇作品入选，其中就有钟玲的小说《窗的诱惑》，可见其在世界中文文学界的影响之一斑。然而，就她的小说创作而言，她实在并非多产的一位。从20世纪60年代中期在台湾东海大学时开始尝试短篇小说创作，至60年代末陆续发表的有《阴影》《摊》《还乡人》《轮回》等。离台赴美之后，从1971年起，"此年开始了生命中的阴天。以后九年，除了几首诗，只发表学术论文和翻译，没有创作"。因此，整个70年代，钟玲的小说创作出现了断层。直到"回到香港之后，才认真地回想自己应该再写小说，一方面小说的读者比较多，一方面则是有一些经验本身具有情节和结构，要用散文或诗来表达，就不如用小说来的好"。于是，结束"冬眠"期，又有《奇袭天相寺》《灰蒙蒙的爱河》《黑原》《大轮回》《水晶花瓣》《窗的诱惑》《女诗人之死》《墓碑》《过山》以及二十多篇微型小说（钟玲自己称之为"极短篇"）陆续问世。因此，钟玲的小说创作，基本上分属于两个时代：60年代和80年代。

这些分属于两个时代的小说，有个十分有趣的现象——除《奇袭天相寺》外（严格说来，它更像一篇报告文学），大部分作品所描写的爱情故事，几乎都与"死亡"有关：《轮回》中陈弘明的猝死，唤起了"我"的初恋的觉醒和对生命的体认；《还乡人》中失恋的明远，在为爱而殉情的姑娘面前，获得了精神上的新生；《大轮回》中那三个周而复始的爱情传奇，每个结局无一不以死亡而告终；《女诗人之死》中内向的洁秋，未能遇到倾心的意中人，竟在取得硕士学位的第二天割腕自尽；《窗的诱惑》中痴情的晓妮，发现心爱的男子还有别的女人之后离港出走，谁知吊死鬼在向她招手；《墓碑》更绝，男女主人公，当年曾在坟场谈恋爱，最后他亲手刻下了褚红色的墓碑为她送葬……爱情与死亡的奇特交织，生者与亡灵的彼此呼唤，正如交响乐中贯穿始终的呈示部和展现部两大主题音乐那样，构成了钟玲小说的主旋律。

"阴影"下的启悟

为钟玲小说的主旋律谱下第一行音符的，当推那篇比《轮回》更早些时候写的微型小说《阴影》——后来被钟玲作为"小小说"收入她的第一部小说集《轮回》之中。这是一张素描，一幅速写，它勾勒了一位少女梅为她的异性朋友——早夭的明送葬的图像。无论是事件，还是人物，稍后些时的《轮回》都可以在这里找到它们的雏形。然而，就在这支以莎士比亚悲剧《麦克白》中的名句为引子的阴郁滞沉的"葬礼进行曲"中，却透露出几声音色柔美、令人遐思的"和弦"。佛洛斯特的《雪日黄昏林外小憩》的诗句，似乎在暗示人们：死者进入坟墓，或许就像生者走进"迷人而幽暗"的林中，

"还要走几里路才能安眠"。这一童话般天真美丽的"和弦"，在曲终人散的结尾处，达到了自由联想的抒情高潮：

> 梅孤独地站在坟旁。……她眯着眼，注视着一片飘过的白云，它在坟地上投下了一片疾驰的阴影，然后，慢慢消散在风里。

这无疑是钟玲对生与死这一人生的斯芬克司之谜的最初的朦胧意识。或许，正是这一片投在坟场上的白云的阴影，给了年轻的钟玲某种深刻的哲理启悟：人生最可怕、最可悲、也最无法躲避的，莫过于死亡的降临，在死神的卵翼下，活泼的生命、美丽的身躯、宝贵的青春，以及哪怕是最辉煌灿烂的一切物质，统统都将化为尘土，只有死者的灵魂和生者的哀思，这些形而上的东西，或许可能产生某种升华，就像那片犹如"游移的鬼影"般在坟场上空疾驰而过的白云，随风飘荡。钟玲凭着她那独特的敏感和悟性，从那片白云头下的阴影中，发现了死亡的某种超凡脱俗的浪漫诗意。

"轮回"式的悼亡

《阴影》中对于生死之谜的朦胧意识，很快就在《轮回》中化成了"爱情，在死亡面前的觉醒"的明确主题。当爱神丘比特的箭镞向"我"射来之际，"我"——"一个在六〇年代由一间保守女中进入一间教会大学的女孩子""把自己当作是神圣不可侵犯的贞女"而筑起心灵的城墙，将爱神丘比特之箭拒之门外；直到那位异性求爱者带着无爱的缺憾过早地离开人世，方使"我"如梦初醒，心墙豁然崩塌。于是，生命的消亡与初恋的觉醒几乎同时俱来："他的死，是我复活的触媒剂；我所忽略的他生前的作为，在他过世后，都像一盏盏路灯似的点起，把我引向我一生中决定性的觉醒。"

这的确是人生有着决定意义的觉醒，被自我压抑的爱情意识的苏醒。尽管"这一段情感的历程显然脱不了稚嫩、浪漫、空幻，和不着实际"，尽管"我"将为此背负终生追悔和内心自责的十字架，然而，"我"毕竟已经开始走向成熟，不再害怕爱神丘比特的神奇之箭。更重要的是，在悼亡和感伤的抒情氛围中，凸现出来的那几道哲理的金光："我们的生活中往往会有这种珍贵片刻的来临：一种严肃的悲哀，沉重的失落，尤其是亲友的死亡，往往会带来我们对生命的更深一层的体认。真的，没有比在深沉的悲哀中，我们更接近生命的本质了。"

"死亡→爱情←生命"。于是，在生与死这一无法统一、尖锐对立的两极中，钟玲找到了一个沟通两者的新的链环——"爱情"。它犹如一面三棱镜，既折射出死亡的魔影，也反映着生命的强光。《还乡人》，最清楚不过地表明了作者60年代浪漫的爱情观念、生命哲学和死亡意识。在这篇小说中，爱情也好，死亡也罢，在很大程度上显得被美化了，那个"拟将身嫁与，一生休，纵遭无情弃，不能羞"的未婚先孕的少女元美，连"死都要死得雅"，因为"对故乡，对陷她于绝境的男人，她仍有激荡的爱"。在这里，作者悄悄地在"爱情"与"生命"之间画上了等号，而让爱情作为生命的代言人直接与死亡对话，并在精神的天平上压倒了死亡。正因为这样，这篇小说才没有陷入"失意郎巧救寻死女"的传统窠臼；却以元美的"雅死"重新唤起明远的生活勇气和激情而显得别开生面。失恋的明远，也正是由于羞愧于自己缺乏这样的勇气和激情，面对着这具美丽的少女尸体，"忽地悟到挽不回的是这股消失了的活流"，从而使他在一刹那越过了精神上的障碍和危机，得到了灵魂上的洗礼和净化。

毋庸置疑，《轮回》式的悼亡也好，《还乡人》的超越也罢，钟玲60年代的小说，带有浓郁的青春激情和美丽幻想，因而，有关死亡、爱情、生命的描写都显得过于理想化、诗意化了，可以说，那时候，她吹奏的，是一支"浪漫幻情主义者"的虽不无忧伤但优美柔和的抒情牧笛。

"黑原"上的火光

此后，钟玲的小说创作整整沉默了 10 年。直到 80 年代初，她的《灰蒙蒙的爱河》才姗姗来迟地与读者见面。这篇小说，写一位情窦初开的女中学生秦玉洁，在上学的路上突然接到"白马王子"塞给她的情书，却被同伴恶作剧地交给了国文老师（写情书者正是这位老师的侄儿）。谁知老师一反常态，没有发火，而是语调沉重地告诉学生们：名闻遐迩的胡适先生去世了，然后回忆起自己当年亲身参加五四运动的情景，使秦玉洁为自己的无知惭愧万分，她把滴上泪水的情书锁进了抽屉。这篇小说发表后，曾受到胡菊人先生的赞赏，认为作者"能把依稀朦胧的早年经验，写成如此动人的一篇小说，实在难能可贵"。但我却以为，这篇小说并不见得十分出色，甚至不如十年前的《轮回》《还乡人》那般感人，原因就在于作者试图通过小说来论证：死亡对于爱情的现实干扰和死亡对于生命的无情剥夺。她开始怀疑爱情那绚丽迷人的光环里面究竟有何实在的意义，结果却因为如此严肃的哲学思考，竟放在一位情窦初开的青春期少女身上，理念的倾向显然超出了人物所能负荷的重载；又由于作者试图把爱情的萌芽与死亡的噩耗放在一起来较量，而这两者之间并无任何必然的联系——局外人的病逝（尽管他是一位历史上的重要人物）对于一对青春期少男少女在爱河上搭起鹊桥，似乎是两件外在的不相干的事情，从而使小说的结构上露出了很大的罅隙。不过"灰蒙蒙的爱河"，这富有象征意味的标题，却无疑是一种创作上的标志，表明作者结束了 60 年代小说的"浪漫幻情主义"时代，而进入对于爱情究竟是什么的怀疑和重新体认的阶段。同时还表明，作者对于死亡、爱情、生命三者关系的思维定式，此刻已发生了很大的变化，即由 60 年代的"死亡→爱情←生命"变成了 80 年代的"爱情→死亡←生命"。在前者，爱情是连接死亡和生命之间的锁环，而在后者，死亡意识则成了支配爱情和生命的核心。于是，"灰蒙蒙的爱河"，便成

瞬息穿越生死，天眼洞察阴阳

为这种悲观哲学的绝妙象征。

我们很快明白了作者把爱情、生命置于灾难、死亡面前考验和捶打的创作意图。《车难》中那位刚把心爱的年轻恋人送上列车的男主人公，眼睁睁地看着重大车祸在刹那间突然发生而无法拒绝；《终站·香港》中同舟共济几十年的老夫妻，束手无策地被死亡的天河阻隔在阴间阳世；《大轮回》更使我们看到了死亡对于爱情毫不客气地占有以及对于生命毫不留情的剥夺，其中三则发生在不同时代中穿越时空界限、似曾相识的爱情悲剧故事，无论是玉儿为金公子报仇而殉身，还是玉荷为嫁有情人而被杀，或是法师为兄弟将失去童身而自戕，令人炫目的传奇色彩，只不过是作者有意涂抹在外表的一层五彩缤纷的画料，而其内涵则无非都在重复着同一个主题：爱情与死亡的联姻。青年男女那缠绵缱绻的婚纱，竟包裹着一具具鲜血淋漓的尸首——这便是人间爱情的实质?! 作品中表现的爱情并不都是奉献、快活和幸福，人性的弱点造就了爱情的自私性、排他性和占有欲，也撕破了它那迷人的面纱，露出了无情的真容。于是，爱情，它不再是生命的浪漫天使，而成了死亡的隐形鬼侣。不久，我们就看到了那一对在《黑原》上跋涉流浪的形影不离的鬼侣：

> 一刹那电光石火，我终于悟了！这么简单的事实，我居然多年一直没有悟出来。我早就死了！我们都是所谓的"鬼魂"。鬼魂又有什么关系呢！我依然是我，他依然是他。我已经做了很多年的孤鬼游魂，现在不一样了，我有了一位鬼侣，谢天谢地，我终于找到他了！原来在阳世找不到的，在阴间会找到，即使在阴间找不到，在某一辈子的轮回之中，终究会遇上的。想到这里，我的心一宽。划然天地又裹在闪闪银光之中，他的手轻抚着我的，我听见他的耳语："你看，开花了。"
>
> 黑原上，遍地怒放着黑色的花朵，一直开到天际。

　情侣与鬼魂结伴，黑花与银光相映。至此，钟玲终于在超现实的荒诞世界中，出"生"入"死"，找到了爱情的真实存在。

"墓碑"后的世界

经过"一刹那的电光石火"的顿悟，钟玲怀着她对鬼侣和黑花的重要发现，蓦然回首，眺望人间。她看到了被扔在脏水沟中的姑娘玉照，背面题着"永远不许你丢掉它"（《永远不许你丢掉它》）；她看到了一对观点不同，性格不合的恋人的结合，是犯了一个"美丽的错误"（《美丽的错误》）；她看到了爱情的虚幻如"水晶花瓣"一样一碰就碎（《水晶花瓣》）；她看到了爱情的虚伪如"窗的诱惑"那样生死攸关（《窗的诱惑》）……她突然意识到，现实世界也有这样的"黑原"，一幕幕有声有色的爱情悲剧在这"黑原"上拉开序幕，又草草收场。而这人间的"黑原"便是——坟场。于是，她又回到了"阴影"下的世界，找到了人间的"黑原"——坟场，并在此树起了一块"墓碑"。

《墓碑》写的是一对彼此相爱的青年男女，被"父母之命"活活拆散的悲剧。男主人公陈顺仔远走异乡，女主人公韩慧敏下落不明。12 年之后，陈顺仔回港继承亡父的碑石店业，方知韩慧敏当初被其父困于殡仪馆内而精神失常，在青山精神病院被关了整整 12 年，不久前突患急性肺炎悲惨死去。于是他为她刻下了最贵重的褚红色大理石墓碑。就这个中外文学史上并不罕见的爱情悲剧而言，并无特别奇异之处，可说是中国文学中常见的婚姻不自由的"咏叹调"，在 80 年代的台港女作家笔下发出的一声"绝响"。然而，奇就奇在这幕爱情悲剧的舞台背景，不是"姹紫嫣红开遍"的后花园，也不是"仙境别红尘"的大观园，更不是"芙蓉帐暖度春宵"的长生殿，而是——"白杨萧萧鬼唱歌"的墓地。"大概极少人像他们一样，在坟场谈恋爱，可是对他们而言，确实再自然不过，因为他们两个人从小就与死亡为伍：他十二岁就开始在父亲的店里刻墓碑，而她，是世界殡仪馆老板的女儿。"

爱情与死亡为伍！男女主人公的恋爱从一开始就与死亡结下了不解之缘。因而后来他为她镌刻墓碑，也就"再自然不过"了。尤其是作者将这出爱情悲剧的时代背景放在现代香港，更有一层深意："自由港"内并不自由，形成了这篇小说的反讽意味和效果。"墓碑"这一意象本身具有多重的象征意义：第一，它标志着一位年轻活泼的姑娘安葬在此，墓碑，是生者对死者永恒的纪念；第二，它意味着爱情悲剧的闭幕，墓碑，是封建幽灵阴魂不散的见证；第三，它象征着阳世的终站和阴间的起点，墓碑，正是连接这两个世界的"门牌"，通过它，生者与死者的灵魂可以自由出入，通行无阻。现实的世界与鬼魂的世界，就这样通过"墓碑"奇特地结合在一起。

有了这块出生入死的"门牌"，钟玲便把我们领进了墓碑后面被紧紧封闭的世界。"死亡，死亡的牢笼，阴湿、封死的墓穴，终于打开了一条缝隙。"在《过山》里，我们不无惊讶地发现，鬼魂世界俨然是现实世界的翻版：帝王照样妻妾俱全，寻欢造爱；后妃照样争宠邀幸，互相倾轧；奴仆依然侍奉主子，亦步亦趋；宦官依然大权在握，发号施令……以致使人分不清这到底是阴曹地府，还是皇宫禁院；究竟是死人复活，还是鬼魂附体。在这里，生者与死人仿佛你中有我，我中有你！生生死死，一线之隔；阴差阳错，一夕之念。"像你这样的女人"，一句话救己害人，乱伦之爱情可操生死大权。至此，爱情、死亡、生命的意义和性质已完全等同："爱情＝死亡＝生命"，爱情与死亡为伍，死亡与生命毗邻。那只沾满阴间霉斑、阳世病毒的"过山"玉镯，就这样，神奇地穿透了生死之谜，完成了它的历史使命。

应该指出，"爱情与死亡为伍"的主题，其实并非钟玲的独家专利。在香港女作家西西的短篇小说《像我这样的一个女子》中，我们就不无震惊地看到过在殡仪馆的停尸间内一刹那的"爱情"曝光；"他曾经爱她，愿意为她做任何事，他起过誓，说无论如何都不会离弃她，他们必定白头偕老，他们的爱情至死不渝。不过，竟在一群不会说话，没有能力呼吸的死者面前，他的勇气与胆量完全消失了，他失声大叫，掉头拔脚而逃……"在其他香港女作家笔下，我们也或多或少领略过"爱情与死亡联姻"的魔影，钟晓阳的《哀歌》，男女主人公谈恋爱时就"谈论过死亡"："你说你愿意死在大树下"，"我愿意做那棵树"，将今日香港人对婚姻、爱情的怀疑、失望和恐惧的心态揭示得最为淋漓尽致。她的《良宵》更是令人毛骨悚然，写的是一对青年男女在相隔两三个街口的火灾映衬下度过洞房花烛夜的情景。窗外，十万火急的消防车鸣着"尖锐得发了狂"的警报号呼啸而来；室内，被冲天火光映红了脸的新郎、新娘却在进行一场"愚蠢的游戏"：一块红绸巾蒙住了新娘的头和脸，等待新郎去揭开。就是这块红绸巾，使新郎、新娘的感觉全然改变。新郎觉得，"此刻，记忆中的新娘的容貌，任他再努力亦不能与红巾之下的身躯连为一体，这是顶奇怪的现象。仿佛新娘的头与身各自为政，如一具无头尸"，"会不会是鬼？他想起童年时代听过的有关鬼新娘的故事。洞房之夜，新郎发现与他交拜天地的竟是一心复仇的鬼新娘，红绸背后现出骷髅头"。惊魂不定的新郎越想越害怕，不敢去揭红绸巾。而新娘因久久不见动静，"在红绸的蒙蔽下，想象新郎的面目在烛影摇红中，时而光，时而影，像极恐怖片里的灯光效果，使他看起来非常阴险骇人。……没有什么比静室中孤独地被谋杀更悲惨了。她竭力回忆房门的方位，准备一有异动便夺门逃命"。喜气洋洋的花烛洞房，霎时成了阴森可怖的鬼魅世界。那块原本表示吉庆的大红绸巾，竟也似乎浸满了痴男怨女的鲜血。《良宵》以喜衬怨，以喜显悲，唱出了现代人对婚姻的一曲"哀歌"。爱情与死亡，难解难分地纠缠在一起，成为当代台港女作家小说创作中的一大奇观。

我认为，这一主题在当代台港女作家笔下不一而同地重复出现，实际上反映了当今之世女性对于两性间纯真爱情的无可奈何的悲观心态：爱情女神死了！无论在芸芸众生的人世间，还是在安放死者的停尸间，都找不到爱情的栖身之所，于是，便只有寄希望阴间，"即使在阴间找不到，在某一辈子的轮回之中，终究会遇上的"。钟玲的《黑原》等小说，也正是在这一点上，闪烁出一束执着、坚定而不消极的理想火光。

不过，从《墓碑》到《过山》，也毕竟显露出钟玲小说创作的矛盾：一只脚伸向现实，另一只脚却踏进鬼域。接下去她该怎么走呢？直到《望安》的出现，才似乎有了新的答案。

"望安"的寻找

《望安》连载于 1989 年 4 月 5 日、6 日台湾《联合报副刊》。写的是一对名叫林启雄和胡丽丽的年轻夫妇，受命前往一个叫作望安的孤岛寻找 60 年前埋下的曾祖母之坟，原因是他们结婚三载尚未生育，林家阿公寄希望于曾祖母的亡灵，能"管子孙生孩子的事"，保佑林家香火不绝。于是，这对关系已恶化，濒临分居的年轻夫妇，便踏上了寻找无名祖坟的茫茫征途……

就这一故事本身而言，似乎并无新奇之处，在弥尔顿（John Milton，1608—1674）的《失乐园》中，我们就曾见过偷吃禁果的亚当和夏娃被逐出乐园后的情景；但与《失乐园》显然不同的是，《望安》所描写的并非亚当和夏娃恢复了人性之后被赶出乐园，而是他们在离开"乐园"——都市之后失落的人性得到了复苏。因此，上坟——这一占据整篇故事中心的事件，仅仅只是支撑小说的外部框架而已，而其真正内涵则"醉翁之意不在酒"。小说开头不久，作者就通过女主人公胡丽丽的独白对上坟之举进行了颇不恭敬的嘲谑："还有比这次望安上坟更荒谬的事情吗？我们来上的是启雄曾祖母的坟，别说启雄没见过她，启雄阿爸没见过她，连启雄阿公也不一定记得自己老母是什么模样。况且，不知道这座古坟位于岛上何处，连个碑都没有。这个坟，怎么上法？"还有，"生不出孩子，这种事，一个死去六十年的女人帮得上忙吗"？

因此带有浓重的迷信色彩的上坟之举，林家愈虔诚，愈郑重其事，读者看来就觉得愈多余、愈荒唐可笑。然而，你很快就笑不出来了。当这对年轻夫妇置身于"到处是死亡，整个岛真像个大坟场"

之中，却开始了夫妇间"感性的对话"的时候，而后又在坟堆中齐心合力寻找的时候，你会突然意识到，他们此行的真正目的，其实就是来寻找的。寻找，这才是小说的真正题旨。表面看来，他们是来寻找祖坟，完成已瘫痪在床的阿公的嘱托，了却这位不久于人世的老人的夙愿，这是有意识的寻找。但实际上，他们更是来这荒凉、寂寞的天地间寻找在紧张、嘈杂、拥挤、冰冷的现代"乐园"——都市中所失落的东西，比如，人与人之间的自然的关系，包括夫妇之间的和谐、温柔、体贴和理解，这是潜意识的寻找。有意识的和潜意识的寻找，恰恰构成了这篇小说的双层结构。最后，当这一双层结构出现某种重叠的时候，便出现了这对恢复了正常两性关系的年轻夫妇在坟前焚香跪拜的场面，这里没有丝毫嘲谑、调侃的意味，而使人感到只有在古代祭祀天地时才有的那样一种庄严和神圣的升华。至于他们祭拜的究竟是不是真正的祖坟，此时已无关紧要，重要的是，这对"冷战"已久的夫妇，在寻找祖坟的过程中，意外地找回了失落已久的爱情和生命。

寻找爱情和生命，这一主题在钟玲的小说中并非初露端倪，但表达的方式却有了很大的变化。曾听有人说作者在 20 世纪 80 年代初期写下的《黑原》这篇超现实主义的小说不太好懂，其实，只要揭开那层蒙在"黑原"之上的阴森、离奇和神秘的氛围，这篇小说是不难理解的。它无非想告诉读者的是，"我"对人世间那种自私的占有式的情欲与婚姻的恐惧和绝望，因而希冀能在远离尘俗的"黑原"上找到爱情的寄托和生命的归宿。小说中的"鬼侣"也好，"鬼魂"也罢，都只是作者在恐惧心理中所臆想出来的幻影，而真实的东西却是由"黑原"上的电光石火所带来的瞬间的顿悟："原来在阳世找不到的，在阴间会找到，即使在阴间找不到，在某一辈子的轮回之中，终究会遇上的。"这里，寻找本身就具有明确的目的性。此后，在《墓碑》《过山》等一系列小说中，作者不断地出没于墓地、阴间，一次次出"生"入"死"地寻找爱情的下落和生命的最后栖息地。如果说《黑原》试图以超现实主义的荒诞感，表达作者对人世间爱

瞬息穿越生死，天眼洞察阴阳

情的存在和生命的意义的绝望，因而不得不遁身于鬼魂世界和寄希望于冥冥之中的轮回的话，《望安》则标志着作者已经跨出鬼域，回到阳世，并给人间带来一缕充满希望和生机的温馨的亮光。在《黑原》中，是"遍地怒放着黑色的花朵，一直开到天际"，令人触目惊心；而在《望安》中，坟场上却出现了令人赏心悦目的红色的天人菊：

> 忽然上空垂下一朵巨大的花，深红的花心，橘红的花瓣，每片花瓣还镶了鲜黄的边。一朵火焰灼灼炙我的脸，我叫道："什么花？"
>
> 启雄嘘吹着我的耳洞，然后说："春天到了，是早开的天人菊。"

依然是"爱情与死亡为伍"，却已是生命与春天同在。正是这朵开放在坟堆之上而又充满诱惑力的红花，不仅带来了自然界的春天的气息，也象征着横在这对年轻夫妇之间的坚冰消融，"冷战"解冻，生命的春天也随之复苏。于是，恐怖的黑色让位于喜庆的红色，实在的生命取代了游荡的鬼魂。"就在契合的一刹那，我迷蒙的视野中，整个西天变成一幅枣红的天鹅绒幕，贴在水平线的夕阳，化为一朵挣脱黑色舞台的天人菊。"死者的居所与生命的摇篮在黄土地上毗邻，死亡与生命，也在夫妇间找回的失落的爱情中被赋予了崭新的意义。因此，这对现代的亚当和夏娃在坟场上偷吃禁果，丝毫没有亵渎死者亡灵的意思，相反不啻是对列祖列宗的最佳祭奠，因为，新的生命、新的子孙，很快便会在这古老的死亡之上脱颖而出……

死亡与爱情，在钟玲的笔下，又一次通过"爱情"这根铰链，组成了奇妙的魔方，并翻出了新的花样。以后她还会翻出什么新的花样来呢？我猜不出来，这要问她自己。

桀骜不驯的红狐舞影

——虹影小说的女性主义解读

虹影的写作及其成名，或许是个文坛奇迹。虹影，原名陈红英，1962 年 9 月 21 日生于重庆一个平民之家。后来她先以诗人的身份在文坛上崭露头角：1983 年第一批诗《组诗》在《重庆工人作品选》第 2 期上发表，1988 年诗集《天堂鸟》被选入《重庆工人作品选》。1990 年起旅居英国伦敦，开始用中文创作小说等作品，之后在海外声名大噪。她的代表作有长篇小说《饥饿的女儿》《K - 英国情人》《阿难》《孔雀的叫喊》《上海王》《上海之死》《上海魔术师》《好儿女花》等。她的《脏手指·瓶盖子》曾获纽约《特尔菲卡》杂志 1994 年 "中国最优秀短篇小说奖"。长篇自传体小说《饥饿的女儿》曾获台湾 1997 年《联合报》读书人最佳书奖。她曾被中国权威媒体评为 2000 年十大人气作家之一；被《南方周末》、新浪网等评为 2002、2003 年中国最受争议的作家。《K - 英国情人》被英国《独立报》（*INDEPENDENT*）评为 2002 年 Books of the Year 十大好书之一。《饥饿的女儿》被台湾选为青少年自选教材、美国伊利诺大学（University of Illinois）2008 年年度书。她 2005 年获意大利 "罗马文学奖"。长篇小说《好儿女花》获香港《亚洲周刊》2009 年全球中文十大小说奖。另有数部作品被改编成影视剧。

"饥饿是我的胎教"：写作缘起

　　虹影似乎很容易被归为当代"女性文学"的典型作家之一。她却认为自己只是一个最适合写作的人。正如她自己所说："我很喜欢巴赫金的狂欢节理论，而且我有所推演：文学艺术只是人摆脱庸常的方式，是世界这个大工厂的安全出口，我们——全世界的作家们，就是安全出口的看门人。我们经常做些招引人注意的动作，有人说是作秀，但是有多少人在工厂里埋头一辈子，就是不看我们的手势。总有一天，你会从工作台上抬起头来。摆脱庸常，那是多么美好的事！我是'叙述狂'——喜欢讲故事，讲故事时透出一股狂喜，巴尔特称为'文本欢乐'。永远想让我的人物多遇上点惊奇，多撞上点危险，读起来几乎都像惊险小说，但是我醉心的是把玩人的命运，是我的人物变成想象力的棋子。[①]"

　　但虹影独特的生活经历却使她不能不从"女性"视角去打量生活于斯的以父权制文化为重心的社会环境。生为女性，私生女、饥饿的身体、饥饿的子宫、未婚先孕，这些作为女人可能拥有的羞耻与《饥饿的女儿》中的"六六"如影随形：她一直在别人的白眼与唾沫中挣扎。但虹影不甘受如此歧视，她用女性之笔，果敢地书写生活，重新评判一切。她的写作跨越国界、跨越历史、跨越时空、跨越性别，充满了对父权秩序的颠覆和解构，对女性自我价值、自我经验的肯定，对两性差异的认同以及对女性生命本体的探寻。短篇小说《残缺》阐明了她之所以这样行事的根由与写作的缘起："我是一个天生就希望捍卫自己权利的人，我冒犯了父亲，特别是他作为一个男人的尊严。"所以，"我"一直得不到父亲的疼爱，反而受尽父亲的折磨。"我不是疯子，我不是！我叫。父亲站在一旁冷冷看着我祈求

---

　　①　张洁：《虹影：成长小说　如影如虹》，《人民论坛》，2003 年第 8 期，第 56 页。

的眼光，任我挣扎。""我始终不明白，他当时为何只折磨我而不打死我，却让我继续活着？""父亲死前，把我的手放在他的手里握紧我们。父亲到死都不甘心放弃继续控制我，希望借他来达到目的。"以致对待日后的两性婚姻："痛定思痛，我得出结论：要是婚姻虐待了你，你也可以虐待婚姻；你的丈夫即使没有刺痛你，你也可以刺痛他，这样你就可以占有爱情了。"[①]"我"始终站在女性的立场上与男性对抗，以小说的形式不断追问"我是谁"，这篇小说无疑可视为虹影的女性主义文学宣言。

虹影希冀用写作来解救她与生俱来的饥饿的心灵，痛彻肌肤的生理体验有助于深化心理的感悟。或许真是天"性"使然：几乎大多数女性作家都偏好带有某种自传性质的创作。虹影也不例外。《饥饿的女儿》即以她自己的成长故事为生活原型，大胆冲破中国传统文化宣扬的"家丑不可外扬"的古训，揭示了其颓败失和的家庭关系对一个女孩儿身体与本能的双重"饥饿"的影响。虹影认同自己的女性身份，希冀通过写作和独立判断来实现自我，从而得到灵魂的自由。因此，她敢怒而又敢言，敢于否定覆盖在自己身上的污名，敢于回应对她的各种责难，敢于对世态人情做出自己的判断。"原地行走的人，家乡/渡口的对岸/石头房子/欲望的秘密，三十几年/不停地称颂的//一个名字，备受折磨/自由的夏季/幻想过现在/写作，从你受伤的童年描叙起/包括你怀中黄金的虎，跟着你说/严冬结束。"[②] 虹影用自己独特的生命言说方式，一方面挖掘被男权文化长期遮蔽的女性经验，构造出完整的女性经验世界，以实现对男权话语的反抗和男性意识形态的反叛；另一方面，她以女性视角超越性别来重审历史，反思文化，体现出颠覆女性"被书写"历史的责任感。因此，可以

---

① 虹影：《残缺》，见《玄机之桥》，云南人民出版社 1995 年版，第 67、69、70、71 页。

② 虹影：《写作》，见《鱼教会鱼歌唱》，漓江出版社 2001 年版，第 158 页。

毫不夸张地说，虹影是当代女性主义文学创作的忠实拥护者和积极实践者。

虹影的小说不论是描绘历史片段还是叙述社会现实，其创作的基本主题都在昭示着在生存的困境、精神的迷失等极端境遇下的女人的情感历程。其早期作品多为中、短篇小说，大都讲述女性隐秘的内心故事，如《红蜻蜓》《玉米的咒语》《大师，听小女子说》《近年余虹研究》等。这些作品具有明显的女性主义文学的叙事特点，如对个人经验的抒写，对人物命运的重写，从自觉的性别立场出发，利用私人经验重新阐述女性的生命与生存境遇等等。她的小说文本中的女性与男性在精神上往往总是处于对抗状态，她总是通过与镜像化自我、与同性的借喻关系，直面女性一直处于蒙昧状态的精神角落，把书写姐妹情谊和建立女性乌托邦联系起来，呈现出强烈的女性主义观念。如《近年余虹研究》中，"女孩说知道余虹是在她们特殊感情下产生的，如果外婆能活到今天多好，她们可以一起庆祝历史给余虹应有的地位。"①《女子有行》中，"妖精看出我的愤怒，突然爆发似的吼叫起来，停都停不住，说我的心只在别人身上，我视老家伙债主为第一位，小油皮猫第二位，可她呢，不过是替补的工具。而她费尽心思追求我，我不过敷衍了事，比如，仅仅吻吻她而已"。②虹影小说作品往往人物关系复杂，lesbian（女同性恋）情节、多角恋、身世之谜……触目惊心；支离的情节结构，把战争、记忆、传说等虚实相掩；艺术处理上贯穿了紧张、期待、预感、悬疑的神秘效果；玄机重重的叙述，作者置身于事外的冷静与超然，使读者很容易感受到破碎的绝望感和宿命般的毁灭感。

---

① 虹影：《近年余虹研究》，见《大师，听小女子说》，文化艺术出版社2005年版，第90页。

② 虹影：《女子有行》，宁夏人民出版社2010年版，第49页。

"总在许多地方寻找一个地方"："女子有行"

性别，与种族观念一样，是构成人的文化身份的重要因素之一，尤其在现代社会，它已成为女性文学创作无法回避的问题。作为一位从事写作的女性，虹影也面临着"性别"带来的身份焦虑。虹影在其自传体小说《饥饿的女儿》中承认："我"是物质饥饿、精神饥饿和性饥饿的产物，是挑着家庭重担的饥饿的母亲和一个年轻男人的私生女。因为这种特殊的身世，"我"从小缺少父爱与正常的母爱。在没有粮食也没有爱的饥饿中，"我"让历史老师的性爱充塞了自己的身体，以填补那饥饿的、恐怖的、虚无的、绝望的情感深渊。有评论者把该书跟玛格丽特·杜拉斯的《情人》相提并论；但《饥饿的女儿》明显属于中国，那种几乎不可重复的底层女孩的成长阅历属于地道的 20 世纪 60 年代出生的一代。在虹影心中，"饥饿"绝非只意味着难堪的灰色记忆，恰恰相反，这种特殊的生命境况，还意味着顽强的求生意志和特立独行的反叛精神，这种精神特质在虹影的作品中得到了较多的诠释。

如果说女人是他者，那么虹影身为私生女，无疑更是他者的他者。虹影曾引用《诗经·国风·鄘风·蝃蝀》一诗，在多部作品中阐述其笔名的由来："蝃蝀在东，莫之敢指。女子有行，远父母兄弟。朝隮于西，崇朝其雨。女子有行，远兄弟父母。乃如之人也，怀昏姻也。大无信也，不知命也！"对此，她做了如此解释：

> 蝃蝀，虹也。日与雨交，倏然成质，似有血气之类，乃阴阳之气。
>
> 不当交而交者，盖天地之淫气也。在东者莫虹也，虹随日所映。故朝西而莫东也。
>
> 此刺淫奔之诗，言蝃蝀在东，而人不敢指。
>
> 以比淫奔之恶，人不可道。况女子有行，又当远其父亲

兄弟。

　　岂可不顾此而冒行乎。①

　　原诗讲述了周代一女子尽管深受封建礼教、宗法制度、父权制社会层层枷锁的束缚，但为了追求自由婚姻而不顾父母之命，敢于做出反抗礼教和命运的抉择而私奔。这种私奔行为，尽管遭到世人的指责和讥讽，但却充分表露了这一周代女子对封建礼教的深恶痛绝和对爱情与自由的孜孜以求。虹影以此作为自己的笔名，可见，她对那个主动、勇敢、热烈地追求自己真爱的女子是钦佩的，其内心有着清醒的性别意识，她想用自己独特的方式来实现对男性意识形态的反叛。"他像我梦中的一条鱼，从水里冒起，水花在他的四周溅开，他那种微笑……从那刻起，我就想，一定要征服他。"②

　　虹影的女性世界，一开始就热衷于探索那些非常规的、陌生化的、神奇而怪异的超现实经验，通过那些纯粹而神秘的女性内心体验，去揭示人性隐秘而复杂的内在世界。《红蜻蜓》中，"那只手在身上滑动的时候，他没有抵抗，她有意无意地将那只手按停在那地方，而且用劲往里推，她感到那只手在哆嗦，在往后缩"③。《上海王》中，"她脱去他的衣服，发现他站在水塘边，就拉他上岸来。就在池塘边上两人水淋淋的身体交合在一起，……老人说，阴阳相冲！与死人交，会得不治之症！为什么她与常力雄交合了，反而病愈了呢？别人为禁事，她却能通解"。④虹影的创作，以鲜明的女性立场回归女性的身体与心灵体验，表达了对男性独裁的挑战和攻伐，显示了对女性原生状态下真实欲望的个性化体验与关照。

---

①　虹影：《女子有行》，宁夏人民出版社2010年版，第28页。

②　虹影：同上书，第54页。

③　虹影：《红蜻蜓》，见《康乃馨俱乐部》，江苏文艺出版社2005年版，第92页。

④　虹影：《上海王》，山东文艺出版社2005年版，第87页。

谈到创作动机，虹影坦然地承认，《女子有行》是用笔为总被男人抛弃的几个女朋友打抱不平。虹影有强烈的叛逆精神和独特的创作姿态，她的"女性白日梦"不是理想的、审美意义上的，而是属于反叛传统与常规的离奇古怪的性别传奇。迄今为止的女性文学作品中，对两性关系的思考和追问多少总保留着一种幻想；而虹影则持一种毅然决然的态度不异走向极端。《女子有行》又名《一个流浪女的未来》，即未来小说三部曲《上海：康乃馨俱乐部》《纽约：逃出纽约》和《布拉格：城市的陷落》，有论者称之为"文化幻想小说"。全书贯穿着对以男性为中心的文化建构的政治、历史、道德等理念的颠覆，体现了虹影的女性主义立场和视角。通过否定"阳具"来表现男女性别的冲突问题，意欲达到否定父权、夫权和男权，争取女性个性独立和解放的目的，这无疑是一个大胆的象征，不无极端，同时也带有某些颓废的病态。《女子有行》代表着一种极端的女性主义文化。这曾经引起沸沸扬扬争议的三部曲，不可避免地成为目前大陆女性主义文学的典型文本之一。

《女子有行》中的"我"被当作领袖、佛母、政敌，其实"我"真正扮演的，也一直为之受罪的，不过是同一个角色——情人。在书中，康乃馨俱乐部是虚幻的 1999 年控制上海地下黑社会的一部分，但来自男性世界的离间力制造并利用了某种裂隙，使这个女性团体在一场自相残杀中分崩离析。"但愿我能平安离开，理想已经被暴力之手摧毁，器官的批判已经变成批判的器官，我不再是，也不愿再做这个地下帮派的领袖，我也不想再看到这个城市的结果：早就有一批人以治安为名想整肃这个城市。"[①] 未来将对一切想保留感情余地的个人，给予最后的摧毁打击，不管她逃遁到世界的哪个角落，都没有幸免的可能。——这恰恰说明女性其实根本不可能自行其是——这似乎是对小说标题"女子有行"的悖谬，也是对中国古老的父权制权威的反讽。弗吉尼亚·伍尔夫曾预言："小说或者未来小说的变种，会

---

① 虹影：《女子有行》，宁夏人民出版社 2010 年版，第 68 页。

具有诗歌的某些属性。它将表现人与自然、人与命运之间的关系，表现他的想象和他的梦幻。但它也将表现出生活中那种嘲弄、矛盾、疑问、封闭和复杂等特征。它将采用那个不协调因素的奇异的混合体——现代心灵——的模式。"① 这也许就是对《女子有行》文学价值的最好概括。小说错综复杂的人物关系，只是一个表象或隐喻话题；其对女性在全球化境遇中的书写，对全球化问题具象化的深入思考，对女性问题与发展问题的深切关注，才是虹影的女性觉醒和经验表达。虹影凭借她独特的女性敏感的观察力和感知力，在作品中极力展现对女性主体生命与身体的认识和关照，对个人存在苦难意识的诠释和理解。这种基于女性普遍处境但又抛弃了仅仅作为女性作家的单一视角的书写，在国内文坛的女性作品中确实是独树一帜的。

"每一种姿态都是一种祈祷"："性"的表述

> 性，爱情的另一个词，我出生时的预言
> 与性相关，是饥饿与纯粹的死亡。②

虹影从身体语言和女性欲望宣泄的角度，探寻女性特征与女性话语写作之间的关系；以其特有的女性写作，来寻求自我的定位和价值。这些与她独特的生存经历、生活历练和生命体验是不可分离的。女性写作的实践与女性躯体及欲望密切相关，女性基于自我生理和心理的体验，完全可以写出她所体验、所感悟的不同于他人的一切。因此，女性在其话语表达方面往往呈现出不同于男性作家的特征，如私

---

① ［英］弗吉尼亚·伍尔夫：《论小说与小说家》，见《弗吉尼亚·伍尔夫文集》，上海译文出版社 2000 年版，第 328 页。

② 虹影：《出租在运河上》，见《鱼教会鱼歌唱》，漓江出版社 2001 年版，第 208 页。

语性、个人化、深情叙事以及唯美追求等等。私语，或者也可以解释为对女性的心灵体验及身体欲望的自我揭秘过程。私语是相对于男性话语的公共性质和宏大架构而言的，对于女性来说，它是唯一可能的"个性化写作"通道。

虹影的小说无论是描绘历史片段还是叙述社会现实，展示女人在生存的困境、精神的迷失等极端境遇下的挣扎与突围是其小说创作的基本主题。虹影的创作并不仅停留在"女性"身上，而是深入开掘女性与男性之间的关系。从《饥饿的女儿》到《上海之死》，从《女子有行》到《绿袖子》，从《K》到《上海王》……她几乎所有作品中都有女性与男性之间的关系描述，把这些人物关系归类，大致可以归为三个层面：

第一层面是女儿与父亲的关系。在虹影的作品中，父亲形象大都处于缺失状态，要么不出现，要么就是一个模糊的形象。由于自己少女时代父亲的缺席，使得寻求一个替代角色成为虹影小说中不同女性共同的行为模式。如《饥饿的女儿》中所描述的那样："我在历史老师身上寻找的，实际上不是一个情人或一个丈夫，我是在寻找我生命中缺失的父亲，一个情人般的父亲，年龄大到足以安慰我，睿智到能启示我，又亲密得能与我平等交流情感，珍爱我，怜惜我，还敢为我受辱挺身而出。"[1] 但虹影又以自己的人生经历为体验，站在女性的立场上与"父亲"对抗："我但愿自己不是他的女儿，他不是我的父亲，从这天起，我的父亲就从我的心里死去了。"[2] 可以说这是作者女性意识觉醒的宣言。透视作品中"我"与父亲的紧张关系，似乎可以发现虹影"仇父"心理的某些根源。父亲对于女儿的重要性历来为心理学家所重视，西方女性主义者也同样重视这一关系，她们认为：如果父亲对女儿表示喜爱，她就会觉得她的生存得到了极其雄辩

---

① 虹影：《饥饿的女儿》，知识出版社2003年版，第213页。
② 虹影：《残缺》，见《玄机之桥》，云南人民出版社1995年版，第67页。

的证明，她会具有其他女孩子难以具有的种种优点；她会实现自我并受到崇拜。反之，如果女儿得不到父爱，她可能以后永远觉得自己是有罪的，该受惩罚的；或者她可能会到别的地方寻求对自己的评价，对父亲采取冷漠甚至是敌对的态度。虹影的一生可能都在寻求那失去的充实和宁静的状态。

第二层面是年轻女性与年长男性之间的关系。这是由恋父情结而派生出来的一种两性关系。年长的男性有两种：一种是温暖的、体贴的、引导性的，是使女孩变成女人的缔造者，比如《上海王》中的筱月桂与常力雄、《上海之死》中的于堇与休伯特。另一种则是男权主义的代表者，他们是高高在上的、强悍的、粗暴的，是任何美好感觉的毁灭者，聪颖美丽的女性与他们之间既有吸引又更多排斥，比如《上海王》中的筱月桂与黄佩玉。筱月桂的成长历程是女性颠覆菲勒斯中心主义传统的历史，也是女性确立自我身份、寻求自我价值、建构自我历史的过程。对女子而言，权力与性是不可兼得的。《上海王》细腻地演绎了权力与性的关系，深入挖掘了这一问题中的男女差别与性别政治。

《上海之死》(改编成电视连续剧时更名为《狐步谍影》) 是"海上花"系列的变奏曲。虹影以"孤岛"时期的上海和一批真实的历史人物为背景，讲述了第二次世界大战中，在欧洲战事最紧急的关头，一个中国女明星兼女间谍于堇短短十二天内所面临的爱恨情仇和生死抉择。休伯特收养于堇后发现自己越来越喜欢这个女孩。因此，两人的关系并不只是养父与养女的关系：于堇对休伯特说过："我对你的爱，哪怕上海沉没也不会消失。"同样，休伯特在服氰化钾之前对先他而去的于堇充满诗意地说："你看，我的孩子，我们终于可以一起，在日出之际，来看世界上最美的落日——上海的落日。"①

第三层面是年轻女性与年轻男性之间的关系。这一层面的男性往往是英俊而有才干并一往情深，但他们在女性的眼里又是不成熟的，

---

①　虹影：《上海之死》，山东文艺出版社 2005 年版，第 58、247 页。

让女性无法产生安全感，并且小说中的异性恋情往往都弥漫着宿命的悲剧意蕴，演绎着灵魂痛苦的挣扎与无奈的堕落。比如《K》中的朱利安、《绿袖子》中的少年小罗、《上海王》中的余其扬、《上海之死》中的谭纳等。

《K》中的朱利安：傲慢、自私，"他实际上摆脱不了种族主义，不过比其他西方人更不了解自己而已。他的灵魂深处藏着对中国人的轻视，哪怕对方是他最心爱的女人。在林和程面前，他的决断绝情，说到底，还是出于西方人的傲慢。他对自己警告：不能回想。他自认为是个世界主义者，结果只是在东方猎奇。他只能回到西方文化中闹恋爱，闹革命。"① 同样，《上海王》中，余其扬承认筱月桂"是我少年时一见倾心的女子，是帮我得天下、患难与共的女子"②。却因得知了筱月桂是真正幕后的"上海王"，于是他以"家中不能有悍妻"为由而拒绝娶她，终使他和她之间彼此永远地失去了对方。此种男女关系，让我们深刻感受到虹影那种孤独的文化气质。

虹影在利用女性躯体与生理现象来表现情欲主题方面，充满了突破禁区的前卫精神。由于人们长久地疏于女性的自我体验，更疏于关于女性自我体验的言说方式，因此，当虹影把埋藏已久的自我体验一旦用女性自己的方式大胆地予以表达，无疑会使人们对她表述的女性经验感到诧异。虹影小说中的神秘与诡异，多表现为直觉、梦境、幻觉、预感、魔幻、自语及种种所指不明的象征、隐喻、暗示等。以短篇小说《蜕变》为例，该小说通篇用了散文笔调，写"我"带一个女人去搜寻她的诗人男友，在山中诗人隐居的草屋，女人的手哆嗦着摸了上来……"我"感到从未有过的快乐。"我"跑出木屋，在一汪清水里照见自己：喉结，啊，喉结还在！女人愤怒地喊："你骗了我，你这畜生，他不在！"而"我"只说出了那句积了一夜都没说出来的

① 虹影：《K》，花山文艺出版社2002年版，第210页。
② 虹影：《上海王》，山东文艺出版社2005年版，第278页。

话："难道你认不出我？我也可以变回去成为他呀！"① 叙述者明明是个女诗人，然而她与男性诗人之间的骤然互换确实很诡异。虹影总是换着花样地用各种文学形象来暗示女性隐秘的性经验、性心理，揭示女性被压抑的情欲状态，并以无所畏惧的叛逆姿态，向历来是男性霸权的情色禁区发起大胆冲击。

虹影不是羞答答的玫瑰，在一定程度上，她摒弃了传统文化所规范的女人温顺、本分、自我牺牲的一面；她真诚、热烈而坦率；她是绽裂的石榴，不怕展露内心的隐秘。正如她自己所说："是你教会我成为一个最坏的女人/你说女人就得这样//我插在你身上的玫瑰/可以是我的未来可以是这个夜晚/可以是一个日新月异的嘴唇或其他器官/它甚至可以是整个世界//我要的就是整个世界/一片黑色/可以折叠起来/像我的瞳仁集中这个世纪所有的泪水。"② 她以自身感受为基点，形成了透视自己、他人、社会的视角：把人物置于极端境遇下加以观照与审视；她在倾诉自己，也在剖析别人。她通过对女性的自我审视以达到对男权社会的叛逆与解构。

虹影善于写人的欲望，对人的性欲的描写有时几近嚣张，她的人物发乎情，永远不会止乎礼。虹影笔下的性爱狂野却又本真，在她眼里，性爱不仅是一种可以理解可以宽容的生理需要，而且也是一种值得礼赞的创造行为，既创造他人，也创造自己。她笔下的女性身体的美往往都是通过"性"得以绽放，并且大都为离经叛道的性爱：不管是《K》中不顾一切的情爱欲望，还是《红蜻蜓》中的病态疯狂，虹影都直面压抑状态下的不被言说的女性欲望，透视常被遮蔽的女性身体诉求，打破女性压抑情欲的言说禁忌，努力唤醒人们对女性欲望的理解。在答记者问时，她说："性爱是我们生活中

---

① 虹影：《蜕变》，见《玄机之桥》，云南人民出版社1995年版，第125—126页。

② 虹影：《琴声》，见《鱼教会鱼歌唱》，漓江出版社2001年版，第229页。

最会卷入无数关系问题、文化问题、阶级问题、种族问题等等。……性爱其实麻烦无穷。以最简单的男女相悦开始，以最复杂的方式收不了场。正因为这样，性爱才成为我写作中的重要主题之一——我就是要写出性爱的文化意义，它可以使人的灵魂升华，更能使人的缺点恶性爆发。"①

虹影在东西方文化的冲突中，力图追求一种性爱关系的诗意浪漫，如《女子有行》中的性爱描写，摒弃了传统情色小说中的直白表述，把性爱写得大胆而缠绵，浪漫而唯美。虹影除了描写性爱中迷人的躯体，异性的交媾之外，还调动一切心灵和感官的触动，写性爱的氛围、气味、质感、触觉等等。虹影笔下的"欲"女不仅躯体迷人，而且大胆主动；其笔下的性爱不仅缠绵，更是奔放肆意。因此，虹影的小说，充满了女性的自我发现，这种女性意识的恢复和超越，也是虹影形成叛逆品性的原动力。无论是《大师，听小女子说》中"没有性，并不影响健康。一旦走出虚构的世界，回返现实世界，她就比别人更深刻地感受到性追求比性更令人过瘾。作为一个人，一个女人，我很不正常？她第一次意识到"②。还是《红蜻蜓》中，"她应当被那只手带着走，水波轻轻泛起波纹，仿佛正在朝她侵袭过来，她感觉自己在抚摸那只手，她的身体应当悬起，在空中飞一般，随那只手牵纸鸢似的带着她，空荡荡的街口，下起零零散散的雨点，是石榴花瓣，上上下下把她身体抹了个干净，只有那只手会是特殊的，实在，而有力。她并不想看清这只手的主人，她只渴望这只手一次比一次更凶猛地占有她"③。在命运冲突中，实现爱欲本能的释放，探求生命超越的途径，是虹影创作的根本动因，也是虹影与同时代其他女

① 虹影：《鹤止步》，山东文艺出版社2005年版，第201页。
② 虹影：《大师，听小女子说》，文化艺术出版社2005年版，第11页。
③ 虹影：《红蜻蜓》，《康乃馨俱乐部》，江苏文艺出版社2005年版，第94页。

性写作的迥异之处。

虹影对女性的"饥饿"有一种敏锐的先知先觉，对女性书写有一种舒展的生命感觉，她呈现的是来自女性生命深层的召唤，表达的是生命对性爱的完美追求。

第三辑　华文文学作品论

"散文与诗，是我的双目"

——重读《听听那冷雨》兼谈余光中散文的诗性

　　《听听那冷雨》，是余光中先生的散文经典作品之一。重读此篇，方悟梁实秋先生当年誉之为"右手写诗左手写散文，成就之高一时无两"，实乃名至实归。此文不仅成为各种版本的作者文集中散文卷必不可少的"看家菜"，而且已成为海峡两岸多家中国现代文学作品选集中的"拿手戏"，甚至还被选入全国性高等学校通识课程"大学语文"教科书，成为文科类诸专业学生必修的"精读篇目"之一。海峡两岸的众多选家如此英雄所见略同，这不能不引起我们对《听听那冷雨》的足够的重视与关注。

一

　　重读此篇，不难发现：在作者为数众多的散文小品中，《听听那冷雨》确是一篇非常独特的抒情散文。之所以独特，首先在于它是一曲充满诗的韵律、节奏与灵气的文学乐章。把它拆开来，每一句都是经得起推敲咀嚼的诗行；合起来，就组装成一篇深广幽远的抒情散文。关于这篇散文的描写特点，曾有教科书上是这样写的："作者通过对台湾春寒料峭中漫长雨季的细腻感受的描写，真切地勾画出一个在冷雨中孑然独行的白发游子的形象，委婉地传达出一个漂泊他乡者浓重的孤独感和思乡之情。"① 除了第二句中"白发游子的形象"不免有点牵强附会外（作者写作此文正当不惑之年，尚不至于已白了少年头吧？），这样的归纳似乎也说得过去。然而，问题的关键是，作者如何将台北的春雨跟"漂泊他乡者浓重的孤独感和思乡之情"联系起来？笔者认为，恰恰在于作为诗人的作者，深谙汉语尤其是汉诗的语义具有象征、隐喻、双关等修辞丰富微妙的多重性特点，换句话说，作者是以吟诗的方式来构思这篇散文的。作者曾在《剪掉散文的辫子》一文中说过："一位诗人对于文字的敏感，当然远胜于散文家。"② 而散文家，尤其是从不写诗的人与诗人最大的区别，就在于诗人能将一个平平常常、普普通通的字眼，嵌入文中而成为寓意深刻、不同凡响的意象。

先说一个"冷"字。"听听那冷雨"，雨的声音可听，那雨的冷暖也是可听的吗？这在形式逻辑上是不合情理的悖论，但在特定的汉语语言环境尤其是在诗的意境中，却成了传递作者的思想情感、具有多重象征意蕴的意象，它带给读者的心理暗示不仅仅是雨的状态，也是人的感觉，还隐喻着作者所处的时代与环境。该文起首一句"惊蛰刚过，春寒加剧"，"冷"字加上"寒"字，恰如其分地表现了作者处于彼时彼地精神上忧郁阴冷而又无法摆脱的真切感受，"连思想都是潮润润的"。该文最初发表时文末附识：1974年春分之夜。这就不仅记载了本文的具体写作时间，而且点明了作者彼时彼地的创作心境：从1949年至1974年，意味着海峡两岸阻隔已整整二十五年，"四分之一的世纪，即使有雨，也隔着千山万山，千伞万伞。二十五年，一切都断了"，隔断了的不仅是海峡两岸的政治、经济、文化和人员的自由往来，更在于年复一年地隔绝了来鸿去雁的书信、亲人故

---

① 《中国当代文学作品选读》中附于文后的"提示"，华东师范大学出版社1999年3月版，第203页。

② 余光中：《剪掉散文的辫子》，见《余光中选集·文学评论集》，安徽教育出版社1999年2月版。后同。

旧的音讯和大陆故土的真实消息。作者在文中说，唯一不断的，"只有气候，只有气象报告还牵连在一起"。这真是唯一不断的吗？气象报告相牵连显然只是明言，明言之内更有隐情，这隐情就是离别二十五载的游子对大陆故土"剪不断，理还乱"的思念之情，"雨里风里，走入霏霏令人更想入非非"。一个"想"字，将这一隐情的谜底揭晓。于是，紧接着气象报告之后的几句就辞通意顺了："大寒流从那块土地上弥天卷来，这种酷冷吾与古大陆分担。不能扑进她怀里，被她的裙边扫一扫吧，也算是安慰孺慕之情""这样想时，严寒里竟有一点温暖的感觉了"。倘若没有这"千山万山，千伞万伞"隔不断的"想"字作为心理铺垫，"酷冷"如何能在刹那间变得"温暖"？这从字面上，哪怕是气象学上是很难解释得通的。

二

《听听那冷雨》与作者为数众多的散文小品遒劲刚健、雄奇瑰丽以及幽默风趣的艺术风格不同的是，它显得低回委婉，沉郁缠绵，甚至还有一种一唱三叹、余音绕梁、绵绵不绝的幽远深长的况味。它通篇写冷雨，写乡愁，写无可奈何的离怨，写绵长凄清的回忆，但却丝毫未给读者留下阴霾重重、沉闷冗长的阅读印象，这主要得益于作者充分调动诗歌创作的深厚积累与艺术手段，将其化入文中对事物进行多方位的形象描绘。最明显的，是"有声"的乐感。20世纪60年代初，余光中先生在台湾第一个喊出了"散文革命"的口号，他尖锐地批评了三种留着辫子的落伍于现代文学运动的散文：一是食洋不化的假洋鬼子和食古不化的迂腐学究的散文；二是伤感滥情、一味堆砌形容词的花花公子的散文；三是专门生产清汤挂面、毫无滋味的洗衣妇的散文。他提出散文作品的标准，应是"有声、有色、有光"（《剪掉散文的辫子》）。

这不免使我们想起了五四时代的闻一多。这位新月派诗人针对五四新诗在挣脱格律的藩篱之后出现过于散漫、淡而无味的倾向而提倡诗的"三美"：音乐的美、绘画的美、建筑的美（《诗的格律》），其中也将"有声"（音乐的美）放在首位。虽然对散文的要求非诗可比，但"有声"至少能强化文字的音乐感却是无疑的。汉语语言本身就有不少修辞手段以增强其音乐感，如双声，如叠字等修辞手法。《听听那冷雨》的作者深谙其中的奥妙，他在散文中有意识地利用了汉语特有的修辞手段，努力开拓散文具有诗一般的"可歌性"，即不仅娱人以目，感人于心，还特别讲究诵之于口，悦之于耳。为此，作者十分注意语词的音韵之美，化古求新，更兼创意。几乎在每一个自然段中，都嵌入了一系列叠字或双声词，从首段中的"料料峭峭""淋淋漓漓""淅淅沥沥""凄凄切切"，到末段中的"干干爽爽""回回旋旋"，粗粗算来，竟有二三十个之多（其中还不包括"看看"、"听听"等多次重复的单叠字）。至于"淅沥淅沥沥沥""清清爽爽新新""轻轻重重轻轻""细细琐琐屑屑""忐忐忑忑忐忑忑"，一连串的叠字叠句，更令人想起李清照的《声声慢》。然而作者为加强散文语言的"有声"并非仅仅师承而更注重创新，如"雨气空蒙而迷幻，细细嗅嗅，清清爽爽新新"，出神入化地使文句具有如诗如歌的音乐效果。当然，文中的叠字也有个别的稍嫌生硬拗口，如"咀咀嚼嚼""间间歇歇"，后者若换成"停停歇歇"或许更顺口些？

　　当然，此篇的音乐感还并不仅仅表现为叠字、双声等修辞手段，更在于不少句子本身就是或婉转回旋或铿锵有力的歌词式诗化散句，如"气象台百读不厌门外汉百思不解的百科全书"；"雨在他的伞上这城市百万人的伞上雨衣上屋上天线上雨下在基隆港在防波堤海峡的船上，清明这季雨"；"雨是一种单调而耐听的音乐是室内乐是室外乐，户内听听，户外听听，冷冷，那音乐。"类似不加逗点的长句与两三字的短句参差相间，在文中构成了抑扬顿挫的音乐旋律。烘托作为一种艺术手段，目的在于使所要表现的事物鲜明而突出。"听听那冷雨"，如何表现出听雨的效果呢？在此篇中给人印象最深的，是描绘从细雨到豪雨落在屋顶上的各种音响，以烘托"听雨"的不同氛围与心理感受。从听雨珠"各种敲击音与滑音密织成网，谁的千指百指在按摩耳轮"；到"听台风台雨在古屋顶上一夜盲奏"，"整个海在他的蜗壳上哗哗泄过"；再到"滔天的暴雨滂滂沛沛扑来"，"弹动瓦屋的惊悸腾腾欲掀起"，这一切音响这一切描绘，将作者从"春雨绵绵听到秋雨潇潇，从少年听到中年"的"听雨"心境和怀旧情愫，化作了一支"属于中国"的"古老的音乐"。因此，说《听听那冷雨》是一首抒发作者难以消解的中国情结的"敲打乐"，一支"整个大陆的爱"的咏叹调，是一点也不为过的。并且，"那古老的音乐，属于中国"。

三

　　其次为"有色"的辞采。作者早在 60 年代构建"现代散文"的理想时就提出"弹性、密度、质料"三要素。"弹性"强调的是对各种语言，包括古文、西语在内的"将彼俘来，自由驱使"（鲁迅语），不拘一格，兼容并蓄；"密度"则突出"对于美感要求的分量"，作者形象地将其形容为"左右逢源，五步一楼，十步一阁，步步莲花，字字珠宝"；"质料"乃遣词造句的艺术功力，"对于文字特别敏感的作家，必须有他专用的字汇；他的衣服是定做的，不是现成的"（《剪掉散文的辫子》）。具体而言，即散文虽以现代白话为书写手段，"看来好写，但要写好却很难"[①]，这里涉及的不光是作者的才学渊博、性情真率与否，更要有遣词造句方面的独特创造和艺术表现力，也就是我们常说的文采斐然。前面说过，作者在此篇中充分调动其诗歌创作的深厚积累与艺术手段，对事物进行多方位的形象描绘的同时，还将多重含义丰富的意象嵌入文中，构筑优美的艺术意境。这些意象通过比喻、对照、联想等等多种表现手法，将自然界的雨与浓浓的中国文化情结渲染得多姿多彩、风光十足。

「散文与诗，是我的双目」

---

　　① 余光中：《缪思的左右手》，见《余光中选集·文学评论集》，安徽教育出版社 1999 年版，第 240 页。

先看比喻。人常说比喻是蹩脚的，然而在作者的笔下，比喻则显得摇曳多姿。明喻如"天，蓝似益格鲁·萨克逊人的眼睛；地，红如印第安人的肌肤"，美国西部的天地景致立刻在眼前变得鲜艳夺目，仿佛触手可及；还有"急雨声如瀑布，密雪声比碎玉"，竹楼上听雨的共鸣确实不无惊心动魄。隐喻如"想这样子的台北凄凄切切完全是黑白片的味道，想整个中国整部中国的历史无非是一张黑白的片子"；"雨，该是一滴湿漉漉的灵魂"等句，则使人在读意味深长、闪烁着思想火花的哲理诗。而只用喻体指代本体的借喻，在此篇中也多次出现，如"温柔的灰美人来了，她冰凉的纤手在屋顶拂着无数的黑键啊灰键"，"灰美人"的借喻使人眼前一亮，犹如聆听一则美丽的童话，它可比干巴巴的"冷雨淋湿了屋顶的黑瓦灰瓦"生动形象多了；还有"二十年来，不住在厦门，住在厦门街"，以"厦门"指代大陆；"厦门街"喻示台北，一字之差，却是不同的地理概念，相隔的则是"整整四分之一的世纪"。

对照亦是对比，此篇中由汉字"雨"的象形特点与"rain"、"pluie"等外国拼音文字的两相比较；以及美国"落基山簇簇耀目的雪峰，很少飘云牵雾"的单调，与台湾溪头"树密雾浓，翁郁的水气从谷底冉冉升起，时稠时稀，蒸腾多姿，幻化无定"的微妙，形成多么鲜明的反差，字里行间，阐发的是对美丽的中国文字及中国山水之美的独特感悟与引以为豪。

联想是作者艺术想象力的翅膀，插上它便可无拘无束地翱翔在散文的苍穹。身兼诗人的作者，在文中的联想既奇特又别致，既丰富又精妙。从"杏花·春雨·江南"六个方块汉字，跳跃性地闪现出辞书中的"雨"部，"美丽的霜雪云霞，骇人的雷电霹雳""古神州的天颜千变万化悉在望中"。从"在日式的古屋里听雨"，听时回忆的触角早已伸向江南，"江南的雨下得满地是江湖下在桥上和船上，也下在四川在秧田和蛙塘下肥了嘉陵江下湿布谷咕咕的啼声。雨是潮潮润润的音乐下在渴望的唇上舔舔那冷雨"。诸如此类的奇思妙想中，蕴含着多么深厚的文化积淀与深广的时空内容！

四

最后谈谈"有光"的神韵。所谓"有光",其实也只是一种比喻,即具有艺术上的闪光之处。一篇好的散文,在词能达意,并给人以美感的同时,还要有一定的艺术创造性。作者的表现手段应当丰富多样,艺术想象力应当出神入化,以达到"心有灵犀一点通"的艺术境界。例如"通感"就是各种艺术中运用的综合手法之一。作者在本文中调集了诗歌创作中较为常见的多种感觉方式,如听觉、视觉、嗅觉、味觉、触觉等感觉的沟通交融,将少年时代的回忆、古典诗画的意境与现实生活中的感受融为一体,化抽象的文字为形象的图画,化枯燥乏味为有声有色。一般人描写雨多以自然雨景或雨中物品,如雨伞、蓑衣为常见,而《听听那冷雨》的作者却别出心裁地从天上的雨走进汉字"雨"的象形文字的独特构造,并加以奇妙的借题发挥:"凭空写一个'雨'字,点点滴滴,滂滂沱沱,淅沥淅沥淅沥,一切云情雨意,就宛然其中了。视觉上的这种美感,岂是什么rain 也好 pluie 也好所能满足?"由"写"一下子转到"听",调动了视觉与听觉的感受。还有,"听听,那冷雨。看看,那冷雨。嗅嗅闻闻,那冷雨。舐舐吧那冷雨",这几个五官专用的动词放在一起,就不仅仅是听觉和视觉的感受了,还聚集了嗅觉和味觉的"联觉"反应。敢于在散文中创造性地使用前人未曾用过甚至不敢用的新词妙语,化腐朽为神奇,这正是《听听那冷雨》最为突出的闪光点。因为这雨来自仓颉创造了美丽的方块汉字的"古大陆",正如离乡多年的海外游子,突然见到朝思暮想的故乡的泥土会忍不住与之亲吻一样,"雨不但可嗅,可亲,更可以听"。于是,"听听那冷雨",逻辑学家不可思议,甚至目瞪口呆的悖论,却在作者的笔下通过艺术的通感而不解自通。

文学是语言的艺术。余光中先生从 20 世纪 50 年代始即醉心于现代诗的创作实践,他在解释散文创作"三要素"中的"弹性"时解释："是指散文对于各种文体各种语气兼容并包融合之间的高度适应能力；是采用各种其他文类的手法及西方句式、古典句法与方言俚语的生动口吻，将其重新熔铸后产生的一种活力。"（《剪掉散文的辫子》）在本文中，作者充分显示了谙熟中文西语的艺术功力，不仅努力开拓散文具有诗一般的"可歌性"，还在散文的句式上，洋为中用，古为今用，长短参差，"弹性"十足。例如"也许是植物的潜意识和梦吧，那腥气""那些奇岩怪石，相叠互倚，砌一场惊心动魄的雕塑展览，给太阳和千里的风看"，都是典型的西式倒装句。这些西式倒装句与文中的诗化散句参差相间，充分展示了作者敢于在散文中摒弃陈词、锻铸新语的创造精神。"听听，那冷雨""听听那冷雨"。类似的短句在本文的起承转合中一唱三叹，萦回往复，产生了一种"大珠小珠落玉盘"的听觉效果。

不仅如此，更奇妙的是，作者以文字与音乐和诗画结缘，对各种音响效果的形象描绘，"合意象与声响成为主体的感性，更因文意贯穿其间而有了深度"[1]。比如，"雨来了，最轻的敲打乐敲打这城市，苍茫的屋顶，远远近近，一张张敲过去，古老的琴，那细细密密的节奏，单调里自有一种柔婉与亲切，滴滴点点滴滴，似幻似真，若孩时在摇篮里，一曲耳熟的童谣摇摇欲睡，母亲吟哦鼻音与喉音。或是在江南的泽国水乡，一大筐绿油油的桑叶被啃于千百头蚕，细细琐琐屑屑，口器与口器咀咀嚼嚼"。其中不但"有声"（母亲哼的摇篮曲与蚕啮桑叶之音），而且"有色""有光（画）"：肥嫩的桑叶是"绿油油的"，白白胖胖的蚕宝宝蠕动于其间，一幅色调多么鲜活生动的江南四月蚕花图！所以，"有声、有色、有光"其实往往是浑然一体，密不可分的。文中最典型的要数描绘70年代的台北水泥公寓取代了有瓦的古屋而引起作者的感叹，"现在雨下下来下在水泥的屋顶和墙上，没有音韵的雨季。树也砍光了，那月桂，那枫树，柳树和擎天的

① 余光中：《诗与音乐》，见《余光中选集·文学评论集》，安徽教育出版社1999年2月版，第267页。

巨椰，雨来的时候不再有丛叶嘈嘈切切，闪动湿湿的绿光迎接。鸟声减了啾啾，蛙声沉了阁阁，秋天的虫吟也减了唧唧"。这一段描写中，真可谓音响丰富，色光俱全，把雨的音韵、树的绿光、动物的鸣声全都纳入笔端，汇成一部雨中台北的"MTV"。

　　"听听那冷雨"。这雨，可真的是——"冷雨"。

诗意的文墨与优雅的书香

——评《欧洲不再是传说》①

一

欧洲，一个充满浪漫气息与神奇传说的大洲，一块在公元前 8 世纪即产生了古希腊神话与荷马史诗的乐土，一串深受两次世界大战摧残和洗礼、成为 20 世纪现代史上被反复书写的地名。它的面积有1016 万平方公里，包括 40 多个国家和地区。自古以来，欧洲有着丰富、博大和深厚的历史文化底蕴，无论在世界建筑史、文学史、美术史、戏剧史、音乐史、舞蹈史上，还是在工艺设计与机械制造、航海贸易、金融保险、科学技术等许多领域中，都有着举世瞩目、世界领先的辉煌成就。同时，众所周知，欧洲是文艺复兴运动的策源地，曾经出现过一大批杰出的人类文明与璀璨文化的天之骄子，为整个世界和全人类奉献了不计胜数、至今仍熠熠闪光的文艺珍品。

20 世纪上半叶，欧洲是当时中国知识分子出国"留洋"除了"东洋"以外的"西洋"热土，并且日后成为中国现代作家汲取外国文学资源最多并给了"五四"以后的中国现代文学极大影响的圣地，不少中国现代著名作家，如徐志摩、老舍、巴金、许地山、冯沅君、

① 《欧洲不再是传说》，欧洲华文作家协会，主编：麦胜梅、王双秀，台北：秀威咨询科技公司 2010 年 11 月初版。

苏雪林、林徽因、冯至、艾青、梁遇春、戴望舒、钱钟书、陈学昭、萧乾、季羡林等等都曾先后留学欧洲，不过，他们对于欧洲文化从语言到精神更多的是借鉴而非融入。他们的作品即使是在旅居欧洲时写成，但基本上都寄回中国，发表于国内的报刊，或于国内结集出版。

与徐志摩、钱钟书、季羡林等前辈中国现代作家从欧洲汲取文化智慧然后回国从事创作或著书立说不同的是：进入 20 世纪下半叶，欧洲各国逐渐聚集起一批先留学后定居并且在异国他乡直接以母语创作并在其所在国直接发表作品的华文作家，至今已根繁叶茂。《欧洲不再是传说》即是检验其文学成果的一个范本。

这本由麦胜梅、王双秀主编的《欧洲不再是传说》，搜集了 37 位欧洲华文作家在欧洲各国、各地实地行走的 60 余篇散文随笔，分为中欧篇、东欧篇、西欧篇、北欧篇、南欧篇等六个专辑，每个专辑内再列出所写的国家或地区的国别，如瑞士、奥地利、德国等等（非欧华作家所居住的国家——笔者注），分门别类，一目了然。东西南北中，可以说，这些欧华作家的足迹和笔触几乎涵盖了整个欧洲大陆，包括地中海、爱琴海、北海、波罗的海及大西洋等部分岛屿。欧洲华文作家，他们用敏感的心灵，点燃行旅中明亮璀璨的艺术心灯；他们以优美的文笔，抒写彼时彼乡那美丽动人的人生感悟。"他们总是在光影微颤中乐此不疲地寻索以往的典故与历史。"读读此书，可以感受到欧华作家用笔丈量过的欧洲每一块土地的人文风景；领悟到深藏在他们笔下的动人文字里的欧洲文明与智慧。

二

读《欧洲不再是传说》，首先感到的是"有思"和"有史"。这"有思"包含着有思想、思绪、思念、思潮澎湃的意思。"有史"，自然就是反映欧洲悠久、璀璨的文明历程乃至多灾多难的人文历史了。前面说过，《欧洲不再是传说》，汇集了 37 位欧洲华人作家在欧洲各国、各地实地旅行的 60 余篇散文随笔。之所以没有把这些散文随笔简单地归入游记类，恰恰在于这些与欧游相关的散文，虽然写的是在欧洲旅行的见闻与感受，其中却蕴含着与欧洲的深厚历史、文明传统及当今人类命运息息相关的人文关怀。赵淑侠的《独登雪山》，写的是作者某日突然心血来潮，抛下手头杂务，独自坐上登山列车，峰回路转，"明明暗暗的行走间，有如置身于时光隧道，岁月的滔滔倒流"，多年前曾陪同孩子们上山滑雪的往事历历涌上心头。辗转抵达缆车终点后，在站台旁咖啡馆的宽大露台找了个可极目驰骋的向阳座位坐下，淳朴憨厚的女侍竟把"归人当了过客"。作者回说不妨事，"其实我更想说：包括她本身，谁又不是过客？在这样连绵无垠的雪峰环绕中，人，显得何等单薄渺小啊！时间的巨掌自然会慢慢来收拾我们，最睿智的哲人和最强悍的英雄，也无法改变这项事实。人生固然有限，所幸这条道路够长，并充满创造性。如果能走得坦荡虔诚执着，不曾荒废或失落什么重要的生命景点，就算丰满的美好旅程了。做个过客又何妨！"一段说走就走的随意旅行，引发出的却是人生本来就是一段生命旅程的哲思和感慨。确实，"两个小时的凝眸寻思，沉醉于自然的雄浑美景氛围，已够永恒"。

与赵淑侠偶对雪峰美景阐发人生"谁又不是过客"的哲思与感慨不同，黄世宜身居"没有钟表的瑞士"，抒发的是对印在瑞士钞票上的杰克梅第《行走的男子》的生活感悟与对瑞士、德国双重国籍作家赫尔曼·黑塞（亦译成赫塞——笔者注）的《流浪者之歌》的生命认知。"对于杰克梅第我并不陌生。我天天都得跟他打交道。不只我，所有在瑞士工作旅行吃饭睡觉的人都认识他"，因为道理很简单："在瑞士，就像在世界任何一个角落，要活，就得有钱。杰克梅第，就是一百法郎（瑞士货币——笔者注），说白点，差不多等于一个瑞士小家庭一个星期的买菜钱。当然，杰克梅第也可以是富豪大款们进出日内瓦、苏黎世这些大城精品店和大银行一分甚至一秒钟就能出手的小零头。所以，可以想象，在瑞士的每个人，每一天每一分每一秒，都有那个'行走的男子'穿梭走动的足迹。"艺术大师杰克梅第享誉世界的《行走的男子》，不仅仅只是在艺术中和金融界行走，而是走进了与每个瑞士人息息相关的世俗生活。黑塞的《流浪者之歌》，本是"一本充满哲思玄想，不愧是大师天马行空的神思之作"；然而身居瑞士重温此书，作者感悟到的是"描写行者眼中所观望的日月星辰，虫鸟花卉，四时交迭的美景摄人心魄，正是瑞士最独到而也最现实的风景线"。因此，在作者眼里，"瑞士以出产钟表闻名，而它所拥有的最美好最珍贵的钟表，就是它所拥有的天然美景。长山和奔流是长针和短针，每一片花花叶叶都分分秒秒无声地提醒人们，时间走了又将回来，但人们往往视而不见，把崇拜而炽热的目光投向了有形的钟表"。这样的感悟，早已超越了对瑞士钟表的世俗仰羡，而打上了参悟生命哲学的思想印记。

当然，行走不仅仅只是生活的感触与生命的感悟，还有对欧洲悠久历史的追寻与溯源。欧洲大地，曾经爆发过大大小小死伤无数的战争，其中包括两次世界大战及许多世界军事史上的经典战役，可以说，欧洲的每一寸土地，都浸透着战火与鲜血的累累疮疤和瘢痕，回荡着昔日战场交战双方的号角与厮杀声，与此相关，便是对民族英雄人物的顶礼膜拜，形成了英雄史诗的文学传统。嫁入丹麦后的池元莲，与丈夫"最喜欢的度假方式是驾着开篷跑车，在西欧的乡间做遥远游"。不走高速公路的结果是，"村过村，镇过镇，不但能尽情享受乡间的美色，而且在路上总会遇到很多很多有趣的际遇，有如在路上拾到珍珠"。比如，在德国与比利时的边境一处比较荒凉之地，找到一家旅馆，门口竟然挂着"拿破仑旅馆及餐馆"的牌子，"牌上画了当年拿破仑越过阿尔卑斯山的著名画像"。这里不仅保留着"波拿巴（提）房间"，而更令人不可思议的是，旅馆客人就餐的餐厅就是当年拿破仑大军的马厩："在黑黢黢的古木天花板下，在灯光朦胧的古灯下周遭紧堆密集的小东西产生一种埋没空间的作用，使我能想象到二百年前马厩里人嚷马嘶的情境。"这个已有百多年历史的不起眼的旧旅馆，不仅承载着拿破仑当年征战的雄心勃勃与飞扬跋扈，也铭刻着他兵败莫斯科后的失魂落魄与困兽犹斗，"出发时的六十万雄赳赳大军只剩下一万名士兵，军衣褴褛、裹伤带病"；"当他赶到这个驿站换马时，他一定是披着他的军官大袍，在他的房间里来回踱步，深思苦虑，回到巴黎要用什么样的策略来挽救大局。"然而，历史终究不以人的意志为转移，拿破仑最后被流放在圣赫勒拿岛上度其余生都是历史铸就。尽管作者夫妇翌日一早便开车上路，但这间地处边界荒凉之处的古旧小旅馆却终生难忘，因为"它充满历史的影子"。（《巧遇拿破仑》）类似的作品还有到地处法国、比利时与卢森堡边境的阿顿尼森林拉罗斯小镇，去"寻找"二战中规模最庞大的战役的"历史的影子"。拉罗斯小镇的旅馆"根尼特之家"，一个矗立在陡峭的山顶上的"美食之家"，游客们大都为根尼特先生拿手的美食慕名而来，有谁会想到在这郁郁葱葱的阿顿尼森林里，曾经是1944 年冬天发生的德军与盟军激烈交战的血腥战场！在这里发生的第二次世界大战规模最大的战役中，美军和德军双方共投入了一百三十万兵力，"当为期一个多月的战役结束时，双方的伤亡惨重：美军失去八万多名士兵；德军的伤亡人数在十万以上。"以致作者漫步古木参天的森林，"心里不断想着，脚下的沉默土地曾经吸收了多少战士的热血！周遭的无言大树曾经听到过多少伤亡战士的呻吟哀呼！曾经目睹多少血气正刚的生命在临终时的惊惶神色"！半个多世纪之后，阿顿尼森林已是一片寂静。然而，历史必须铭记，亡灵应该祭奠。拉罗斯小镇已建起了数间历史博物馆，在其中的"巴士当历史中心"，作者注意到有一些美国游客的身影，"从他们的年龄看来，他们很可能是当年阿顿尼森林内那场生死之战的生还者，今日回来寻找昔日的历史影子"。（《寻找历史的影子》）读到这里，还会有人说欧洲仅仅是个"传说"吗？

与池元莲驱车前往不为人注意的阿顿尼森林"寻找"昔日战争的阴影不同，定居德国古城班贝格多年的谢盛友，打开餐馆的窗户就能看到雷格尼茨河对岸的州立图书馆，那里曾经是拿破仑的行宫。在《班贝格：黑格尔与拿破仑在此相遇》中，作者写道：1807 年时任《班贝格日报》总编辑的黑格尔对于正率领法国军队与普鲁士作战的"敌人"拿破仑皇帝竟"充满崇敬之情"，称之为"伟人"。具有反讽意味的是，本来黑格尔是在耶那教书，薪水微薄，拿破仑大军压城，士兵到处烧杀抢掠，他只好带着未完稿的《精神现象学》手稿逃亡，这才找到了《班贝格日报》总编辑的肥差；不久又转任纽伦堡文理中学校长一职。在班贝格，他完成了哲学名著《精神现象学》。然而，他的生活依然拮据。不过，他说过的那句话："历史往往会惊人的（地）重现，只不过第一次是正史，第二次是闹剧。"至今仍是至理名言，掷地有声。班贝格不仅有哲学大师黑格尔，这座被联合国教科文组织认定为世界文化遗产的古城，"不管走到哪里，人们处处体验到浪漫的气氛"。幸运的是，它几乎没有受到战争的破坏，而成为"德国首屈一指的老城大全"。这里有安葬 1047 年辞世的罗马教皇克莱门斯二世的班贝格主教堂，他是唯一安葬于国外的罗马教皇；这里有创建于 1648 年的班贝格大学，享誉世界的物理学家奥姆曾在此任教，并在此提出了著名的奥姆定律；这里有世界一流的班贝格交响乐团，指挥大师卡拉扬和他的学生之一、中国指挥家汤沐海先后担任过乐团指挥；这里还是 18 世纪后期欧洲启蒙运动的中心，除了哲学大师黑格尔，还有德国浪漫主义作家 E. T. A. 霍夫曼（1776—1822）。对于中国读者和观众而言，最耳熟能详的作品莫过于他的《胡桃夹子与鼠王》，柴可夫斯基的芭蕾舞剧《胡桃夹子》正是改编自这部作品。霍夫曼多才多艺，一生共创作了五十多篇中短篇小说和三部长篇小说，此外还擅长作曲和绘画，写了两部歌剧，弥撒曲和交响乐各一部。霍夫曼对于德国文学与音乐的另一大贡献，在于将德国浪漫文学的境界引入音乐的世界，开启了德国音乐史上浪漫主义的先河。如今，每年夏季班贝格都要举行卡尔德隆戏剧节，"人们不仅可在露天观看迪伦·马特的《老妇还乡》，还可欣赏到'法兰克的罗马'著名之子 E. T. A. 霍夫曼的作品"。到班贝格旅行，没赶上卡尔德隆戏剧节，膜拜一下霍夫曼的作品，不能不说已是极大遗憾，而到了哲学大师黑格尔的故居却过门而不入，这恐怕只有前些年"出国考察"的"官迷"才做得出来的荒唐事。此文结尾处，作者陪同国内某部由厅局级干部组成的代表团参观班贝格，抵达黑格尔故居门口，明知黑格尔对马克思哲学思想的形成有过重要影响，但谙熟官场门道的官员们仅仅只在故居门口"照个相"，作者建议他们无论如何该进去看一看，这帮开口闭口"北京帮""上海帮"的官员，"站在黑格尔面前，他们根本不顾黑格尔的存在"。所以说，在有人文历史深厚积淀的地方旅行与考察，真是检验人的人品、素质、性格、修养的试金石，你的文化底蕴如何，一句话就掂出了斤两。

三

其次是"有情"与"有趣"。有情，包含着情感、情愫、情怀和情意等；有趣，就是说，要有旨趣、乐趣、妙趣或雅趣，一句话，写文章要有趣味，不能如同一杯白开水，淡而无味。况且，"趣"字，从走从取，快步趋之，必有所取，它本来就与在行走中获取密切相关。散文这一文体虽可以包罗万象，无所不谈，如同陆机《文赋》所言："精骛八极，心游万仞""观古今于须臾，抚四海于一瞬。"虽然如此，但在中国历代散文中，最能引起读者的审美兴趣并且广为流传的，还是那些偏重于富有情感与趣味的精心之作，如王勃的《滕王阁序》、范仲淹的《岳阳楼记》、欧阳修的《秋声赋》、苏东坡的《赤壁赋》等等，这些广为传颂的散文名篇，无一不在状物描景之中抒发作者的抱负、情感和趣味，情由境生，寓情于景，达到情景交融、情趣合一的艺术境界。游记也好，随笔也罢，抑或是旅行手记、旅途书简，都不应是泛泛而谈的"旅游导览"或是"行走攻略"，而应是蕴含作者真性情和真善美在其中的文学性散文。在《欧洲不再是传说》集中，类似的作品占有不小的比重，如穆紫荆的《鲑鱼之乐》《迷失在梦里》；方丽娜的《心动布拉格》；麦胜梅的《梦幻音符之城》；郑伊雯的《旅途中邂逅的惊喜》；丘彦明的《一个书的城市——荷兰戴芬特》；吕大明的《亚当的创造》；李永华的《到基辅去（之一—之三）》；王双秀的《太阳之乡——田那利佛》；凤西《希腊美丽的克基拉岛》；文俊雅的《一个人的爱琴海》；林凯瑜的《奇迹之都》等等，都是融抒情、叙事、议论、哲思于一体的"行走散文"。这里所说的"行走"，用黄世宜在《没有钟表的瑞士》中的话说，就是"从故乡的原点迈出去，抵达异地的某一点，我们的心思总是能为陌生的他国牵曳。所有的游记就是这个时候悄悄地从我们的心田走上纸端，旅游表面上都像单纯空间的直向挪移，然而深探下去，其实正是一分一刻时间的步履，引领我们从过去的经验移动到现下崭新印象，然后无尽延伸未来的想望期待。我们所惊叹感动的也正是这一段过程的记录"。这真是把"游记"的文学本质说得再透彻不过了。

穆紫荆离开现代城市法兰克福，在黑森林地区的风景胜地特里贝格，顺着林间小路上山。耳畔是潺潺的流水声，却看不到一丝瀑布的踪迹。走到小路尽头，"一道漂亮的银色瀑布，三折两弯地在游客的眼前倾泻而下。曾看见过莱茵大瀑布之宽阔的我，惊讶于这一道瀑布的狭长而丰满"。在山顶默默流淌的小溪边，"我从溪边摘了一片绿色的叶子，把自己的心愿托付给它"，然后把这片绿叶轻轻放入水中，它立刻犹如一条活泼而欢乐的鲑鱼，顺流前奔。但在小溪边一块石头上，它遇到了另一片红棕色树叶的阻挡。作者由此而感慨不已："我的那片绿色的树叶，就为了这一片红叶停住了，不再向前。如果连一片树叶都懂得要惺惺相惜，更何况我们这些在生活里奔波不息的人呢？"（《鲑鱼之乐》）这真是草木本无情，人的情意重。当然，特里贝格不仅有情意，更有乐趣。大文豪欧奈斯特·海明威1922年曾在此地租了一条小溪，享受垂钓鲑鱼之乐，以致20多年以后，他把这段年轻时在此垂钓鲑鱼的快乐经历写入了他的小说《雪山盟》中。当我们跟着作者的脚步，在特里贝格踏过那貌似平常的狭窄小溪；追寻欧奈斯特·海明威在这里留下的不朽足迹，品尝当地著名的充满樱桃酒香味的黑森林蛋糕，不也与作者一样，"犹如一条鲑鱼流入了小溪"，享受到了在都市里难以遇到的那份"如归如爽的自在"与乐趣吗？同样，穆紫荆的另两篇散文《迷失在梦里》和《风情袭人》，也同样让我们感到了不同凡响的文明情操与浪漫风情。

定居荷兰的丘彦明，把她对荷兰古城戴芬特的"跳蚤"书市的真情实感与深厚情意，通过《一个书的城市——荷兰戴芬特》一览无余地显示了出来。这位曾出版过《浮生悠悠：荷兰田园散记》《荷兰牧歌：家住圣安哈塔村》和《在荷兰过日子》等佳作的散文高手，对戴芬特这座公元8世纪就已建成的中世纪古城"一见钟情"："第一次造访，走进城中心，立刻爱上了这座小城。"这里，不仅有被来来往往的足迹踩踏得油光滑亮的石头或红砖路；有维持着历史门面、陈设温馨而不沧桑的百年老店；有自然自在地矗立在大街小巷的一幢幢古老建筑，"让人萌生地老天荒的坚信与感动"。而更让作者"一见倾心"的是：一幢老建筑前立的"旧书市场"招牌，"信步而入，挑高宽敞的大厅，整齐排列了几条书摊，大约近百个摊位，书籍呈黄褐色调，照明的灯盏泛散柔黄的光亮。室内明明充满了人，却安静极了，似乎只剩下翻书的细微声音；买书的书贩、淘书的顾客各自埋首书丛，空气中浮游老旧纸张的特殊气味，令我心摇神驰"。从此，作者就与戴芬特一年一度的"书市集"结下了不解之缘。戴芬特的"书市集"堪称欧洲最大的露天书市，每年8月第一个星期日，从城市中心广场延展到艾塞河畔，沿河又绕着古老街道转回广场，"极目所见除了书还是书，除了人还是人"。这里无疑是书痴、书的圣徒们的天堂：无论是蓝天白云，还是艳阳高照，哪怕是大雨倾盆，爱书的人们只要立于书丛间，便自成天与地，因为"爱书的人心中便是书，天气与书无关"！在这里，既有"众里寻他千百度"的淘书乐趣，也有"蓦然回首，那人却在，灯火阑珊处"如获至宝的欣喜若狂。置身于荷兰戴芬特书市集熙熙攘攘的人群中，我为书来，他为书狂，那份情，那份爱，是装不出，扮不来；不爱书，不读书，就写不出，真不了；只有情深义重，爱由心生，才觉书香扑鼻，雅趣浓烈。

与丘彦明以书为乐相仿佛，已在台湾和中国大陆出版过多部散文集且在海外华文文坛闻名遐迩的旅法华人女作家吕大明，对罗马梵蒂冈西斯汀大教堂穹顶上的米开朗基罗的艺术杰作和遍布罗马大街小巷的喷泉及其希腊神话人物之美情有独钟。吕大明是一位以"艺术家命中注定只能受雇于美神"而自勉，至今"依然向往一种优美的意致"的女作家，审美眼光与艺术情趣十分独特。这位既具有中国古典文学深厚底蕴，又分别在英国利物浦大学取得硕士学位和在法国巴黎大学博士研究班肄业的华人女作家，擅写一手中西荟萃、精致典雅的"文化散文"，如《来我家喝杯茶》《绝美三帖》等，无不饱蘸着东西方文化融会贯通的深厚底蕴与文学艺术的丰富学养。读吕大明的散文，接收到的文化信息量总是特别大，她的不少散文与我们司空见惯的"一题一作"的散文，即一个标题下面只有单篇文章截然不同，其散文常常"一题多作"，即一个总标题下往往会有三四个或更多的平行小标题，既独立成篇，又总是围绕总题目，如同西方的交响乐有主部主题和副部主题的呈示与展开交响辉映，又好比印象派画作的"点彩法"多点透视一般，她擅长在散文中从不同事例、不同国度、不同典籍、不同人物多侧面、多角度展开叙述和对比，而万变不离其宗旨，形成一种类似"复调小说"式的"复调"或"多调"体散文。

《亚当的创造》即有四节，分别有四个标题。第一节《亚当与米开朗基罗》，从罗马梵蒂冈西斯汀大教堂穹顶上"壁画艺术的精华之处"，即穹顶壁画中所描绘的《圣经·创世纪》亚当"成了有灵魂的活人"说起，而这位"完美的生灵"的创造者，并非上帝，而是伟大的艺术天才米开朗基罗。这位本是雕塑大师的艺术家，最初一再拒绝教皇朱理二世关于要他担任西斯汀大教堂画师的任命，然而，终究不能推辞教皇委任他的艺术使命。此后四年无止无休的悬空绘画，其身体受到严重损害：才37岁"他的身体已绷成希腊的弓"，其绘画声名背后浸透着斑斑血泪。走出教堂，作家联想起特洛伊战争的英雄阿喀琉斯为阵亡的战友帕特洛克斯洒下的悲痛欲绝的泪水。同样，"艺术巨匠所走的路，也是英雄泪洒沙场的路"。第二节《罗马的喷泉与希腊神话》，却又先提起在中国有关丝路的古老传说中，"据说华山七十二个石洞都是郝太古这位修道人在一块囫囵的大石凿出来，这宏伟艰巨的工程出自僧人的手艺，令人叹为观止"。郝太古这位极少人知其名的僧人石匠与声名显赫的米开朗基罗，就有了某种精神上的联系与相似。再接下来写"罗马处处都是喷泉，每一座喷泉的来历我没去考证，但也许也像华山七十二洞传说，每一个喷泉都是出自艺匠之手，虽没有特别的名称，但慧眼人一目了然，它们全都雕刻希腊神话里的人物"。由罗马喷泉雕刻的希腊神话人物，从宙斯、赫拉、阿波罗、阿西娜、维纳斯到其子丘比特及其传奇故事，作者写道："漫步在罗马街头会蓦然了悟：伟大的艺术如伟大的文学都是千秋万载的，不会走入死胡同，当印象画派像崭新的一个春天来到人间，那个春天就成了永恒。"第三节《罗马不是一天造成的》，又回到华山七十二洞故事的开头，郝太古听从师父王重阳指点迷津，为修成正果而来到西岳钟灵毓秀的华山"修炼他的道——开凿石洞"。接着又写作者漫步在罗马大街上，回味曾经在罗马住过一个月的往事，其间夹杂着罗马帝国的辉煌与衰落的数百年的历史，犹如走马灯一般缓缓转过，结论是："罗马不是一天造成的。""罗马也像传奇故事华山七十二洞，是僧人修炼功德的道程。"罗马与华山，本不相干，却不无相似之处。第四节《再回到亚当的主题》，不提华山七十二洞，也不提米开朗基罗，作者引入了美国诗人朗费罗的妙喻，他将意大利诗人但丁的诗比喻为"一座庄严壮丽的大教堂"。作者认为："诞生在意大利佛罗伦萨的但丁，并不属于某一段年代，他的《神曲》让他超越了时间。"并且，"美国诗人佛洛斯特透过一片薄冰看到灰黄草枯叶凋的世界，我从但丁的《神曲》读到灵魂痛苦与挣扎，然后导向悲悯与净化的宗教氛围"。

　　毋庸置疑，人的"灵魂痛苦与挣扎"，这正是欧洲宗教文化的本质乃至欧洲文明的起源；而"悲悯与净化"，也恰恰是欧洲人文历史以及欧洲文学史、美术史、艺术史、音乐史、宗教史甚至建筑史所表现的永恒主题。

　　于是，我们也和在罗马街头行走、思索和审美的吕大明一样，迷醉于欧洲触目皆是的"艺术之美"中。

　　于是，欧洲不再是神话，不再是传说。

"母系" 家族奥秘及其女性命运浮沉
——张翎小说《雁过藻溪》的文学关键词解析

张翎，海外华文文坛上声誉鹊起的加拿大华文女作家，然而她的创作历程，并非一马平川：早在 20 世纪 70 年代后期，她曾是浙江小有名气的一位业余作者，"零零星星地发表过"类似《雷锋颂》等"铅印的文字"。"高考"恢复后，她于 1979 年考入复旦大学求学，80 年代中期又去国留学，文学创作便戛然而止。

直到 90 年代后期，在经历了十多年赴大洋彼岸留学求安身立命之处而又几乎居无定所的"流浪"生活①之后，她终于在加拿大多伦多的一间听力诊所谋到了"听力康复师"的职位。"拥有一份相对稳定生活的时候"，文学又开始向她频频招手。她很快就又成了令人刮目相看的"业余作者"。于是，长篇小说《望月》《交错的彼岸》、《邮购新娘》直至近年好评如潮的反映 19 世纪以来漂洋过海出国谋生的华工血泪史的《金山》，以及中短篇小说集《尘世》《盲约》《余震》及《雁过藻溪》等先后出版问世。

从《望月》到《交错的彼岸》《邮购新娘》再到《金山》，张翎

---

① 据张翎在《〈金山〉序》中所说："在这之后的十几年里，我完成了两个相互毫无关联的学位，尝试过包括热狗销售员、翻译、教师、行政秘书以及听力康复医师在内的多种职业，在多个城市居住过，搬过近二十次家。记忆中似乎永远是手提着两只裹着跨省尘土的箱子，行色匆匆地行走在路上。"（张翎：《金山》，华东师范大学出版社 2009 年 7 月版，第 2 页）。

的小说常常于虚构中包含着时代风云、历史沧桑；然而，中篇小说
《雁过藻溪》则似乎有些与众不同，它曾被加拿大《星岛日报》称作
"是张翎最新一轮文学井喷中的首篇，在此之前，张翎的小说已经因
文学性极强而引起专家关注，而《雁过藻溪》在此基础上，更向中
国历史的纵深挺进，主题厚重。在她的创作道路上向前迈出一大
步。"① 而引起我对其注意的倒并不在"主题厚重"，而是在真假虚
实，甚至不无混沌的叙事之中，更调动起人们关注作者"母系"家
族及其女性命运浮沉的兴趣来。这正是本文解读《雁过藻溪》的出
发点。

藻溪·母乡·"春枝"

打开这扇"母系"家族奥秘及其女性命运之门的密钥似乎就隐
藏在小说"题记"里："谨将此书献给母亲和那条母亲的河。"这一
"题记"明白无误地告诉读者：这篇小说的人物原型与故事地点与作
者的"母亲"及其文化母体，乃至生命的形成有着千丝万缕的同源
关系。作者后来在《雁过藻溪·序》中做过如下交代：

> 藻溪是地名，也是一条河流的名字，在浙江省苍南县境内。
> 藻溪是我母亲出生长大的地方，那里有她童年少年乃至青春时期
> 的许多印迹。那里埋藏着她的爷爷奶奶父亲母亲伯父伯母，还有
> 许多她叫得出和叫不出名字的亲戚。……
> 我和藻溪第一次真正的对视，发生在 1986 年初夏。那是在
> 即将踏上遥远的留学旅程之时，遵照母亲的吩咐我回了一趟她的
> 老家，为两年前去世的外婆扫墓。这是我平生第一次回到母亲的
> 出生地。同去的亲戚领我去了一个破旧不堪的院落，对我说：这

---

① 《多伦多著名华文作家张翎再登中国文学排行榜》，http://www.
sina. com. cn 2006 年 03 月 16 日中国新闻网。

原来是你外公家族的宅院，后来成为粮食仓库，又被一场大火烧毁，只剩下这个门。我走上台阶，站在那扇很有几分岁月痕迹的旧门前，用指甲抠着门上的油漆。斑驳之处，隐隐露出几层不同的颜色。每一层颜色，大约都是一个年代。每一个年代大约都有一个故事。我发现我开始有了好奇。①

作者在此提及的当年对于老宅的亲眼目击与真切感受在《雁过藻溪》中化作了笔下人物末雁跨入"紫东院"后的直接观感与心灵触动，两者之间甚至有着不无惊人的重合度：

> ……老宅的破旧，原本也是意料之中的。末雁走上台阶，站在厚厚的木门前，用指甲抠着门上的油漆。最上面的一层是黑色的，斑驳之处，隐隐露出来的是朱红。朱红底下，是另外一层的朱红。那一层朱红底下，就不知还有没有别的朱红了。每一层颜色，大约都是一个年代。每一个年代都有一个故事，末雁急切地想走进那些故事②。

类似生活原型和"母系"家族衰亡及其身世沧桑与小说故事人物的高度重叠与契合的叙事，在张翎笔下其实并不多见。这让我们无论如何也忘不了"藻溪"这个地名以及与此相关的故事中的人物。"藻溪"在张翎小说中的最先出现，是在稍早些时候发表、并曾获2006年"人民文学奖"的小说《空巢》中。在这篇小说中，"藻溪"还只是个不太起眼的背景，点缀着人物的籍贯：旅居海外的何田田在母亲亡故后为形单影只的父亲、退休教授何淳安找来照顾其饮食起居

---

① 张翎：《序·追溯生命的源头》，《雁过藻溪》，华东师范大学出版社2009年7月版，第1—2页。

② 张翎：《雁过藻溪》，华东师范大学出版社2009年7月版，第61页。此文中凡未特别注明出处的引文，皆引自该书。

的保姆赵春枝时，问及她是哪里人，春枝答道：温州藻溪乡人。在小说结尾时，垂垂老矣的父亲竟提出要娶春枝，遭到儿女的反对。春枝离开后，难耐寂寞的父亲"失踪"了。最后，何田田是在"藻溪"寻到了怡然自得地在水边垂钓的父亲："父亲甩竿的动作很是有力，仿佛在上演一出细节到位的戏文，钓鱼绳在空中留下一个弧形的划痕"；"父亲的全出戏文只有一个观众，就是春枝"。这里留下的"划痕"既是这个"老夫少妻姻缘"故事的结尾，似乎又是另一个"藻溪"故事的开头。那就是"藻溪女人"——"春枝"们的身世来历及其命运沉浮。之后，我们便读到了篇幅、容量皆大过《空巢》许多的《雁过藻溪》——一个真正意义上的"藻溪"故事，一个真假虚实掩映下的母系家族奥秘。

"冻土" · "烂苹果" · "还乡"

众所周知，小说是虚构的叙事艺术。在不同的作者笔下，或许会虚构出截然不同的小说来。这是因为写小说的技法也许千变万化，但万变不离其宗的是，小说归根结底还是在于其叙事性，即最终还是要落到其故事层面上。从这个意义上来说，《雁过藻溪》在张翎的小说，尤其是她给自己的创作所划分的"南方阶段"一系列作品中，无疑是一个颇值得回味的叙事文本。

从表层故事层面看，《雁过藻溪》讲了一个"叶落归根""魂归故里"的女儿尽孝的故事。一个去国多年、在大洋彼岸已在事业上、经济上立稳足跟、正从事环境保护研究的女科学家宋末雁，为遵从已故母亲的遗愿，特地请假专程回国，奉送亡母的骨灰至其祖籍——藻溪安葬，完成母亲生前的夙愿。由于此行由正好有两周社会调查假期的女儿灵灵随行，这个从6岁起就在异国他乡长大、如今一副满不在乎的"外国做派"的炎黄子孙，对自己的"根系"和祖先显得十分生疏，而在陪同母亲为亡故的外祖母安葬的过程中，"根"与家，在她心目中再也不是无足轻重的东西了。当她接过财求伯送她的篾编玩具房子后，"突然被一种无法言喻的悲哀袭中。微笑如水退下，脸上就有了第一缕沧桑。那个玩具房子在最不经意间碰着了她的心，心隐隐地生疼，是那种有了空洞的疼。那空洞小得只有她自己知道，却又大得没有一样东西可以填补"。于是，读者很快就发现：其实在奉行孝道、让亡母"魂归故里"的表层故事之中，还包含着一个"寻根溯脉""认祖祭祖"的还乡故事。但读者很快还是觉得这样来概括《雁过藻溪》的故事是远远不够的。"还乡"故事本身似乎也并不能带给读者有多少新鲜感，30多年前的"新时期文学"中，王蒙的小说《春之声》就通过20世纪80年代初工程物理学家岳之峰的还乡之旅，把主人公随着急剧变化的时代风云大起大落的生命历程与命运浮沉连缀起来，对如梦似幻而又并非梦幻的现实与人生做了严肃反思。《雁过藻溪》绝非是一般意义上的"还乡"故事，它在"还乡"的外窍包裹之下另有其深刻含义，从小说的话语层面看，它蕴含的意思远远不止于作品提供的表层故事。

让我们从小说的开头来看其叙述策略与叙事视角。小说一开始交代："女儿灵灵考入多伦多大学商学院不久，李越明就正式向妻子宋末雁提出了离婚的要求——那天离他们结婚二十周年纪念日只相差了一个半月。"这是"叙述者"的全知视角，是一种不带任何情感色彩的客观叙述，告诉读者人到中年的末雁即将面临离婚的尴尬处境。而从"其实在那之前很长的一段日子里，越明早已不上末雁的床了"往后，叙述策略和叙事视角悄悄发生转换，开始从不动声色的"全知视角"转入"人物有限视角"（即"限知视角"），通过末雁的心理"内省"与冷眼观察来"聚焦"丈夫与自己分居已久的"冷战"关系：

　　　　……末雁知道越明在掐着指头计算着两个日期，一个是两人在同一个屋檐下分居两周年的日期，一个是女儿灵灵离家上大学的日期。随着这两个日期越来越近地朝他们涌流过来，她感觉到他的兴奋如同二月的土层，表面虽然还覆盖着稀薄的冰碴儿，地

213

下却早蕴藏着万点春意了。她从他闪烁不定欲盖弥彰的目光里猜测到了他越狱般的期待。在他等待的那些日子里，她的眼神时常像狩猎者一样猝不及防地向他扑过来。速度太快太凶猛了，他根本来不及掩藏他的那截狐狸尾巴，就被她逮了个正着。看到他无处遁逃不知所措的狼狈样子，她几乎要失声大笑。

她恨他，有时能把他恨出一个洞来。

她恨他不是因为离婚本身，而是因为他们没有理由的离婚。

（着重号为笔者所加，下同）

这一段关于末雁与丈夫之间貌合神离的夫妻关系及其紧张程度采用的是"限知视角"，所谓"限知"，是叙述者用人物的意识替代自己的意识来聚焦，人物的感知本身亦构成了"视角"；又因为人物自己的视野有限度，所以又称为"人物有限视角"。这是对于"全知"叙事视角的一种补充和深入。与"全知全能"型传统小说不同，现代小说中的"全知"叙事视角并非无所不能，所以往往采取"全知视角"与"限知视角"交替充当"观察之眼"。如果说"全知视角"的叙事常常是不带情感色彩的客观叙述的话，那么，"限知视角"则是叙述者透过女主人公末雁的亲眼目击与心理"内省"来透视她对婚姻与丈夫的"绝望"。虽然这种人物感觉往往不可避免地带有强烈的情感色彩，甚至不无主观"猜测"，然而，我们从中还是不难体会末雁即将面临离婚时怒火中烧的真实反应：一、"她感觉到"丈夫迫不及待地盼望早日解除与她的婚姻关系；二、"她的眼神时常像狩猎者一样"捕捉并藐视丈夫的言行；三、"她恨他"，原因"不是因为离婚本身，而是因为他们没有理由的离婚"。对丈夫和对婚姻的"绝望"本是末雁自身的内在情感，但这里叙事者却将其外在化了，将之比喻为"冻土"，一片在冰雪覆盖下的坚硬土地。（这一意象在文中虽是末雁形容丈夫李越明渴望"化冻"式解脱的，但纵观全文，其实这一意象用来隐喻末雁"还乡"后情感与生命的复苏真是再合适不过了：你看，"二月的土层，表面虽然还覆盖着稀薄的冰碴儿，地下却早蕴藏着万点春意了"。这不正隐喻了日后末雁的激情、欲望以及生命意识破土而出吗?!)

不过,在末雁即将离婚之际,"冻土"封闭了她的全身心,使她内心布满了"冰碴儿",对婚姻和自我彻底丧失了自信。因为丈夫迫切地想离开她的原因,并非"红杏出墙""第三者插足"等外在因素,而是"这桩婚姻像一只自行发霉的苹果,是从心儿里往外烂,烂得毫无补救,兜都兜不住了。……这样的烂法宣布了末雁彻头彻尾的人老珠黄缺乏魅力"。小说自始至终都未对女主人公做过肖像描写,然而透过"全知视角"的"内省"聚焦,在读者的最初印象中,人到中年的末雁,无疑是个"缺乏魅力",尤其是缺少吸引男人的女性魅力(你看,连丈夫都巴望着早日离她而去)的木讷干巴的中年女人。

她为何会成为这样的一个"缺乏魅力"的中年女人?这关乎她的来世今生。解开这一问题,需要一个契机。这个契机就是——大洋彼岸的母亲黄信月去世了,"母亲生前反复交代过……骨灰由长女末雁送回老家藻溪归入祖坟埋葬"。

于是,一个奉亡母之骨灰赴其祖籍的"还乡"故事便在意料之中顺理成章地呼之欲出了。

"门"·"墙"·"坚冰"

事业有成但"缺乏魅力"的末雁很快与丈夫离了婚,并携女儿开始了"还乡"之行:将亡母的骨灰送回原籍归入祖坟埋葬。但我们很快发现,其实为母送葬不过是"藻溪"故事的一个引信,或者只是浮于海上冰山的一个尖角而已,其所包含着的似乎更是一个回归人伦亲情家园及重新体认东方母体文化的内核。在藻溪,末雁不仅通过"还乡","再一次投身于母亲文化的怀抱来重新调整离婚所造成的紊乱的心理状态,建立新的精神支柱"[1],而且,她在回归母乡前

---

① 徐学清:《论张翎小说》,载《华文文学》2006 年第 4 期。

后对于自己人生历程与成长经验的一连串隐含着个人高度隐私机密（从不为外人道）的回忆，就此牵出了母女两代身世之谜的根系与家族奥秘的藤蔓。于是，"还乡"的叙事便在叙述者与人物的"限知视角"交替聚焦之下，徐徐展开了现实与历史、母亲与长女、家族命运与个人遭遇之间的复杂拼图。

对于末雁而言，"还乡"首先是对母女关系以及自己人生历程与成长经验的回顾与追思。五十年风雨人生的桩桩件件，正像离婚后末雁搬家时砸向前夫车尾的花瓶，成了"剪不断，理还乱"的一地碎屑。而"还乡"正给了末雁捡拾这些人生之碎片并将之拼贴起来，包括解开母女的身世之谜以及母系家族奥秘的契机。首先是家庭中母女长期疏远的别扭关系。对于生养自己并给自己取名为"小改"的母亲，末雁在她生前其实是隔膜的，正如她对父母形象的比喻："母亲是一扇门"，而宋达文——她的父亲对于她不过是"门里的景致"，"作为门的母亲是沉默而高深莫测的，而作为景致的父亲反而是一览无余温和容忍的"，这种"温和容忍"不仅是那些求他办事的藻溪"乡党"们的印象，其实也是末雁多年来对"父亲"的感觉，多少带着"见外"的生分："父亲对末雁向来是温和、克制，甚至是回避的"。"门"隔开了天地万物，也隔绝了母女之爱，一向沉默寡言的母亲，甚至令人不可思议地将童年时代的长女拒之"门"外：

> 在很多个夜晚，母亲会站在窗口，长久地一动不动地抱着妹妹，那时母亲眼里淌着月光，那光亮将妹妹从头到脚地裹了进去，却将世界挡在了外边。当然，世界的概念里也包括了末雁，甚至还有父亲。
>
> 有一次末雁突然萌生了想闯进这片光亮的意念。
>
> 那天母亲也是用同样的姿势抱着妹妹，末雁突然走过去，伸出一个手指，轻轻刮了一下妹妹的鼻子。母亲吃了一惊，眼神骤然乱了，月光碎碎地滚了一地。母亲闪过身去，将妹妹更紧地搂在了怀里。刹那间，末雁看见了母亲眼角那一丝来不及掩藏的厌

恶。那天末雁哭着跑到了自己的屋里，翻开墙角那面生了一些水锈的小镜子，看见了镜子里那张雀斑丛生毫无灵气的脸。那一刻她确定了这张脸就是一堵高墙，隔开了母亲和她，一个在墙的这端，一个在墙的那端，永无会合之日。从那以后，这张脸不断地闯进她梦里梦外的一切空闲时刻，伴随着她走过了黑隧道般走也走不到头的青春岁月，直到中年才让她渐渐安息下来。

这是末雁手捧母亲的骨灰盒在驱车赶赴藻溪途中关于母亲与自己之间母女关系的一段辛酸回忆。通过一个十岁小女孩（小改）的童年视角"聚焦"的母亲与自己的形象，清晰而又分明地告诉读者：母亲生前曾十分"厌恶"长女，她把月光般的柔情只施予幼女；而童年的末雁从镜中看见自己的脸"雀斑丛生毫无灵气"，而她确定这一镜像"就是一堵高墙，隔开了母亲和她"，而且"永无会合之日"。在这里，"门"与"墙"显然不仅仅只是母女关系的比喻，它更像是一种家族文化隐喻，对于末雁来说，"还乡"是"破门而入"（她后来跨入母亲的祖居"紫东院"无疑正是一次"破门而入"，由此揭开了母亲隐藏了五十多年的身世秘密和母系家族衰亡的奥秘）；而对于亡母而言，指定长女为其回祖籍埋葬骨灰，其用意倒更像是一种带有"拆墙欲出"意味的盖棺定论（她与"堂兄"财求之间半个多世纪前达成的"交易"终于大白于天下，母亲的身世之谜、末雁的血缘之谜、母系家族的衰亡之谜等种种谜团皆迎刃而解）。所以，"门"与"墙"既隔绝了母女，又沟通着生者与死者，终于使她们最后彼此宽宥与相互理解。小说结尾处：

　　　末雁现在明白了，母亲一生为何如此沉默寡言。母亲的所有真性情，都已经被一个硕大无比的秘密，碾压成一片薄而坚硬的沉寂。那片沉寂底下也许有母爱，只是母爱在坚冰底下，末雁看得见的，只是坚冰。末雁的目光无法穿越坚冰，末雁的目光在还没有穿透坚冰的时候，就已经被坚冰凝固成了另外一坨坚冰。

在这里，裹着"坚冰"的母亲与心如"冻土"的末雁形成了首尾呼应的彼此映照："冻土"——末雁；母亲——"坚冰"，母女两代人生前无法化解的"冰碴儿"，终于在祖籍藻溪阴阳两隔的内外聚焦下冰释前嫌。"还乡"使末雁不仅完成了母亲的心愿，捡拾起了丢失在母亲的沉默寡语之中的家族谱系，而且还无疑成了女主人公寻找家族文化符码、修复人性天伦版图的精神之旅。

"失乐园"·"伊甸园"·"夏娃复活"

末雁手捧着母亲的骨灰盒抵达藻溪。回忆属于过去的历史，尽管不堪回首；而亲历则带着勘察家族谱系、修复人性天伦版图的使命，尽管并非自觉。葬母之行，使她与为亡母披麻戴孝以及叫她入乡随俗当众哭丧的两个男人发生了不解之缘，终于使她早已干涸的泪泉淌出泪水来（"女人是水做的"，还乡前的末雁，什么都不缺，独独没有"泪水"）。一个是母亲的"堂兄"，表面上与母亲沾亲带故而实际上是"哄哄人的亲戚"财求伯；另一个则是财求伯的孙子，按辈分应该叫末雁"姑姑"的侄儿百川。正是这老少两代要么身份要么辈分比末雁低的两个男人，在末雁还乡期间，不仅改变了她此后的人生轨迹，并且还在她与灵灵的母女关系中投下难以驱除的失和阴影。

首先跃入末雁眼中的藻溪男人是亡母的"堂兄"财求伯，他是她还乡途中见到的给亡母下跪磕头的第一个乡下男人：

> 这时人群破开一个小口，流出一队身着孝服的人马来。领头的是个黑瘦的老头，走近来，见了末雁和灵灵，也不招呼，却砰的一声跪在地上，冲着末雁手中的骨灰盒，低低地将头磕了下去，口中喃喃说道："信月妹妹我来接你，接晚了……"后边的半句，是末雁顺着意思猜测出来的——老头的声音已如枯柴从正中折断了，丝丝缕缕的全是裂纹。末雁心想这大概就是妹妹说的

那个财求伯了。

……正犹豫间，老头已经自己起身了，从怀里抖抖地掏出两片麻布条子来，换下了末雁和灵灵胳膊上的黑布条："近亲戴麻，远亲才戴黑。"末雁发现老头戴的是麻。

此时的末雁做梦也想不到这个一身重孝、至悲至诚的黑瘦老头竟会是母亲和自己"失乐园"悲剧的始作俑者。他不仅对着亡母的骨灰盒行叩首跪拜之礼，还一手导演了藻溪乡亲以及末雁自己连带在国外长大的灵灵当众给亡亲遗像下跪哭灵的东方孝亲仪式。然而，五十多年前的财求正像《失乐园》中以强凌弱的撒旦，他当着上帝的面对一个落难女子犯下了不可饶恕的罪孽。此后数十年黄信月与末雁的种种不幸，甚至其孙子百川与"姑姑"发生"乱伦"关系，都与他当年的造孽脱不了干系。这个本是从小逃荒讨饭、被藻溪乡篾匠黄四收养的本名叫作"狗"的四方有名的手艺工匠，他当年乘人之危，在觊觎已久的藻溪大户人家的千金小姐黄信月大难临头之际，首先占有了这个"藻溪乡里唯一读过高中的女子"。所以，他五十多年后一手操办的不无滑稽的"哭灵"仪式其实更像是一场超度亡灵、清洗罪孽、请求死者宽恕的"赎罪"法事。末雁在母亲生前一直百思不得其解的身世之谜，也随着她跟随财求踏进母亲的故居紫东院，并在母亲的房间里捡起了一条褪尽鲜艳色彩的手绢之后觅到了答案，"末雁的心，突然痛了起来，不再是那种木然的钝痛，而是子弹从心里穿过爆出一个大洞那样的剧痛"。她通过抽丝剥茧般的察访最后分析出财求才是那个真正玷污母亲清白之身的男人时，她对这个与自己有着血缘关系，并且身上还留存着其遗传基因（那小脚指头上的凸起物就是证明）的老头，心中只有悲愤；虽然已经时隔五十多年，但她对这个不仅毁了母亲一生的幸福与安宁，也使自己成为母亲生前的最大耻辱，从而失去母亲之爱、天伦之乐的生身父亲，并无宽恕之意。财求在末雁离开藻溪后半夜里突然中风，虽经多方抢救却半身瘫痪、无法言语的生命结局，多少也与《失乐园》中撒旦最后遭到天谴而变成了蛇的惩罚类似，隐含着对他当年作恶造孽的一种宿命式因果报应的惩戒。

如果说财求一手酿造了黄信月一生与末雁大半生"失乐园"悲剧的话，那么人到中年的末雁与侄儿百川之间的"乱伦"却又好似一出"伊甸园"喜剧，它最明显的成效是偷吃了禁果的夏娃——女人身体与生命的复活。"女性对自己身体的认知是女性界定自己身份、掌握自己的命运和自我赋权的一个重要的途径和组成部分"。①如前所述，末雁是身心处于"冻土"状态之下还乡的，此前很长一段时间内，她被"宣布"为"彻头彻尾的人老珠黄缺乏魅力"而与丈夫离了婚。然而在藻溪她却遇到了按辈分属于侄辈的见多识广的百川，"百川率直并带有些许野性的混合着诗人气质的个性，唤醒了末雁几十年来一直处在冬眠状态的激情和生命力"②。与高大健壮、目光锐利而又处处透露出风流倜傥、率性而为的诗人个性的文化人百川相比，末雁除了年龄之外，其实在对身外世界、社会变化、两性关系的认知度及其心理成熟度上都处于下风。所以，在母乡与百川的相遇，无疑是她对自己作为女人的身体、欲望及女性魅力的再度启蒙与重新体认。在百川从言语挑逗到身体接触一再"诱惑"之下，她对于男人的心理防线开始后退，"冻土"逐渐开融化解。在得到曾向她表示好感的德国同行汉斯·克林的确切死讯后，她本已脆弱的心理防线彻底崩塌，终于成了"伊甸园"内偷吃禁果的夏娃。从女性主义的理论视角而言，值得关注的倒并不在于纠缠其中的道德伦理约束与两性情感宣泄之间的人性悖论，而是透过这一层姑侄"乱伦"之帷幕看到的，是一个充满女人魅力的末雁如凤凰涅槃般的再生，对于先前与前夫婚姻失败的"人老珠黄缺乏魅力"理由的全面颠覆，原先地下"蕴藏着万点春意"变作了春意盎然的"离离原上草"。

---

① 柏棣主编：《西方女性主义文学理论》，广西师范大学出版社2007年1月版，第208页。

② 徐学清：《论张翎小说》，载《华文文学》2006年第4期。

然而，藻溪毕竟不是伊甸园，何况亚当与夏娃偷吃禁果之后在上帝面前就有了负罪感。复活的夏娃——末雁与百川冠冕堂皇的"我们是哄哄人的亲戚，其实没有任何血缘关系"的伦理遮羞布偏偏被灵灵撞破，而她恰恰是观察到财求家族遗传基因密码的第一位发现者："妈妈你看百川哥哥的脚趾，和你长得一样呢。"于是，末雁不仅看到了百川脚趾上长着和自己相似的凸起物，还从百川口中得知："这是遗传，我们家的人，我爷爷，我爸爸、我，都长这球玩意儿，还都在左脚。"所以，在窥破母亲末雁与百川的"乱伦"秘密之后，恰是灵灵，这个受外国教育长大的少女却祭起了装神弄鬼的大旗，搬出了已亡外祖母活灵活现的法眼，说看见"外婆就坐在门外哭"，以致心中各怀鬼胎的"众人的脸都白了"。于是，犯下罪孽的，遭到了中风瘫痪的报应；误解亡母的，得到了真相大白的澄清。一切似乎本该有的都有了结局，但复活后的夏娃——末雁却在还乡结束时，遭到了"乱伦"的轮回报应：她失去了女儿灵灵的尊重与信任，母女关系出现了明显的裂痕，女儿用英文冷冷地对她说："请你别碰我!"一副与母亲划清界限、老死不相往来的架势，似乎预示着又一个母女失和的"失乐园"故事的开头。

结语

《雁过藻溪》虽然只是张翎众多作品中的一部中篇小说，但其中所蕴含的叙事意蕴与文化隐喻却是丰富而又深邃的。女主人公末雁的"还乡"故事，无论从故事层面还是从话语层面的叙事转换，都具有草蛇伏线、终归一脉的精心构思，形成了层层勾连、环环相扣的艺术架构，值得我们运用各种各样的理论方法对其进行诠释和解读。

非鱼非石， 是景是灵

——评潘耀明散文集《椰树的天空》

认识潘耀明（彦火）先生，至今算来已有些年头了。1988 年岁末，我应邀出席由香港中文大学和香港三联书店主办的“首届香港文学国际研讨会”。时任香港三联书店副总编辑的潘耀明（彦火）先生，也是会议操办者之一。读到他的《中国当代作家风貌》和《中国当代作家风貌续编》则更早些，20 世纪 80 年代中期，我跟著名的文艺理论家钱谷融教授攻读中国现代文学硕士研究生时，就拜读过他这两部别开生面的既是作家特写的汇编，也是知人论世的论著了。后来，与他接触多了，便知道彦火先生不仅擅长写散文，而且是一位有着真情实意和侠义肝胆的谦谦君子。散文对于他而言，是再适合不过的文体了。因为写散文，须要有真性情。然而，虽然此后二十多年中，多次与他相逢，尤其是 2011 年下半年我在香港浸会大学担任客座教授期间，与他见面的机会更多。不过，真正开始关注彦火的散文创作，是在 2011 年 12 月受邀出席在香港中文大学举行的“第三届世界华文旅游文学国际学术研讨会”之后。那次，得知他的散文集《椰树的天空》将由江苏文艺出版社出版，于是，我就期待着这位以游记、随笔享誉世界华文文坛的散文高手之新著能先睹为快。

这本散文新著《椰树的天空》①收入了潘耀明不同时期的散文小品 54 篇，分为“山阴道上”“人物抒写”和“明月共此时”三辑。

---

① 潘耀明著：《椰树的天空》，江苏文艺出版社 2012 年 11 月初版。

三辑各有侧重，分别为抒情小品、人物素描和议论随笔，恰好分别凸显了散文的抒情性、记叙性与议论性三大特质。第一辑"山阴道上"可谓"旅行随笔"，记录了作者从中国到异域、从欧洲到北美、从湘西到西藏、从云南到海南……的观感、回味与思索。第二辑"人物抒写"，记叙了作者与20多位中国大陆、台港及海外文坛、艺坛著名人物的交往与印象，大致可归入"名流印象"一类。第三辑"明月共此时"，相比前二辑来得较为驳杂，从《生命应放入学问才有意义》到《纯文学危机》，以及《林语堂现象》《值得探讨的问题》等等，从这些文章的题目，也就不难看出这一类作品的归属，自然是"议论性杂文"了。

自从现代人将文学体裁划分为小说、散文、诗歌和戏剧文学以来，散文这一文体就常常使人产生错觉。从广义上而言，凡小说（Novel）、诗歌（Poety）和戏剧（Drama）以外的作品，都可称作散文。因此，人们往往误以为，散文是最无技巧可言的。诚然，散文不必像小说那样讲究叙事的方法和角度；也不必像作诗那样注重意象的选择和营造；更不必像编剧本那样处处受到舞台空间的限制。然而，反过来，这些得天独厚的长处，却也可能使散文的短处暴露无遗。正如余光中先生所言："散文家无所凭借，也无可遮掩，不像其他文类可以搬弄技巧，让作者隐身在其后。"（《〈中华现代文学大系〉总序》）散文虽无技巧可以卖弄，却能把作者的才学、性情、人格、气质、修养、风度和个性清楚地祖露、显现出来。恰如现代著名散文名家柯灵先生所形容的："文字虽小道，确是探察内心的窗口，或庄，或谐，或如姜桂，或如芒刺，或慷慨放达，或温柔敦厚，或玲珑剔透，或平淡自然，发乎性，近乎情，丝毫勉强不得。或真纯，或夸饰，或朴实无华，或锦绣其外败絮其中，也瞒不了明眼人……"（《〈人生和艺术〉总序》），这真是把散文的本质和特性说得再透彻不过了。

一

　　首先是潘耀明散文中的浪漫情趣，如《心灵的普罗旺斯》《莱茵河畔的落叶》《爱荷华心影》等篇。《心灵的普罗旺斯》一文，先从有关法国南部普罗旺斯的三部热销旅游文学作品谈起，这三部畅销书均出自英籍作家彼得·梅尔之手。他担任国际大广告公司的主管，写过小说。在《普罗旺斯的一年》《永远的普罗旺斯》和《重返普罗旺斯》中，他描述了在普罗旺斯小镇"找到一片人间乐土"，"如何享受大自然的恩赐和过一种返璞归真的慵懒生活"，及至"最后决定告别拥挤、繁忙、喧嚣和激烈竞争的都市生活，在普罗旺斯购置一座古宅，并定居下来，在蔚蓝色的天色下过着一种怡然自得的生活"的返璞归真过程。而生活在香港这样一个充满着嘈杂、拥挤、竞争和生活压力的大都市的彦火，自然无法像彼得·梅尔那样舍弃一切，去法国普罗旺斯小镇"找到一片人间乐土"，因为"像彼得·梅尔和陶渊明的潇洒人生毕竟是少数，起码要具备优渥的物质基础才可为的"。然而，"逃逸都市"却似乎成了他仿效古人陶渊明"采菊东篱下，悠然见南山"的一个念想，他说："今天在西方，Provenle 不仅仅是一个旅游胜地，而且是象征一种生活方式：逃逸都市，享受悠闲恬淡的生活情趣，倥偬的都市生活，使人们烦躁不堪，而且精神空虚。失去健康的身心和宁静的生活，是现代人一大缺失。"好了，既已深悟此理，那就见缝插针，一有机会便"跑到一个人烟稀少的地方，去寻觅久违的'蝶梦水云乡'"去释放一下在"充弥浊溷之气"的都市里快要窒息的灵魂与心灵。于是，他带着女儿到了海南三亚的海滩，"耳鼓涨满呢喃不朽的海浪声，还有永不疲倦的海风恍如勤奋的化妆师，试图把游人脸庞的尘埃拂拭掉"；或者"掬起一把水几乎看不到杂质，浮沉其间，一任时间像海水在指缝间溜掉"。尽管这样的悠闲时光实在短暂得近乎奢侈，"但是，心间一隅温存着的那一盏普罗旺斯光影之灯却灿若星辰"。

类似的浪漫情怀同样也呈现在《莱茵河畔的落叶》里。莱茵河是大文豪歌德的故乡，他曾说过："自然是最伟大的一部书。"同样，彦火去了几趟德国，朋友问他印象最深刻的是什么？他毫不犹豫地回答："莱茵河畔的落叶。"因为，那里的秋天，有世界上最摄人心魄的"一阕生死交战的乐章"。"每年参加'国际书展'的劳累、纷沓的人和事，都在这金黄澄亮的天地间得到涤荡、净化。"看那大片大片金黄的叶子，"除了化作春泥滋养母体，为了维护树木继续生存，它们宁愿牺牲自己，并为此谱写一页扣人心弦的死亡乐章"；"没有怒吼，没有呐喊，没有怨悔，从容不迫——而且是盛装打扮，去赴一个死亡的盛会。"这不是诗，却饱蘸浓浓诗情；这不是音乐，却比圆舞曲《蓝色的多瑙河》更加扣人心弦，因为，只有具有浪漫与悲悯情怀的人，才有资格聆听这"落叶交响诗"，"去默想它们那种魂天归一的境界"。

二

　　其次是潘耀明散文中的古雅诗意。其实，在《椰树的天空》集中，类似《莱茵河畔的落叶》那样的情感浓烈、诗情盎然的篇什其实并不太多，但在《灵的抒描》《菲律宾的缱绻》等篇中，那种淡淡的忧伤与古雅的诗情画意似乎更让人动情。《灵的抒描》其实是一组抒情小品，其中描述了作者旅日行程中牵丝攀藤的所思所感。那种睹物思人、缘景生情的描述无一不透露出一种淡淡的忧伤与古雅的诗意。《望海的女孩》是作者在日游览期间无意中在日本海边匆匆拍摄的"一个穿红色风褛、湖水色裙的日本女孩，背立在海滩，眺望着向她脚下涌来的波浪，和那追逐着波浪的沙鸥"，"当时并不太在意，事后冲洗出来，却从这帧照片牵系起一根根情思的弦，再从这一根根弦勾起一桩桩淹在时间之河的记忆鳞片"。作者由此"想起儿时编织的海的梦，犹如生命初度的怒潮，激起绚丽的浪花"。然而，更重要的，则是这几个关键词："日本、海滨、藤泽、江之岛、聂耳及那些

非鱼非石，是鬢是灵

个日夜"。在《更添情谊的藤泽》中，我们听到了作者对于藤泽情有独钟的肺腑之言："对我来说，藤泽市更添些许情意。因为她与一个英魂联系在一起，中国伟大而年轻的音乐家聂耳，就是在这里去世。""聂耳在游泳中被风浪卷走，终年只有二十四岁。他的一生是短暂的，在藤泽的日子也是短暂的。他的出现与消逝，如一道划破长空的闪电，光亮、轰隆、炽热，令人刻骨铭心。太平洋的浪淘潮刷，冲不掉深镌在人们心中的名字，几十年后的今天，藤泽市民，与中国广大的人民一样，仍然深深地怀念这位天才的音乐家。"于是，"藤泽"不再只是一个有曲折多姿的海岸线、饶有一番迷人的风姿、游人趋之若鹜的绰约小岛，而是镌刻着历史记忆与民族忧伤的一座纪念碑，到这里来，不用携带鲜花，"只带着一颗虔诚而火热的心"，还有对于民族英魂的敬意与悼念。文中没有过多的抒情与浪漫，却有着余音绕梁、绵绵不绝的悠悠情思。正如作者在《小镇的真趣》中叙述一家祖籍上海、在日本长大的华裔张先生的朴实人生所感叹的："这是一条平凡的人生轨迹，没有太多迂曲，但淡素、无华却动人。"我想，这句话借来形容彦火的《灵的抒描》等散文，是再恰当不过的了。

三

再次是潘耀明散文中的深情厚谊。有人说：为人与为文，是两码事。有些人的品性并不好，却照样可以写一手漂亮文章，如胡兰成。何况叙事文学本身就有虚构性，没必要太重视写作者的性格、脾气、教养与人品。然而，我的导师、著名文学理论家钱谷融先生却十分看重为文者的品德与操守。他说，文学是人学。记得当年我考取了他的研究生，那时他已年过花甲，但精神矍铄。那一届研究生，先生只招了我一个。先生给我上的第一堂课就是："文学是人学。"他说，文学是人写的，文学也是写人的，文学又是写给人看的，因此，研究文学必须首先学做人，做一个文品高尚、人品磊落的人，这是人的立身之本。人与文，其实是不可分割的。虽然法朗士所说"一切文学作品都是作家的自叙传"的结论不无偏颇，但作者的气质、素养、性情乃至人格，却不会不在其作品中留下或深或浅的印痕。所以真正优秀的好作品，一定是人品与文品高度统一的结晶。这番话无论在当时还是多年之后，都使我深受震动。而在四大文学体裁中，散文是最须要袒露真情实性的。在《椰树的天空》第二辑"人物抒写"中，收入了20多篇记人散文。作者性情豁达慷慨，数十年来与海内外不少文人雅士保持着深交与往来。这些"谈笑有鸿儒，往来无白丁"的记人散文无疑是全集中最感人的部分。人与人的交往贵在彼此相知与互相尊重，而不是听说某人去世了写一篇空洞无物的表面文章敷衍甚至趁机自我吹嘘一番。

在《俞平伯的梦》里，我们看到了作者对于俞平伯这位忘年之交的真正的情深谊长。文章伊始，作者远在巴黎，睡梦中突然接到俞老辞世仙逝的噩耗，急忙叮嘱家人致电慰问并代送花圈。然而由于时差的关系，俞老已经火化，这"仅剩下聊以表达遥远的哀思的一点点虔诚竟已晚了"！清晨醒来，"俞平老的音容历历，拂之不去"。"一代红学大家、一代文学宗师，丢除了一切繁文缛节——不要说隆重的追悼会、告别仪式，连他的友人向他表达悼念也来不及"；"他孑然地走了，伴着他走的还有那一身坚忍不拔的傲骨！"这无疑是对俞平伯这位因学术而命运多舛、人生坎坷的红学大家的最真实、最贴切的评价，胜于千言万语的赞美之词，更是远胜千篇一律、语言乏味的悼词唁电。作者追忆："与俞平老的交谊"，始于1978年，至他1990辞世，全加起来也不过12年，其间除了通信，"每次到了北京，例必去拜访他"。而拜访时的情景，作者历历在目，如数家珍。如1985年前的一次拜会，老人显得特别高兴，"他告诉我，前几天刚参加过清华大学校庆，并在他的好友朱自清纪念碑前拍了照片。说罢把唯一的照片和嘉宾襟条送给我，我把嘉宾襟条别在衣襟上"，"他天真地笑了"。通过这段言简意赅的描述，我们明白了老人对于作者的完全信任和像家人一样的疼爱，否则怎会把自己"唯一的照片和嘉宾襟条"拱手奉送？作者也是将受访者当作长辈来孝敬。每次拜访的时间是有限的，但只要知道老人有何心愿，便尽心尽力"为之奔走"，为此促成了俞平老 1986 年 11 月访港，"发表对《红楼梦》研究的新见解，轰动一时"。还有，老人即将驾鹤西去，弥留之际，仍念叨着叮嘱家人给"文学后辈的我"寄钱！"那款款情谊，岂止于一泓的潭水，里边包含着无尽的期待。"读到这里，相信每位读者都会和想起这桩事的作者一样，"激动不已"。这里没有虚情假意的客套，只有人间真情的自然流露；这里也没有声名利益的考虑，只有相知相交的彼此牵挂。所以，并非所有人都能得到俞平老的信任和牵挂；也不是所有人都能像作者这样成为许多文学前辈的"忘年之交"的。

作者对于文学前辈发自内心的敬仰和尊重，也反映在《冰心的长寿与心态》中。他这样写冰心，"是我所见到最快乐的老作家"。作者很明白："与老年人交谈，最怕唉声叹气，暮气沉沉；更有甚者，小病说成大病，大病说成绝症，凄凄戚戚的，仿佛全世界的人都在与他作对。"而"冰心之所以快乐，因她远离了那些老年人的陋习"。即使不免想到死亡，冰心老人也会对作者说，有两句话"可以表达她目前的心境"，她在作者的拍纸簿上写下了这两句话："人间的追悼会，就是天上的婚筵。"如此美丽的人生格言，你在别人的记人散文中是不一定能看到的。由此也反过来显示了作者的人品与人格魅力。

四

最后，谈谈潘耀明散文中的浓郁理趣，这主要体现在第三辑"明月共此时"以及第二辑"人物抒写"的一些篇目中。

其实，在第二辑"人物抒写"中也有不少知人论世的精辟论述，如写俞平伯很喜欢写梦境，"对于他来说，人生是一大梦，如果他不在朦胧的梦去寻求心灵的慰藉、精神的寄托，他在大半生的政治风暴、巨大的人生逆流中，早已遭到灭顶之灾。这是无奈何中的奈何"！

这不啻是对这位文学大师最为理性和经典的人生概括与归纳了。但更多的理趣，应该还是在他的论述文中，如《谦下的美》，先从张爱玲很会看人，特别是看女人，对于日本女人，她也有独到的见解起头，接着便引用了张的原话："……日本女人有意养成一种低卑的美，像古诗里的'伸腰长跪拜，问客平安不'？温厚光致，有绢画的画意，低是低的，低得泰然。"接下来，作者便阐发自己的论断："其实，若以今天商品社会的眼光来看，日本女人很聪明，因她掌握了整个家庭的命脉——财政大权。日本男人辛辛苦苦挣来的钱，全数交给太太用度，日本女人表面甚不风光，实权却大得很。既有'低卑的美'，也有黄澄澄白皑皑的真金白银，聪明绝顶！"然而，作者的本意并非要阐述日本女人"低卑的美"，而是借题发挥，他真正要论述的是"香港文化"究竟是否真是"弱势文化"的命题，"若时光倒流二十年，香港横看竖看都不像样……环顾香港文化，但见烟尘滚滚，泥沙俱下，彼时彼地，香港是'文化沙漠'被异口同声地高唱入云。殊不知，二十年后的港式文化，却在强劲的经济带动下，如十级台风刮得海内外人仰马翻。……原来被视为弱不禁风的'边缘文化'，大有喧宾夺主之势。无他，这与日本女人持家道理一样"。"也正因过去几十年来香港的'弱势''低下'的姿态，于古印证了庄子'以濡弱谦下为表，以空虚不毁万物为实'的格言，于今切合了'最低的地方，才是众川的汇归的地方（金庸语）'的道理，使只有弹丸之地的香港，反而能汲纳百川和具有容乃大的襟怀。"巧借日本女人"谦下的美"起兴，不经意间，却论出了与此类似的香港文化的魅力："于古印证了庄子'以濡弱谦下为表，以空虚不毁万物为实'的格言，于今切合了'最低的地方，才是众川的汇归的地方（金庸语）'的道理"，这本是可以写一部厚厚的论著的深刻命题，以一篇几千字的议论文来反映，所谓举重若轻，谈笑风生，也不过如此吧？

类似的理趣也呈现在《纯文学危机》中。在商品经济大潮冲刷之下，纯文学的式微已是无法避免的客观事实。作者在文中先是言简意赅地从外在和内在两方面分析了当今纯文学不景气的主、客观原因，提出了如何挽救纯文学的中肯意见，阐明了"纯文学与通俗文学各有功效，可以作为文学的两翼并存。但若谈到孰重孰轻是一个颇棘手的问题"。是啊，这真是一个类似斯芬克斯谜一样的问题，怎么回答才好。这又是可以写一篇洋洋洒洒的鸿篇大论的论题。然而，接下来在新加坡的一次国际华文文学研讨会上，当有位学生提到某流行女作家，其小说每版轻易销二万册；而纯文学作家，比如像巴金这样的文学巨匠的作品，在海外的销路也许还不到五千到一万册诗文，这两位作家哪个影响大？这也是个可以做详细考证的大论题，然而，作者与台湾诗人郑愁予先生的回答既形象风趣又具有哲理深意："销二万册的女作家影响的读者较多（因读者有层次之分，很难说哪个影响大），这是从横的层面而言，从纵的历史来看，巴金的作品肯定会流传下去，这正如时代曲与艺术歌曲之分野。一个是趁时兴的畅销书，一个是蜿蜒流长的畅销书也！"作者真不愧是编书、写书、出书数十年的行家里手，"一个是趁时兴的畅销书，一个是蜿蜒流长的畅销书也"！简简单单的一句话，就把通俗文学与纯文学的差异及其特征，这样难缠难分的艰深道理一言以蔽之了，而且还是这样形象而生动。

当然，这本集子也有明显的不足，比较显著的是所选篇目似乎水平不在一个层面上，其中还不无急就章，如《诺贝尔奖后话》《揭疮疤之余》等篇，不能不令人稍感遗憾。然而，金无足赤，人无完人，任何一本书籍大概也是一样的，能够瑕不掩瑜，也就不虚一睹了。尤其是，知性与感性水乳交融，哲理与文采相得益彰，集真、雅、美、趣于一体，融思想、人格、性情、品位为一炉，这部《椰树的天空》虽称不上字字珠玑、篇篇精彩，甚至，它还算不上是作者最好的散文作品集，但它至少勾勒出浓郁作者真诚的品性与侧影，让我们看到了散文小品的魅力与真谛。

钱虹华文文学研究年表（1988—2017）

1988 年

华东师范大学硕士研究生毕业后，开始从事中国现当代文学（含台港文学）的研究与教学。1988 年暑期始，独立讲授"台港文学研究"课程。首篇华文文学论文《戏内套戏，梦中蕴梦——评白先勇及其台湾版话剧〈游园惊梦〉》载《香港文学》月刊 7 月号。年底，应邀赴香港中文大学出席"香港文学国际学术研讨会"，提交并宣读论文《"五四"的产儿与"香港的女儿"》。

1989 年

先后发表《白先勇笔下的上海背景》《与死亡为伍的爱情奇葩——评女作家钟玲的小说创作》《"五四"的产儿与"香港的女儿"——中国现代与香港女性小说的比较》等论文。4 月，出席"第四届台港澳暨海外华文文学学术研讨会"。

1990 年

先后发表《上海大学生看台港文学——来自华东师范大学的一份问卷报告》《香港文坛上的一簇洋紫荆》。10 月，应邀赴香港中文大学任访问学者。编著《香港女作家婚恋小说选》由中国友谊出版公司出版，后获全国妇女儿童优秀读物奖。

1991 年

先后发表《香港女作家婚恋小说的主题分析》（后中国人大资料中心《中国现当代文学》全文刊载）和《历史与神话——评台湾作家林燿德的小说新作〈高砂百合〉及其他》（台湾《文学观察杂志》全文刊载）。8 月，出席"第五届台港澳暨海外华文文学国际研讨会"。10 月，受邀出席台湾中国青年写作协会、时报文化出版公司举办的"当代台湾通俗文学研讨会"，因故未能赴会。提交的论文，后收入台湾版《流行天下——当代台湾通俗文学论》。

1992 年

先后发表《三毛的"故事"：阅读的误区》和《香港女作家的散文天地》。11 月至翌年 2 月，应邀赴香港中文大学任访问学者。

1993 年

在《香港文学》连载《1985 年以来海外华人作家赴港情况考察》，在《台港文学选刊》发表《知感交融、才情并茂的副产品——漫谈香港学者散文的特色》（后中国人大资料中心《中国现当代文学》全文转载）。

1994 年

编著《冬天的梦呓——香港女作家散文小品精选》由华东师范大学出版社出版。11 月至翌年 5 月应邀赴香港岭南学院任客座研究员半年。

1995 年

先后发表《也谈香港的文化与文学》《"断鸿"哀鸣与"小鲜"入筵——评潘铭燊两本散文集及其近作》《并非沉默的抒情歌手——评香港作家陶然的散文兼论其小说》《香港散文的亮相与检阅——评〈香港当代文学精品·散文卷〉》《此山此鸟见真情——评香港作家梁锡华的山水散文》《从〈灰眼黑猫〉到〈第三者〉——评台湾女作家陈若曦短篇小说中的女性形象》等文。

1996 年

先后发表《都市里的浪漫与抒情——评香港作家陶然的诗化散文及其他》《笔路清畅、学养丰足的小品妙手——香港学者潘铭燊及其散文小品》《香港学者潘铭燊散文十篇点评》《香港文学的历史与现状》等文。4 月，出席"第八届世界华文文学国际学术研讨会"。

1997 年

先后发表《香港女作家的散文巡览》《从"断鸿"哀鸣到"小鲜"入筵——再评潘铭燊的散文创作》《"海派文化"与"港式文化"》《才情并茂的香港学者散文》、《当代台湾女性文学的发轫及其主题》《世界华文文学是一个整体》等文。8 月，参与编写的《香港文学史》（刘登翰主编）繁体字版由香港作家出版社出版。11 月，出席"第九届世界华文文学国际学术研讨会"。

1998 年

《至情至性的人事风景——评陈若曦的散文及其他》，载《台湾研究集刊》。

1999 年

著作《女人·女权·女性文学——中华女性的文学世界》，由香港银河出版社出版，后获国际炎黄文化研究会颁发的"首届龙文化金奖二等奖"。10 月，出席"第十届世界华文文学国际学术研讨会"。

2000 年

先后发表《亦真亦幻的"魔恋"——论澳门作家陶里的小说》《期望超越——第 11 届世界华文文学国际研讨会述评》等文。10 月，出席"第 11 届世界华文文学国际学术研讨会"。

2001 年

著作《缪斯的魅力》，由香港银河出版社出版。先后发表《史与诗——评〈菲律宾不流血的革命〉》《重温"最后的一抹繁华"旧梦——白先勇笔下的上海意象》《蕉风椰雨中的华文文学》《真情与诗意——马来西亚女作家朵拉及其创作》等文。8 月，应邀赴港出席"黄世仲与辛亥革命国际学术研讨会"，提交论文并收入"黄世仲与辛亥革命国际学术研讨会"论文集。

2002 年

先后发表《仓颉的灵感不灭，美丽的中文不老——论余光中《听听那冷雨》的语言艺术及其诗性表述》《蕉风椰雨中的华文薪传——兼谈海外华文文学的"宏大叙事"与史诗体式》《〈存在〉是直面现实的良知所致——反思的焦虑与理论的困惑》《继往开来、方兴未艾》《洪朝往事，虚实相间——兼谈黄世仲历史小说的"演事"特性》《"王彬街"与"HALO HALO"——以谢馨的诗为例看菲华文学中传统与现代的关系》《余光中妙谈华文文学的"三个世界"》《海空辽阔华文飞——第 12 届世界华文文学国际研讨会述评》《"台澎割据势终孤"——明清诗词中的"康熙收台"》《离心与向心——众圆同心》《在来中望所去，在去中觅所来——菲华女诗人谢馨及其诗作管窥》等文。5 月，赴广州出席"中国世界华文文学学会成立暨华文文学高峰论坛"，始任中国世界华文文学学会教学委员会副主任。10 月，出席"第 12 届世界华文文学国际学术研讨会"。

2003 年

2 月，应邀赴新加坡国立大学出席"当代文学与人文生态——2003 东南亚华文文学学术研讨会"。提交论文，收入《"当代文学与人文生态"——2003 年东南亚华文文学学术研讨会论文集》。先后发表《古典情致萦绕着的现代雅韵——读秦岭雪的〈明月无声〉兼论其他》《多情缠绵的爱情小夜曲——读三位台湾女诗人的抒情小诗》《用生命浇灌梦中的"橄榄树"——三毛的创作历程及其作品的阅读接受》《倾心关注：当代文学与人文生态》等文。9 月，合著《台港文学名家名作鉴赏》，由北京大学出版社出版。

2004 年

先后发表《从依附"离岸"到包容与审美——20 世纪台港澳文学中澳门文学研究述评》《海外华文文学理论研究的开端与突破》《香港文学：由"弃婴"到"公主"——1979—2000 香港文学研究述评》《"舟子" VS 余光中——同济大学中文系 01、02 级学生评点余光中近诗撷英》《海峡两岸的台湾文学研究》《阳光与烛光的映照，心灵与生灵的对话——解读新加坡女作家蓉子的"老人题材"作品》等文。9 月，出席

"第13届世界华文学国际学术研讨会"。提交论文，收入《多元文化语境中的世界华文文学》集。

2005 年

撰写 4 万余字《台港澳文学与海外华文文学研究》，收入《二十世纪中国社会科学·文学学卷》（上海人民出版社出版）。

2006 年

发表《香港文学研究纵横观（1979—2003）》。主编并撰写《中国现当代文学简史·"台港澳文学"》部分，由华东师范大学出版社出版。提交"第14届世界华文文学国际学术研讨会"的论文，收入《世界华文文学的新世纪》集。9 月，应邀出席在上海举行的"海外华文女作家协会双年会"。

2007 年

发表《从"台港文学"到"世界华文文学"——一个学科的形成及其命名》。5 月，出席"问谱系：中美文化视野下的美国华文文学研究国际研讨会"。提交论文，收入《问谱系：中美文化视野下的美华研究》集。

2008 年

著作《文学与性别研究》和编著《中国现代文学经典选读》，先后由同济大学出版社出版。并先后发表《中国现代女性和香港"才女"小说之比较》《赤子·浪子·游子——论海外华文女作家赵淑侠小说的民族想象》《人类精神天地中一朵膨胀的星云》《亭亭玉立20年，欢庆女性书写成就》等文。9 月，应邀出席在美国拉斯维加斯举行的"海外华文女作家协会第十届大会"。11 月，出席"第15届世界华文文学国际学术研讨会"。

2009 年

3 月，赴武汉大学出席"2009海峡两岸华文文学学术研讨会"。发表《"吾乡吾土"的潮汕风物抒情——评陈少华的散文〈杏花疏影旧人〉》《诗歌精灵：在蕉风椰雨中薪火传承的飞翔——以菲律宾华文诗作为例》，收入《跨越时空——中国文学的传播与接受》论文集。《从依附"离岸"到包容与审美——关于20世纪台港澳文学中澳门文学的研究述评》，收入李观鼎主编的《澳门人文社会科学研究文选·文学卷》。

2010 年

主编并出版"雨虹丛书/世界华文女作家书系"，小说集《也是亚当也是夏娃》《男人的泪》由黄河出版传媒公司、宁夏人民出版社出版。先后发表《寻找心中的蓝宝石——读美籍华人女作家婴子的小说》《小说是作者的一个梦——〈金陵十三钗〉跋》《从"不幸的夏娃"到"自觉的信女"——论台湾女作家陈若曦小说中的女性形象》。7 月下旬，赴加拿大多伦多约克大学出席"加拿大华裔/华文国际学术研讨会"。

9 月底，赴香港出席"传奇·性别·系谱——张爱玲诞辰九十周年国际学术研讨会"，提交论文《〈金锁记〉的文本价值、人物原型及其写作立场》。10 月，出席"第 16 届世界华文文学国际学术研讨会"。任中国世界华文文学学会教学委员会主任。

2011 年

著作《灯火阑珊：女性美学烛照》，由台湾秀威资讯科技公司出版。先后发表《菲华诗作与中国诗歌的薪火传承》《背叛的欲望与女性的"完美"——读美国华文作家陈漱意的小说〈背叛婚姻之后〉》《桀骜不驯的红狐舞影——虹影小说的女性主义解读》等文。8 月底至翌年 1 月，应邀赴香港浸会大学任客座教授一学期。11 月，出席"共享文学时空——首届世界华文文学论坛"。12 月，出席"第三届世界华文旅游文学国际研讨会"，提交论文，收入《第三届世界华文旅游文学国际研讨会文集》。

2012 年

主编"雨虹丛书/世界华文女作家书系"第一辑 10 本由黄河出版传媒公司、阳光出版社出齐。先后发表《"少年的我"的残酷青春记忆》《"三全主义"的开心果尤今》《吕大明：欧陆茶宴泡出华夏香茗》《痴恋"美"与"书"的女散文家》《吴玲瑶：幽默是人生的"润滑剂"》《母系家族奥秘与女性命运浮沉——张翎小说〈雁过藻溪〉的文学关键词解读》《林语堂：文学史之外的跨文化论说》《我们不能控裁我们的青春》。4—5 月，赴荷兰出席"荷兰中西文化文学国际交流研讨会"，提交论文，收入《东篱西笆第一枝——2012 首届荷兰中西文化文学国际交流研讨会论文集》。8 月，应邀赴马来西亚拉曼大学演讲《海外华文女作家的文学书写》，后赴文莱出席"第六届东南亚华文诗人大会"。9 月起，赴韩国檀国大学任访问教授执教一年。

2013 年

编选《恋曲三重奏》集由江苏文艺出版社出版。先后发表《唯美与优雅：旅法女作家吕大明的散文艺术追求》《美国华人女作家吴玲瑶及其幽默散文》《牺牲者与"享用这牺牲"的悲鸣——重温鲁迅的〈药〉及与屠格涅夫作品之比较》《欧华文学与德国华文报刊的历史与现状》《"无非男女"与"无色之情"》等文。6 月，应邀出席在韩国外国语大学举办的"国际鲁迅研究首尔论坛"。7 月，编选《海那边》《灰舞鞋》《金陵十三钗》《谁家有女初长成》4 部小说集由江苏文艺出版社出版。11 月，出席"第四届世界华文旅游文学国际研讨会"，提交论文，收入《第四届世界华文旅游文学国际研讨会文集》。

2014 年

先后发表《欧风美雨中华情——当代海外华文文学扫描》《香港散文的"半边天"——论香港 20 世纪 80 年代的女性散文》《"人性深处的惨痛和悲鸣"》《华文文学批评与理论建构的本土化历程——兼论世界华文文学的学科定位及其理论表述》等文。

5 月，赴云南昆明出席"夏威夷华文写作的当代价值与文化影响暨黄河浪文学研究国际学术研讨会"，提交论文。6 月，赴台湾出席"2014 世界华文文学国际学术研讨会"。10 月赴厦门和台湾金门出席"海外华文女作家协会 2014 双年会暨华文文学论坛"。

2015 年

发表《非鱼非石，是景是灵——评潘耀明游记散文集〈椰树的天空〉》。3 月，应邀赴缅甸出席"第七届东南亚诗人大会"。5 月，应邀赴西班牙巴塞罗那出席"欧洲华文作家协会成立 24 周年暨第 11 届年会"。11 月，赴泰国曼谷出席"2015 年世界华文文学论坛暨第七届文心作家（曼谷）笔会"。后赴香港中文大学出席"第五届世界华文旅游文学国际研讨会"，提交论文，收入《第五届世界华文旅游文学国际研讨会文集》。

2016 年

发表《在欧洲大地上行走、思索与审美——评〈欧洲不再是传说〉》。11 月，赴北京出席"第二届世界华文文学高峰论坛"。后参加"首届海外华文文学上海论坛"，提交论文《从"伤痕"到"伤魂"——旅美作家卢新华小说论》。12 月，《三毛的"故事"：阅读的误区——兼谈读者对三毛作品的接受反应》，收入《台湾现当代作家研究资料汇编·三毛（1943—1991）》，台湾文学馆出版。

2017 年

发表《乡土与现实相映照，乡愁与诗情互缠绕——论黄河浪《故乡的榕树》的深层意蕴》。3 月，赴九林教育读书会做演讲。4 月，赴浙江大学出席"世界华文文学区域关系与跨界发展国际学术研讨会"。5 月，赴波兰华沙出席"欧华作家协会成立 26 周年暨第 12 届年会"。10 月，赴浙江大学出席"含英咀华：世界华文文学的理论探讨与创作实践国际学术研讨会"。11 月赴香港中文大学出席"第六届世界华文旅游文学国际研讨会"，提交论文《诗意的文墨与优雅的书香——论欧洲华文文学中的中西文学底蕴》。

2018 年 3 月辑录